YAS

Yasmina Khadra est né en Algérie.
Il est l'un des écrivains francophones les plus lus au monde.
Ses romans sont traduits dans 37 pays.
Ce que le jour doit à la nuit, paru aux éditions Julliard en 2008, a été élu meilleur livre de l'année par la rédaction du magazine *Lire* et a obtenu le prix France Télévisions. Il est actuellement en cours d'adaptation par Alexandre Arcady.

À QUOI RÊVENT LES LOUPS

DU MÊME AUTEUR
CHEZ POCKET

Les agneaux du seigneur
À quoi rêvent les loups
L'écrivain
L'imposture des mots
Cousine K
Ce que le jour doit à la nuit

Les hirondelles de Kaboul
L'attentat
Les sirènes de Bagdad

YASMINA KHADRA

À QUOI RÊVENT LES LOUPS

JULLIARD

Le papier de cet ouvrage est composé de fibres naturelles, renouvelables, recyclables et fabriquées à partir de bois provenant de forêts plantées et cultivées durablement pour la fabrication du papier.

ISBN 978-2-266-20086-8

À mes enfants,
et aux enfants du monde entier.

L'aisance devient pauvreté
À cause de sa propre facilité
Heureux celui qui peut trouver
L'aisance dans la pauvreté.

Sugawara-no-Michizane

Pourquoi l'archange Gabriel n'a-t-il pas retenu mon bras lorsque je m'apprêtais à trancher la gorge de ce bébé brûlant de fièvre ? Pourtant, de toutes mes forces, j'ai cru que jamais ma lame n'oserait effleurer ce cou frêle, à peine plus gros qu'un poignet de mioche. La pluie menaçait d'engloutir la terre entière, ce soir-là. Le ciel fulminait. Longtemps, j'ai attendu que le tonnerre détourne ma main, qu'un éclair me délivre des ténèbres qui me retenaient captif de leurs perditions, moi qui étais persuadé être venu au monde pour plaire et séduire, qui rêvais de conquérir les cœurs par la seule grâce de mon talent.

Il est 6 heures du matin, et le jour n'a pas assez de cran pour s'aventurer dans les rues. Depuis qu'Alger a renié ses saints, le soleil préfère se tenir au large de la mer, à attendre que la nuit ait fini de remballer ses échafauds.

Les policiers ne tirent plus. J'en vois un embusqué derrière une buanderie, en haut d'un taudis. Il nous observe à travers la lunette de son fusil, le doigt sur la détente. En bas, dans la cité assiégée, hormis un véhicule blindé et deux voitures aux vitres éclatées, pas un signe de vie.

L'immeuble a été évacué aux premières heures de

l'accrochage, dans une panique apocalyptique. Malgré les appels au calme, les cages d'escalier retentissaient de hurlements de femmes et d'enfants à chaque rafale. Ali a été touché au moment où il tentait de voir ce qui se passait sur le palier. L'œilleton lui a explosé à la figure. Il est tombé à la renverse, éborgné, l'arrière de la tête arraché. Ensuite, un silence abyssal a gagné les couloirs désertés. On a coupé le gaz et l'électricité, puis l'eau courante. Pour nous isoler. Nous avons essayé plusieurs manœuvres de diversion, en vain. Un officier nous a sommés de déposer les armes et de nous rendre. Je l'ai traité de fumier de renégat, et j'ai vidé un chargeur dans sa direction. *Tant pis pour vous*, a crié l'officier. Il y avait un tel mépris dans sa voix !...

C'est fini. Les prophètes nous ont lâchés. Nous sommes faits comme des rats. Tout chavire autour de nous. On dirait que le monde prend un malin plaisir à s'effilocher, à nous filer entre les doigts comme des volutes de fumée.

De l'appartement où mon groupe s'est retranché, il ne reste pas grand-chose. Les fenêtres ont sauté, les murs se sont écaillés sous la frénésie des balles. Rafik ne bouge plus. Il gît dans une mare de sang, les yeux hagards et le cou ridiculement tordu. Doujana fixe le plafond, déchiqueté par une grenade. Handala est mort dans le vestibule, visage tourné contre sa chaussure, doigts crispés sur le sol. Son jeune frère a succombé à 3 heures du matin. Seul Abou Tourab respire encore, effondré sous l'évier dans la cuisine, son fusil à pompe sur les genoux.

Il m'adresse un clin d'œil dérisoire.

– Je t'avais dit que ce n'était pas une bonne idée.

Son regard halluciné s'écarquille de souffrance. Sa poitrine se contracte. Il doit aller au plus profond de lui-même chercher la bouffée d'air qui l'aide à déglutir. Avec infiniment de précautions, il tend la jambe vers une chaise et se déporte sur le côté pour me faire face.

– Si tu voyais ta gueule, halète-t-il. On dirait un ramoneur coincé dans une cheminée.

– Ménage-toi, lui conseillé-je.

Un petit rire nerveux le secoue :

– C'est vrai, un long voyage nous attend.

Un filament de salive pendouille de sa lèvre avant d'atteindre sa barbe dans un frisson élastique. De la main droite, il écarte sa chemise ensanglantée sur la monstrueuse plaie en train de lui dévorer le flanc.

– J'ai les tripes en l'air, et je ne ressens rien.

Dehors, la progression d'un engin chenillé fait vibrer les murs.

– Ils ramènent la grosse artillerie.

– Je m'en doutais un peu... Crois-tu que l'on se souviendra de nous ?

Ses prunelles quasiment vitreuses s'éclairent un instant d'une lueur chancelante. Il crispe les mâchoires et maugrée :

– Et comment ! On ne nous oubliera jamais. Il y aura nos noms dans les manuels, et sur les monuments. Les scouts chanteront nos louanges au fond des bois. Les jours de fête, on déposera des gerbes sur nos tombes. Et pendant ce temps, que font *les* glorieux martyrs ?... *Nous* paissons tranquillement dans les jardins éternels.

Mon regard désapprobateur l'amuse. Il sait combien j'ai horreur du *blasphème*. D'habitude, on fait attention à ce que l'on débite devant moi. Pour la première fois, Abou Tourab, le plus fidèle de mes hommes, ose agacer ma susceptibilité. Il s'essuie le nez sur son épaule, revient me persécuter avec ses yeux d'outre-tombe. Sa voix caverneuse m'atteint dans un souffle dépité :

– *Là-haut*, nous n'aurons qu'à claquer des doigts pour voir nos vœux exaucés. Nous choisirons notre harem parmi les contingents de houris qui peuplent l'Éden et, chaque soir, à l'heure où les anges rangent leurs flûtes, nous irons cueillir des soleils par paniers entiers dans les vergers du Seigneur.

Les tireurs d'élite du GIS envahissent les terrasses alentour et rejoignent leurs postes par bonds lestes et précis, aussi insaisissables que les ombres.

– Ne t'approche pas trop de la fenêtre, *émir*. Tu risques d'attraper froid.

Des sirènes retentissent au loin, se glissent à travers les échancrures du quartier et viennent submerger notre refuge. Abou Tourab fronce un sourcil et se met à battre faiblement la mesure avec son doigt.

– L'ultime symphonie... Tiens, voilà que je trouve des noms à n'importe quoi, subitement. *L'Ultime Symphonie*... Si on m'avait payé toutes les fortunes de la terre, je n'aurais pas trouvé un titre pareil à tête reposée. J'ignorais que la proximité de la mort donnait du talent.

– Ne me distrais pas.

– J'ai raté ma vocation...

– Tu vas la boucler.

Il rit, se tait pendant deux minutes puis, la main étreignant son arme, il récite :

– « De mes torts, je n'ai pas de regrets. De mes joies, aucun mérite. L'Histoire n'aura que l'âge de mes souvenirs, et l'Éternité la fausseté de mon sommeil »... Purée ! Il en avait là-dedans, Sid Ali, c'était un vrai poète... C'est pas croyable comme les gens sont imprévisibles. Je le prenais pour un attardé, une espèce de chiffe molle, et, au moment de vérité, il te sort d'on ne sait où un courage à te couper en deux. Tu te rappelles ? Il a refusé de se mettre à genoux. Il n'a même pas frémi lorsque je lui ai enfoncé mon flingue dans la tempe. *Vas-y*, qu'il a dit, *j'suis prêt*. Sa tête a pété comme un énorme furoncle. Et ça n'a pas entamé d'un millimètre son putain de sourire.

Non, je ne me rappelle pas. Je n'étais pas là. Mais je n'ai pas oublié.

Comment peut-on oublier lorsqu'on passe ses jours à travestir sa mémoire, et ses nuits à la reconstituer comme un puzzle maudit pour se remettre, dès l'aube, à la brouiller encore, et encore ?... Tous les jours. Toutes les nuits. Sans arrêt...

On appelle cela *obsession*, et l'on pense que le mot suffit à triompher de l'abîme.

Que sait-on, vraiment, de l'*obsession* ?

J'ai tué mon premier homme le mercredi 12 janvier 1994, à 7 h 35. C'était un magistrat. Il sortait de chez lui et se dirigeait vers sa voiture. Sa fille de six ans le devançait, les tresses fleuronnées de rubans bleus, le cartable sur le dos. Elle est passée à côté de moi sans me voir. Le magistrat lui souriait, mais son regard avait quelque chose de tragique. On aurait dit une bête traquée. Il a sursauté en me découvrant tapi dans la porte cochère. Je ne sais pas pourquoi il a continué son chemin comme si de rien n'était. Peut-être a-t-il pensé qu'en feignant d'ignorer la menace, il avait une chance de la repousser. J'ai sorti mon revolver et me suis dépêché de le rattraper. Il s'est arrêté, m'a fait face. En une fraction de seconde, son sang a fui son visage et ses traits se sont effacés. Un moment, j'ai craint de me tromper sur la personne. « Khodja ? lui ai-je demandé.

– Oui », m'a-t-il répondu d'une voix sans timbre. Sa naïveté – ou son assurance – m'a fait fléchir. J'ai eu toutes les peines du monde à lever le bras. Mon doigt s'est engourdi sur la détente. « *Qu'est-ce que tu attends ?* m'a crié Sofiane. *Descends-moi ce fils de pute.* » La fillette ne paraissait pas saisir tout à fait. Ou refusait d'admettre son malheur. « *Ce n'est pas vrai*, me harcelait Sofiane. *Tu ne vas pas te dégonfler maintenant. Ce n'est qu'un pourri.* » Le sol menaçait de se dérober sous moi. La nausée me submergeait, enchevêtrait mes tripes, me tétanisait. Le magistrat a cru déceler, dans mon hésitation, la chance de *sa vie*. S'il était resté tranquille, je crois que je n'aurais pas eu la force d'aller plus loin. Chaque coup de feu m'ébranlait de la tête aux pieds. Je ne savais plus comment m'arrêter de tirer, ne percevais ni les détonations ni les cris de la petite fille. Pareil à une météorite, j'ai traversé le mur du son, pulvérisé le point de non-retour : je venais de basculer corps et âme dans un monde parallèle d'où je ne reviendrais jamais plus.

Abou Tourab se met à tousser. Un spasme fulgurant le rejette en arrière. Il s'agrippe à sa crosse, allonge les jambes dans un gémissement. Son urine gicle à travers son pantalon et se répand sur le sol.

– Manquait plus que ça ! Voilà que je fais dans mon froc, maintenant. Les *taghout* vont penser que je suis un trouillard. Qu'est-ce qu'ils foutent, mes anges gardiens ? Ça leur suffit pas que je crève.

– Tu vas la fermer, bordel !

Il se tait.

L'engin chenillé investit le square, le canon pointé vers notre planque. *Pour la dernière fois, rendez-vous*, hurle-t-on dans un haut-parleur.

– Purée ! s'essouffle Abou Tourab. En Afghanistan, ça se passait autrement. À chaque fois que les moudjahidin étaient pris au piège, des tempêtes de sable se déchaînaient pour couvrir leur retraite, des pannes mystérieuses immobilisaient les tanks ennemis et des nuées d'oiseaux s'attaquaient aux hélicoptères soviétiques... Pourquoi on n'a pas droit au miracle, chez nous ?

Il porte le canon de son fusil à sa tempe. Son sourire s'étire, grotesque et pathétique à la fois. Je le regarde comme dans un rêve, n'essaye même pas de le dissuader.

– Je passe devant, chef. Sait-on jamais...

La détonation emporte son crâne dans un effroyable éclatement de chair et de sang, plaquant des grumeaux de cervelle contre le plafond et déclenchant une fusillade nourrie à l'extérieur.

I

Le Grand-Alger

Quand je fus las de chercher
J'appris à faire des découvertes
Depuis qu'un vent fut mon partenaire
Je fais voile à tout vent.

Nietzsche
Mon bonheur

1.

– Votre dossier plaide en votre faveur, monsieur Walid, dit enfin le directeur de l'agence. J'espère que vous n'allez pas nous décevoir. La crédibilité de notre entreprise repose exclusivement sur notre réputation.

Ses doigts, d'une propreté éclatante, retournaient les feuillets dans un friselis délicat. Il s'attarda sur ma photographie, revint sur une observation au bas de la fiche cartonnée.

– Vous avez travaillé pendant neuf mois comme chauffeur à l'Office national du tourisme... Pourquoi avez-vous arrêté ?

– On m'a proposé un petit rôle dans un film. J'ai pensé pouvoir faire carrière dans le cinéma.

– Combien de films ?

– Un seul.

Ses moustaches rousses se ramassèrent autour d'une moue... Il se renversa contre le dossier de son fauteuil et dit :

– Ce n'est pas suffisant, mais ça pourrait vous servir. Notre agence vous offre peut-être la chance de votre vie. Vous serez bien rémunéré et vous aurez l'occasion de vous faire valoir auprès de personnes susceptibles d'avoir des entrées dans le monde du spectacle.

De nouveau, ses yeux glauques revinrent me dévisager avec insistance.

– Belle petite gueule, reconnut-il. Et il n'y a pas mieux qu'une jolie frimousse pour forcer la main au destin... Vous parlez français couramment ?

– Je me débrouille.

– Évitez ce genre de réponse, monsieur Walid. Soyez clair, précis et concis. Les gens chez qui vous allez travailler ont horreur de l'approximatif.

– Noté.

– Ce genre de réponse est aussi déplacé. Dorénavant, votre lexique s'articulera autour d'une seule formule : « Bien, monsieur. » Être le chauffeur de l'une des plus prestigieuses familles du Grand-Alger n'a rien d'une villégiature. Vous êtes tenu d'être correct, attentif, obséquieux et constamment disponible. Me suis-je bien fait comprendre ?

– Bien, monsieur.

– Heureux de constater que vous assimilez vite.

Il referma le dossier d'un geste sec.

– Mon chauffeur va vous conduire auprès de vos nouveaux employeurs. Vous pouvez disposer.

Au moment où la voiture démarra, j'eus l'impression que ma vie changeait de cap. Je me sentais léger, décontracté, presque aussi épanoui qu'une fleur dans le pré. Déjà les rues éprouvantes de la ville s'éloignaient tandis que, devant moi, un peu comme la mer Rouge devant Moïse, les grands boulevards écartaient leurs bras pour m'accueillir. Je n'avais jamais connu pareil sentiment auparavant. Pourtant, il m'était souvent arrivé de me croire à deux doigts de décrocher la lune. Mais, cette fois-ci, mon intuition se découvrait une verve insoupçonnable, plus qu'une exaltation, la ferme conviction que cette matinée de mars se faisait belle pour moi. Lorsque Dahmane m'avait proposé de travailler comme chauffeur chez l'une des plus huppées familles du pays, j'avais tout de suite refusé. Je me voyais mal en train de me tourner les pouces derrière un volant à attendre que *Madame* ait fini sa séance d'aérobic, ou bien encore à me morfondre stoïquement devant le portail du lycée que les rejetons de *Monsieur* mettraient une éternité à quitter. J'estimais que je méritais mieux. Depuis ce petit rôle que m'avait confié un cinéaste en mal de vedettes, je n'avais pas cessé de rêver de gloire. Je passais le plus clair de mon temps à m'imaginer cassant la baraque, signant des autographes à chaque coin de rue, roulant en décapotable, le sourire plus vaste que l'horizon, les yeux aussi grands que ma soif de succès. Né un jour d'orage et de fondrières éventrées, j'ai grandi sans jamais douter de mes espoirs les plus fous. J'étais persuadé que, tôt ou tard, les feux de la rampe m'arracheraient aux coulisses pour me propulser vers le firmament. À l'école, je ne songeais qu'à ce qui me paraissait être *la* consécration. De rachat en conseil de discipline, je maintenais ma tête dans les nuages, ne me souciant ni de la colère de mes instituteurs, ni de l'embarras grandissant de mes parents. J'étais le cancre impénitent, toujours à hanter le fond de la classe, un doigt dans le nez et l'œil révulsé, et je ne me sentais dans mon élément que retranché derrière les remparts de mes obsessions. Mon cartable débordait de revues cinématographiques, mes cahiers étaient engrossés d'adresses de stars et de coupures de presse relatant leurs exploits amoureux et leurs projets. Dans un pays où d'éminents universitaires se changeaient volontiers en marchands de brochettes pour joindre les deux bouts, l'idée de détenir des diplômes ne m'emballait aucunement. Je voulais devenir artiste. Les murs de ma chambre étaient tapissés de posters grandeur nature. James Dean, Omar Sharif, Alain Delon, Claudia Cardinale m'entouraient, s'appliquaient à me préserver de la misère de ma famille : cinq sœurs en souffrance, une mère révoltante à force d'accepter son statut de bête de somme et un vieux retraité de père irascible et vétilleux qui ne savait rien faire d'autre que rechigner et nous maudire à chaque fois que son regard se crucifiait au nôtre. Je m'interdisais de lui ressembler, d'hériter de sa pauvreté, d'apprivoiser les vicissitudes comme s'il s'agissait là d'un fait accompli. Je n'avais pas le sou, mais j'avais de la classe, et du talent à revendre. À Bab El-Oued, dans la Casbah, du côté de Soustara et jusqu'aux portes de Bachjarah, partout où je me manifestais, j'incarnais le mythe naissant dans toute sa splendeur. Il me suffisait de me camper au beau milieu de la rue pour l'illuminer de mon regard azuré. Les vierges au balcon languissaient d'apercevoir ma silhouette, les ringards du coin s'inspiraient de ma désinvolture pour se donner une contenance, et rien ne semblait en mesure de résister à la force tranquille de ma séduction.

– Rapporte-m'en un morceau, me secoua le chauffeur.

– Pardon ?...

– Je te demande de m'en rapporter un morceau.

– Un morceau de quoi ?

– De la lune. Y a un bon moment que j'essaye de te joindre, et pas moyen de te faire descendre de ton nuage.

– Excuse-moi.

Il baissa le son de la radio. Sa grosse main velue s'abattit sur mon genou.

– Ne te fais pas de souci, mon gars. Ça va aller... C'est la première fois que tu bosses à ce niveau ?

– Oui.

– Je vois.

Il doubla un camion et accéléra pour rattraper une file d'autocars. La brise fit virevolter les mèches orphelines qui s'évertuaient à camoufler sa calvitie. Tassé comme une borne, la bedaine sur les genoux, il paraissait mal à l'aise dans son costume lustré. Sa cravate fripée ajoutait à son air de prolétaire endimanché quelque chose de pathétique.

– Au départ, on est un tantinet désarçonné, me confia-t-il. Puis on finit par mettre le pied à l'étrier et on s'accroche. Les richards ne sont pas aussi vilains qu'on le dit. Il arrive souvent que la fortune leur donne des ailes, mais ils gardent la tête sur les épaules.

Il m'indiqua un boîtier en ivoire sur le tableau de bord.

– Il y a des cigarettes américaines, là-dedans. Elles sont au patron, il n'est pas regardant.

– Merci, j'essaye d'arrêter.

Il acquiesça en ralentissant, prit une bretelle et rejoignit la rocade. Devant nous, loin derrière les éclaboussures du jour, les premières stèles de l'Olympe algérois se mirent à déployer leur faste à la manière d'une odalisque se dénudant aux pieds de son sultan.

– Mon nom est Bouamrane. À l'agence, on m'appelle Adel. Paraît que ça fait moins péquenot.

– Nafa Walid.

– Eh bien, Nafa, si tu joues le jeu, avec cette bande de snobinards, tu iras loin. Dans moins de trois ans, tu pourras fonder ta propre société. Notre directeur a débuté comme homme de peine chez des gens de la haute. Aujourd'hui, il n'a rien à envier à ses anciens maîtres. Il roule en Mercedes, dispose d'un compte en banque confortable, et sa villa est juste derrière cette colline, là-bas. Il vient au bureau une fois par semaine. Le reste du temps, il parcourt le monde en tripotant sa calculatrice.

– Tu n'as qu'à jouer le jeu, toi aussi, si tu veux ne rien avoir à lui envier un jour.

Il gonfla les joues avant de dodeliner de la tête, résigné.

– Ce n'est pas la même chose. J'ai quarante ans, sept gosses et une poisse indécrottable. Côté physique, la nature ne m'a pas gâté. C'est important, le physique, dans les relations. Si tu ne plais pas d'emblée, tu n'as aucune chance de te rattraper. Il est des gens ainsi conçus, ajouta-t-il avec philosophie. Inutile pour eux d'insister. À force de vouloir péter plus haut que son cul, on risque de se fissurer le derrière. Après, on ne peut plus s'asseoir convenablement...

La voiture parvint tant bien que mal à se soustraire au tintamarre des quartiers insalubres, s'élança sur l'autoroute, contourna la colline et déboucha sur un petit bout de paradis aux chaussées impeccables et aux trottoirs aussi larges que des esplanades, jalonnés de palmiers arrogants. Les rues étaient désertes, débarrassées de ces ribambelles de mioches délurés qui écument et mitent les cités populeuses. Il n'y avait même pas une épicerie, ou un kiosque. Des villas taciturnes nous tournaient le dos, leurs gigantesques palissades dressées contre le ciel, comme si elles tenaient à se démarquer du reste du monde, à se préserver de la gangrène d'un bled qui n'en finissait pas de se délabrer.

– Bienvenue à Beverly Hills, me chuchota le chauffeur.

La résidence des Raja déroulait sa féerie de l'autre côté de la cité, face au soleil, avec sa piscine en marbre bleuté, ses cours dallées que l'on pouvait contempler de la rue et, debout au cœur de ses jardins, semblable à une divinité veillant sur ses édens, le palais tout droit tiré d'un conte oriental.

Le chauffeur me déposa devant une grille en fer forgé. Sa bonhomie s'estompa d'un coup, et un sourire amer pinça ses lèvres. Il regardait la fortune des autres qui le cernait, martiale, inexpugnable, si pesante que ses épaules en fléchirent. Une zébrure blafarde traversa ses yeux subitement chargés d'une froide animosité. Un moment, j'ai cru qu'il m'en voulait de ne pouvoir retourner avec lui retrouver le charivari et les relents délétères des bas quartiers.

– Si tu as besoin d'une doublure, tu sais où me joindre, dit-il sans conviction.

J'opinai du chef.

La voiture se dépêcha de disparaître au coin de la rue. Derrière moi, deux terrifiants dobermans se mirent à hurler à s'arracher le cou.

Le *majordome* s'abstint de me tendre la main ou de me désigner un fauteuil. Il me reçut froidement dans son bureau à peine éclairé par une porte-fenêtre encombrée de lourds rideaux. La soixantaine sonnée, il se tenait droit comme un « i » au milieu de la pièce, le regard aride et le geste guindé. Il cherchait d'emblée à me surplomber corps et âme, à me rabaisser au rang de subalterne.

– Serait-ce une déformation congénitale, me dit-il en faisant allusion à ma nonchalance.

– Je...

– Veuillez vous tenir correctement, m'interrompit-il d'un ton expéditif. Vous n'êtes pas devant un guichetier.

Ses yeux experts et impartiaux me passèrent rapidement en revue, traquèrent mes pensées au fond de mes prunelles, condamnant mes chaussures pourtant cirées, ma cravate flambant neuve et mon veston acheté la veille chez un teinturier de luxe.

– Vous avez le téléphone chez vous ?

– Ça fait dix ans que nous soudoyons les sous-fifres de la Poste pour l'installation d'une ligne...

– Abrégeons, s'il vous plaît.

– Non.

– Laissez votre adresse à ma secrétaire.

– Ça s'abrège comment, une adresse ?

Mon insolence ne l'atteignit même pas. Il m'ignorait déjà.

– Vous commencez mardi, à 6 heures précises. Vous aurez une chambre au pavillon 2. Ma secrétaire vous énumérera les différentes tâches domestiques qui vous incombent.

Il appuya sur un bouton. La dame du rez-de-chaussée rappliqua aussitôt pour me raccompagner.

– C'est un internat, ici ? lui demandai-je à l'autre bout du couloir.

Elle sourit.

– Ne faites pas attention à lui. M. Fayçal est un homme exquis même s'il a la manie de se prendre trop au sérieux. Ayez confiance. Vous allez vous plaire, chez nous. Les Raja sont des gens charmants et généreux.

Elle me conduisit dans son petit bureau, m'installa dans un canapé et commença par noter mon adresse sur un bloc-notes. Soignée et tendre, c'est un peu grâce à sa prévenance que je décidai de ne pas laisser la morgue d'un larbin de pacotille gâcher ma journée.

– C'est quoi, cette histoire de chambre au pavillon 2 ?

– Vous n'êtes pas forcé d'emménager. C'est juste pour savoir où vous trouver lorsqu'on aura besoin de vos services. À mon avis, il serait pratique d'y ranger vos petites affaires. Vous serez parfois appelé à travailler tard la nuit. Ça vous évitera de devoir, en plus, vous débrouiller à des heures impossibles pour rentrer chez vous.

J'opinai du chef.

– Je dois t'appeler comment ?

– Ici, on ne se tutoie pas, monsieur Walid, dit-elle d'un ton clair et net, mais avec un sourire suffisamment gêné pour ne pas me froisser.

– Bien, madame.

– Je suis désolée. Nous sommes tenus de nous conformer strictement aux recommandations de nos employeurs.

– Ce n'est pas grave... Qu'est-il advenu de l'ancien chauffeur ? ajoutai-je pour dissiper le malentendu.

– Il a eu un accident, je crois.

– De quelle nature ?

– Je n'en sais pas plus. Venez, monsieur Walid, je vais vous montrer votre chambre.

Nous sortîmes par la porte de service. En silence, nous contournâmes les cours dallées, la véranda et la piscine comme si cette partie de la propriété ne nous regardait pas. Le pavillon 2 se retranchait derrière un liséré de bougainvillées, dans une vieille habitation trapue réservée aux domestiques. *Ma* chambre se pelotonnait au fond du couloir, coquette avec sa fenêtre enguirlandée de lierre et sa vue sur les splendeurs du jardin. Les murs étaient recouverts de papier peint, le sol de moquette et le lit de draps bleus. Il y avait aussi une commode, une chaise à bascule dans un coin en face d'un téléviseur, une garde-robe, et ce confort accentuait le sentiment qui m'avait gagné le matin tandis que la voiture de l'agence m'éloignait de la laideur pestilentielle des bouis-bouis.

– C'est tranquille, ici, me *rassura* la dame.

À qui le disait-elle...

Dahmane me demanda de le retrouver au *Lebanon*, un snack jadis conçu pour accueillir les intellectuels et les artistes et qui, aujourd'hui, voit défiler une horde de ratés aux bras criblés de piqûres suspectes et aux gueules de bois épouvantables. Avant, les comédiens et les écrivains s'y donnaient rendez-vous pour dénoncer la dérive de la culture, la censure crétine et la médiocrité qui menaçaient de transformer les librairies en caravansérails pour araignées. On pouvait alors s'asseoir à la table d'un scénariste ou d'un poète muselé et l'écouter des heures durant sécréter sa bile contre une société prédatrice aussi peu attentive au naufrage de son élite qu'aux lézardes en train de ronger sournoisement ses fondations. La bière rappelait la pisse de cheval, mais l'endroit avait le mérite de nous faire oublier nos déboires tant les déconvenues du voisin étaient insoutenables. Je fréquentais le *Lebanon* pour d'autres raisons aussi. D'abord parce que les cafés de Bab El-Oued étaient sinistres, ensuite, les cinéastes n'étant pas mieux servis ailleurs, j'espérais pouvoir mettre le grappin sur l'un d'entre eux et lui soutirer ce rôle susceptible de renforcer mes aspirations. Malheureusement, depuis que les toxicomanes et les travestis avaient vicié la place, rares étaient ceux qui osaient encore s'y hasarder. De temps à autre, entre deux cuites mal négociées, des bagarres éclataient, et il arrivait même que l'on bute sur un cadavre amoché au fond des W.-C. La police avait beau mettre le bar sous scellés, le *Lebanon* s'arrangeait pour rouvrir ses portes, tel un magistrat ses dossiers ; une affaire n'était pas encore traitée que déjà une autre lui collait au train, sûre de lui rafler l'exclusivité. Je m'étais souvent demandé ce qui pouvait bien me retenir dans ce repaire interlope hanté de camés, de lesbiennes et de truands convalescents. Peut-être était-ce justement cette atmosphère embrumée qui mettait tous les cieux à portée de main puisque chaque habitué lâchait du lest à ses fantasmes. Embusqué dans mon coin, j'observais ce ramassis de marginaux avec beaucoup d'intérêt, le déguisement des uns et les manières affectées des autres m'offrant un éventail de personnages époustouflants, très instructif pour ma formation d'acteur.

Dahmane m'attendait à côté de la baie vitrée, le nez dans un mouchoir et la figure congestionnée. Terrassé par son rhume d'escargot, il se trémoussa faiblement pour me laisser une place sur le banc défoncé et dit tout de go :

– J'espère que tu n'as pas fait l'imbécile.

– Pas cette fois-ci.

Il exhala un soupir de soulagement et se détendit.

– Je ne l'aurais pas supporté.

– Moi non plus.

Dahmane était mon ami de toujours. Nés dans un même cul-de-sac, quelque part dans les oubliettes de la Casbah, nous avions usé nos fonds de culotte sur les mêmes trottoirs et subi l'ire de nos instituteurs avec la même délectation car nous passions pour d'intraitables pestes. Puis son père mourut dans un accident, et Dahmane s'assagit. Chef de famille à treize ans, il promit à sa mère de ne plus la décevoir. Pendant que je rêvassais sur mon nuage, il se défonçait au four et au moulin pour s'acquitter de ses obligations familiales et réussit à décrocher son bac avec mention. Après un stage à l'Institut des hôtelleries de Tizi-Ouzou, il avait travaillé auprès de plusieurs complexes touristiques, se faisant plein de relations parmi la bourgeoisie algéroise. Maintenant, il régnait au *Varan Roi*, un cabaret en vogue sur la corniche, et s'était acheté un superbe appartement rue Didouche Mourad. Je lui devais tous les petits boulots que je n'avais jamais su conserver, y compris le rôle que m'avait confié Rachid Derrag dans son navet *Les Enfants de l'aube*.

Sa main étreignit la mienne.

– Nafa, mon ami, la chance est une compagne capricieuse. Ne te laisse pas distancer par elle. Elle ne revient que rarement sur ses pas. (Ses doigts me firent mal.) Est-ce que tu m'écoutes ?

– Je crois que je vais me faire une raison.

– Tu crois seulement ?

Je parvins à libérer ma main endolorie.

– On dirait que tu n'es pas ravi, me bouscula-t-il.

– On ne peut pas avoir tout à la fois, fis-je avec une pointe d'amertume.

– C'est-à-dire ?

– Tu ne t'attendais tout de même pas à ce que je saute au plafond parce que je suis le larbin d'une famille riche. Tu te rends compte : chauffeur, moi, Nafa Walid.

– Et c'est qui, Nafa Walid? s'énerva-t-il... Quelqu'un qui puise dans les misérables économies de sa mère pour se payer des baskets d'imitation, pas plus. Ça ne sert à rien de passer devant les autres avec une cravate en soie et le ventre creux. La frime n'est pas donnée à n'importe quel plouc.

– Je ne suis pas un plouc.

– Prouve-le. Tu as combien en poche ? Vas-y, montre voir. Je parie que tu n'as même pas de quoi prendre un taxi. Je ne sais pas si c'est la grippe ou bien ta désinvolture qui me tape sur le système, mais je t'assure que tu commences à me fatiguer. Le temps te file sous le nez, et tu ne fais rien. On n'a pas droit aux bouderies quand on n'est pas grand-chose, Nafa. Si tu veux t'élever dans la hiérarchie des hommes, saute sur la première marche qui se présente.

– Puisque je te dis que je vais essayer.

Il replongea le nez dans son mouchoir, s'essuya laborieusement les narines. Son regard fiévreux traqua le mien, parvint à le coincer. Il revint à la charge.

– Je connais plein de gens qui ont débuté au bas de l'échelle. On ne peut plus les rattraper, maintenant. Pas même avec une fusée. Toutes les grosses légumes qui te font saliver d'envie aujourd'hui étaient des moins-que-rien il y a à peine une décennie. Tu veux y arriver, toi aussi ? Est-ce que tu veux y arriver ?

– Oui, criai-je presque.

– Eh bien, c'est déjà un premier pas.

À quoi bon insister ? Dahmane ignorait qu'il est des gens qui naissent debout, allergiques aux servitudes, des gens qui cassent sec s'ils sont amenés à courber l'échine. Il ne comprenait pas que ce qu'il appelait paresse était en réalité, pour certains, hauteur, distance par rapport à l'ordinaire. Je n'étais pas de ceux qui veulent gagner leur vie grassement. Il n'avait jamais été dans mes ambitions de décrocher le gros lot ou un poste de responsabilité dans une administration influente. Je voulais être acteur jusque sur mon lit de mort, me tailler une légende plus grande que ma démesure, postuler aux privilèges des dieux, sinon comment devais-je interpréter que la nature m'ait fait beau et sain comme une divinité ?

Pour m'amadouer, Dahmane m'emmena dîner dans un restaurant, à Riad El-Feth. La soirée durant, il m'assomma de conseils et d'exemples censés me réconforter. À chaque fois que je menaçais de sortir de mes gonds, il m'offrait une bière. Vers minuit, j'étais bourré. Pas question de rentrer à la maison dans cet état. Mon père étant à cheval sur certains principes, je ne tenais pas à plonger la famille dans le chaos. Dahmane accepta de m'héberger pour la nuit. Au petit matin, il me reconduisit chez moi. Dès qu'il me vit sur le palier, mon père me mit en garde :

– Je ne débourserai pas un centime, je te préviens. Je n'ai rien demandé et je n'ai que foutre de ta saloperie de carillon.

Il s'écarta pour me désigner l'appareil téléphonique trônant sur une commode dans le vestibule. Je restai songeur pendant un bon moment. Depuis des années, je formulais demande sur demande, soudoyais sous-fifre sur guichetier, adressais lettre de rappel sur lettre de réclamation pour l'installation d'une ligne, sans aucun résultat. Il m'avait suffi de laisser mon adresse chez la secrétaire des Raja pour qu'un téléphone fût mis en place dans la journée.

– Tu vois ? s'exclama Dahmane. Les bienfaits des grosses fortunes ne se font pas attendre.

J'acquiesçai.

Si l'argent ne fait pas le bonheur, ce n'est pas de sa faute.

2.

Je m'étais présenté chez les Raja le mardi à 6 heures précises. M. Fayçal avait consulté sa montre, ostensiblement, avant de hocher la tête d'un air satisfait. Il me conduisit dans un immense garage où étaient parquées cinq grosses cylindrées flambant neuves, m'expliqua l'usage de chacune d'elles, puis entreprit de m'initier aux règles fondamentales du métier de chauffeur.

– Ne jamais regarder le patron dans les yeux, ne jamais lui tendre la main, insista-t-il.

Il me montra où je devais me tenir, comment ouvrir la portière, comment la refermer.

– Avec délicatesse, précisa-t-il. Pas de claquement. Contourner la voiture par-devant, jamais par-derrière. Une fois au volant, regardez droit devant vous. Lorsqu'on vous parle, ne vous retournez pas. Un simple coup d'œil dans le rétroviseur suffit. Pas plus de deux fois par trajet.

Il me fit faire le tour de la propriété, délimita ma « promenade », m'indiqua les sens interdits.

– Pour rejoindre la rue, inutile de passer par la piscine. Vous avez une petite porte, là-bas, sous le mimosa.

Vers 9 heures, il m'envoya dans un magasin de prêtà-porter. J'eus droit à une demi-douzaine de costumes identiques, mais impeccables, trois paires de chaussures italiennes, un paquet de sous-vêtements, des chemises, des cravates noires et des lunettes de soleil. Le lendemain, à bord d'une Peugeot étincelante, je courus porter des plis à une dizaine de notables. Pour me familiariser avec les itinéraires les plus importants. Cinq jours plus tard, je pouvais frapper à la bonne porte les yeux fermés et sans traîner dans les rues. En haute sphère, la ponctualité est une vertu ; il n'est pire sacrilège que de faire attendre un nabab.

Les Raja étant en voyage d'affaires, M. Fayçal tenait à me former avant leur retour. Il me dispensa des briefings chaque matin, me fit réciter des noms et des adresses, chronométrant mes parcours, rectifiant mes feuilles de route, fulminant à chaque fausse manœuvre. Lorsqu'il piquait sa crise, son dos se voûtait et sa figure s'embrasait avec une telle rapidité qu'on l'aurait cru au bord de l'infarctus. Pendant ce temps, je m'efforçais de m'abriter derrière une obséquiosité à toute épreuve. Le soir, laminé par une journée marathonienne, je regagnais le pavillon 2 la tête sur le point d'exploser. Enfermé dans ma chambre, je me sentais devenir fou. Même le sommeil me fuyait. Je restais allongé sur le lit, les mains derrière la nuque, les yeux au plafond. J'essayais de me divertir en ironisant sur l'enfant que j'avais été, sur ses tribulations de cancre et ses grands secrets. Peine perdue. Quelque chose ne jouait pas le jeu. Je languissais déjà des bruits de mes rues, de l'appel de la misère, de la chaleur des miens. À cette heure-ci, à la Casbah, j'avais l'habitude de prendre l'air sur une terrasse, ou bien de me rendre chez Sid Ali le poète pour le regarder téter son joint et réciter sa prose entre deux bouffées. Ici, le silence, l'absence, la froideur empuantissaient mon haleine tandis que je me déshydratais en recueillant, au creux de ma main, la moiteur des solitudes. Mon « box » était semblable à une chrysalide stérile d'où aucun papillon ne s'échappera.

Les domestiques dînaient à 19 heures, au fond d'une sorte d'alcôve en face des cuisines. Trois hommes et deux femmes mangeaient autour d'une grande table en chêne, aussi inattentifs les uns aux autres qu'une bande de gargouilles. Le jardinier était un vieillard desséché, un fagot d'os jetés pêle-mêle à l'intérieur d'une salopette élimée. La tête chenue et l'œil recru, il mettait plus de temps à porter sa cuillère à sa bouche qu'un louchon à introduire un fil dans le chas d'une aiguille. Il se tenait à l'écart, fantomatique, recroquevillé sur son assiette, et il boudait son monde avec une sourde animosité. Les deux femmes de ménage se serraient dans leur coin, la figure ratatinée et le menton rentré, visiblement indisposées par la proximité des mâles. Agacés par ma curiosité, les deux autres larbins enfournaient leurs parts, visiblement pressés de débarrasser le plancher.

Une nouvelle recrue suscite toujours de la méfiance au début. J'ai pensé qu'à la longue, j'allais finir par obtenir un sourire, ou un frémissement de sourcils. Au bout d'une semaine, c'était le même accueil glacial, le même rejet. J'avais beau dire bonjour, bonsoir, salut tout le monde, pas l'ombre d'un regard, pas le moindre grognement, sauf peut-être le grincement d'une chaise ou l'arrêt momentané d'un cliquetis de fourchette, trahissant la gêne que suscitait ma manifestation intempestive. Je m'installais à l'autre bout de la table ; on me servait furtivement, dans un silence significatif, parfois on débarrassait avant que j'aie terminé mon repas. En un tournemain, mes voisins se retiraient sur la pointe des pieds ; je me retrouvais seul au milieu des cuisines, avec un sentiment de dépaysement qui se transformait au fil de la soirée en une insondable déprime.

Sid Ali, le chantre de la Casbah, me disait que l'Algérie était le plus grand archipel du monde constitué de vingt-huit millions d'îles et de quelques poussières. Il avait omis d'ajouter que les océans de malentendus qui nous séparaient les uns des autres étaient, eux aussi, les plus obscurs et les plus vastes de la planète.

Le huitième jour, alors que j'envisageais sérieusement de tout laisser tomber et de retourner dans les dédales de la Casbah, un homme envahit ma chambre.

– C'est toi, le nouveau ?

Sans me laisser le temps de me lever, il s'empara d'une bouteille d'eau minérale sur ma table de chevet et la porta à sa bouche. C'était un grand gaillard noir, carré comme un ring, nanti de deux bras herculéens et d'un visage massif et cabossé. Il écrasa la bouteille entre ses doigts, la jeta dans la corbeille à papiers et s'essuya les lèvres sur son poignet. Ses yeux intenses me balayèrent de la tête aux pieds.

– Je te cherche depuis un quart d'heure.

– J'étais en train de dîner avec les autres.

– Avec ces pantins, ça va pas ? C'est pas un endroit pour toi, mon gars. Il y a un snack, au 61, rue Fakhar. Le *Fouquet's*. Il appartient à Junior. Dorénavant, tu te restaureras là-bas.

– Je ne savais pas, dis-je, soulagé.

– Tu le sais, maintenant. (Il me tendit brusquement la main.) Mon nom est Hamid. Je bosse pour le fils du patron. Ne restons pas là. Je me sens pousser des cheveux blancs rien qu'en m'y attardant.

Nous sortîmes par la petite porte sous le mimosa. La nuit avait conquis les rues et était en passe de venir à bout des dernières poches de canicule. Dans le ciel, une lune ventripotente passait en revue ses pelotons d'étoiles. Hamid m'invita à prendre place dans une Mercedes monumentale, se répandit derrière le volant et fonça sur les chapeaux de roue à travers les artères désertes.

– Ton visage m'est familier, lui dis-je au bout d'un long silence éprouvant.

Il me montra ses grandes dents dans un sourire :

– Médaille d'or aux Jeux méditerranéens, vice-champion du monde militaire, vice-champion d'Afrique, deux fois champion du monde arabe, deux participations aux jeux Olympiques...

Je me frappai le front avec le plat de la main :

– Hamid Sallal, le boxeur.

– J'allais être déçu.

– Tu n'avais pas opté pour une carrière professionnelle ?

– Ouais, seulement les rentiers de la Fédération se sont montrés gourmands. J'ai dit : je partage pas. Alors, ils m'ont saqué. Je suis resté deux ans à Marseille. J'ai gagné mes premiers combats avant la limite. Et, d'un coup, je me suis retrouvé plongeur dans un bistrot.

– Comment ça ?

– Les fédés ont sorti des lois de leur casse-tête chinois et ont résilié mes contrats. Je suis rentré au bled pour reprendre un nouvel élan. Ils ont monté le staff contre moi, puis on m'a éjecté de l'équipe nationale.

– Pourquoi ?

– Ils voulaient m'exploiter, un bon filon. Des coups pour moi, du blé pour eux. C'est comme ça que ça se passe, dans la Fédération. Bilal le Rouget, Rachid Yanes, le Gaucher, c'étaient des champions du monde potentiels. C'est parce qu'ils ont refusé de marcher dans les combines de la pègre sportive qu'ils ont été brisés. Bilal a profité d'un stage au Canada pour mettre les voiles. Rachid est mécanicien à Boufarik. Seul le Gaucher s'est dégotté une écurie, du côté de Relizane. Il entraîne des gamins le matin, le soir il picole. Le bled, mon gars, c'est pas pour les chevaux de race. Pour y survivre, il faut être ou bourricot ou canasson... Hé ! Si je t'ennuie, tu m'arrêtes. Côté papotage, je suis imbattable toutes catégories confondues.

– Tu ne m'ennuies pas. Ça fait une semaine que je ronge mon frein.

– Peut-être, mais c'est pas une raison pour que j'en abuse. Junior, lui, quand j'affiche la fréquence, il me fout un jeton dans la gueule pour me court-circuiter.

Avant que j'aie acquiescé, il poursuivit :

– J'ai traîné mes guêtres partout, touché à tous les petits métiers de merde. J'ai même tangué des mois sur un chalutier. Un soir que je me soûlais pour digérer mes déconvenues, le patron du cabaret m'a offert de bosser pour lui comme videur. Le coin était mal famé. Une authentique ménagerie. Pour un rien, on te tranchait la gorge. Tout de suite, j'ai rétabli l'ordre. Non pas que je cognais dur. J'avais pas besoin de le faire. Les clients avaient du respect pour un champion. Dans notre bled, ta gloire, c'est chez les petites gens que tu as des chances de la retrouver intacte. Y a que là qu'on reconnaît tes mérites. Les officiels, ils te félicitent un soir, et ils t'oublient le lendemain. Ils n'ont pas que ça à faire. Tous des fumiers... Au cabaret, j'ai rencontré Junior. Il cherchait un garde du corps. Il m'a dit : Montre voir tes poings. J'ai montré mes poings. Il a dit : Ils sont en bronze ; maintenant ouvre-les. Je les ai ouverts. Junior a dit : Dedans, y a que du vent. Ensuite, il m'a montré ses poings, à lui. J'ai dit : Ils sont mignons, mais en porcelaine. Junior a ri, et il les a ouverts. À l'intérieur, il y avait du fric... J'suis boxeur. Avec les coups que j'ai reçus sur la tronche, je suis devenu dur à la détente. Mais, cette nuit-là, j'avais pas besoin d'un tableau. J'ai pigé de suite. C'est comme ça que Junior m'a recruté.

Nous arrivâmes devant un chalet suisse embusqué derrière une jeune forêt de plantes tropicales. La voiture roucoula sur le cailloutis, s'arrêta face à une baie vitrée. Un homme en kimono se prélassait dans un rocking-chair au bord d'une piscine, le cigare aussi imposant qu'un spectre et le regard souverain.

– C'est Junior, m'avertit Hamid.

Je mis de l'ordre dans mon costume et me raidis au pied du perron en marbre. Junior me toisa. Sa robe de chambre s'écarta sur un caleçon grenat lorsqu'il remua ses jambes replètes et duveteuses. Le teint vermeil et la bedaine conquérante, il sentait la fortune à des lieues à la ronde. Il avait entre vingt-cinq et trente ans, mais il devait s'estimer assez âgé pour se permettre des attitudes de patriarche.

– Approche que je te vise de plus près, m'ordonna-t-il.

Je montai les quatre marches qui nous séparaient et me tins à bonne distance, conformément aux instructions de M. Fayçal. Junior reposa son cigare dans un cendrier en forme de nénuphar, me dévisagea, les lèvres lourdes. D'une chiquenaude, il me lança négligemment une carte de visite frappée d'un croquis.

– Tu vas me ramener une dame. Elle t'attend à Fouka Marine. Tu sais au moins où ça se trouve ?

– À soixante ou quatre-vingts kilomètres d'ici.

– Chez nous, on parle *timing*. Ton tableau de bord, c'est le cadran de ta montre. Me suis-je fait bien comprendre ?

– Bien, monsieur.

– L'itinéraire est sur cette carte. Je veux que tu sois de retour avant 22 heures. Tu as déjà trois minutes de retard.

Hamid ramassa la carte, me la fourra dans la poche et me poussa dans la Mercedes.

– Top chrono !

Je fis rugir le moteur.

– Où sont les papiers de la voiture ?

– Les bagnoles des Raja n'en ont pas besoin. Démarre, démarre...

J'avais mis une heure pour atteindre Fouka, la pédale de l'accélérateur constamment au plancher. Je ne tenais pas à rater ma première sortie. Le parchemin me conduisit jusqu'à une villa, au sortir de la cité. À peine avais-je eu le temps de me ranger qu'une femme surgit de l'obscurité et se glissa furtivement sur la banquette arrière.

– Tu devrais éteindre tes phares, imbécile, maugréa-t-elle.

– Je suis nouveau, madame.

– Ce n'est pas une excuse.

Sa figure blême inonda le rétroviseur de grimaces.

– Roule, nom de Dieu ! cria-t-elle en français.

Sa sécheresse de ton me désarçonna. Je m'embrouillai, démarrai en heurtant le trottoir. La secousse propulsa la dame contre la portière.

– Espèce d'abruti, fulmina-t-elle. Retourne dans ton douar retaper ta charrette.

– Je suis algérois de souche, dis-je avec suffisamment d'agressivité pour lui signifier que j'étais prêt à lui abandonner son tacot et à rentrer chez moi à pied.

Elle se calma, s'aperçut qu'elle avait perdu quelque chose, chercha autour d'elle, puis farfouilla dans son sac en râlant avant de se renverser contre le dossier, épuisée et blasée. Plus loin, elle alluma le plafonnier et se remit à tâtonner sur le plancher et à fourrager à l'intérieur de son sac.

– Je peux vous aider, madame ? me proposai-je, conciliant.

– Oui : occupez-vous de vos oignons.

Nos regards s'entrechoquèrent au fond du rétroviseur.

– Tu veux ma photo ? hurla-t-elle.

Je me détournai.

Son souffle saccadé me brûla la nuque durant tout le reste du parcours.

Hamid nous guettait à l'entrée de la résidence. Dès qu'il reconnut la Mercedes, il accourut et entreprit d'ouvrir la portière sans attendre l'arrêt de la voiture. La dame s'agitait derrière, l'humeur massacrante. Au moment où elle mit pied à terre, je m'aperçus qu'elle était totalement nue sous son manteau de fourrure. Junior nous rejoignit, l'enlaça avec désinvolture et l'embrassa sur les lèvres.

– Tu as oublié ton sourire sur ton poudrier, chérie ?

– J'avais un petit cadeau pour toi. Je n'arrive pas à mettre la main dessus.

– Ouf ! J'ai cru que tu n'étais pas ravie de me revoir.

Il la poussa devant, lui assena une claque sonore sur le postérieur :

– On va régler cet impondérable, trésor. À ma manière, bien sûr.

Ils refermèrent la porte vitrée derrière eux.

– Tu sais qui c'est ? me demanda Hamid d'une voix fiévreuse.

– Non.

– Tu n'as jamais entendu parler de Notre-Dame de Chenoua ?

– Je ne vois pas.

– Eh bien, c'est elle : Leïla Soccar, elle ferait tourner la tête aux statues. Fille d'un diplomate, on raconte qu'un émir d'Orient a renoncé à ses titres simplement parce qu'elle le lui avait demandé.

– Et bien sûr, je suis obligé de croire ces histoires.

– Moi, j'y crois. Aujourd'hui encore, n'importe quelle grosse légume se ferait une joie de lui lécher les orteils. À quarante ans, elle demeure la chagatte la plus convoitée du Grand-Alger. Lorsque Junior l'a rencontrée pour la première fois, il a manqué de se foutre à poil. Pourtant il dispose d'un harem à chaque coin de rue. Mais Leïla, c'est son meilleur trophée, sa gloire. Malgré leur différence d'âge, ils font crever de jalousie la ville entière.

– Je suis claqué, dis-je pour freiner ses élucubrations. Je peux disposer ?

– Pas question, mon gars. Tu vas la reconduire chez elle dans une petite heure. Son mari rentre à l'aube, et il faut qu'elle soit là-bas pour lui faire la bise.

– Son mari rentre à l'aube ?...

– Hé ! il est des fantasmes qui reposent uniquement sur les risques qu'ils font courir. Tu n'as encore rien vu...

Je raccompagnai la dame vers 3 heures du matin. Durant le trajet, nous n'échangeâmes pas un mot. Elle s'était allongée sur la banquette et elle fixait le plafonnier sans ciller. Elle fuma une cigarette en écoutant la musique que diffusait la radio. Arrivée devant sa maison, elle attendit que je lui ouvre la portière puis elle entra chez elle sans me regarder. Avant de repartir, je remarquai un boîtier coincé entre les coussins du siège arrière. Je retournai le lui porter.

– Vous avez oublié ceci, madame.

Son regard éthéré refusa de se porter sur ce que je tenais dans la main, préféra plonger dans le mien pour y traquer mes pensées. Je le sentis glisser au plus profond de moi, telle une coulée de lave, inonder mes tripes et troubler mon âme. D'un geste languissant, ses doigts vinrent effleurer mes joues et déclenchèrent une vague de frissons dans ma chair. Subitement, elle se ressaisit.

– Je n'oublie jamais rien, petit.

Voyant que je ne comprenais pas, elle ajouta :

– Vous pouvez le garder.

Sur ce, elle referma doucement la porte entre nous.

De retour dans la voiture, je défis le boîtier et tombai sur une magnifique montre Rolex enchâssée dans un bracelet en or.

– Nafa, mon garçon, me dis-je, je ne sais pas si les marches que tu gravis mènent sur un podium ou sur un échafaud ; une chose est sûre : c'est parti...

3.

Les Raja étaient rentrés de voyage depuis deux semaines. Hamid était allé les chercher à l'aéroport et je n'avais pas réussi à les entrevoir une seule fois. M. Fayçal avait pris soin de condamner le portillon qui séparait ma « promenade » de la cour de la piscine. Du matin au soir, je me morfondais dans ma chambre, à scruter mes ongles et à feuilleter les mêmes magazines. Hormis les petites courses que me confiait le « majordome », souvent pour son propre compte, mes employeurs m'ignoraient. M. Raja était constamment absent. Quant à Madame, je ne connaissais d'elle que sa voix acrimonieuse qui effarouchait la valetaille et provoquait une véritable débandade dans le palais.

Junior m'avait chargé de deux missions, entre-temps. La première, j'étais allé à Tizi-Ouzou porter un présent à la veuve d'un industriel. La deuxième, j'avais raccompagné une prostituée à Oran. Quatre cent trente kilomètres d'orages, de chaussées impraticables et d'embouteillages monstres. J'avais téléphoné à Junior pour lui demander la permission de passer la nuit à l'hôtel. Je serais sur pied après un bain et une bonne nuit de sommeil. « Pas question, avait-il hurlé au bout de la ligne. Je veux la bagnole demain, à la première heure. » Le temps d'ingurgiter un sandwich dans une gargote, et je repris le chemin de retour. La nuit était tombée. Il pleuvait des cordes, et les éclairs m'éblouissaient. Ces quatre cent trente kilomètres supplémentaires faillirent me coûter la vie. Je m'endormis au volant et finis dans les labours d'un champ.

– Tu le paieras de ta poche, m'avertit Hamid en voyant le pare-chocs tordu de la Mercedes. Tu n'as pas encore bouclé ton mois chez nous, il ne serait pas indiqué de signaler l'accident. À ta place, je courrais vite dénicher un excellent tôlier.

– Où est Junior ? Je croyais qu'il avait besoin de la voiture.

– Il s'est envolé pour Paris dans l'heure qui a suivi ton appel.

– Pourquoi m'a-t-il fait revenir si vite, bon sang, par un temps aussi dégueulasse ?

– Ça, mon gars, c'est pas mon rayon. Les voies du seigneur sont impénétrables.

Il m'avait fallu solliciter Dahmane pour les frais de réparation. Après cette déconvenue, je m'étais remis à fumer. Comme une brute. Sans même m'en apercevoir. Mes journées m'accablaient, mes soirées tournaient court. Au *Fouquet's*, malgré une ambiance bon enfant, je me rendais compte que je n'arrêtais pas de surveiller le téléphone. M. Fayçal tenait à être informé de mes déplacements. Je devais lui laisser mes coordonnées partout où je me trouvais. Souvent, il m'appelait à des heures impossibles uniquement pour vérifier que je n'étais pas soûl ou débraillé. Lorsque je rappliquais dare-dare, essoufflé, il trouvait immanquablement un reproche pour justifier ses persécutions avant de me congédier, gâchant ainsi mes rares instants de répit.

Puis arriva Sonia, la fille unique des Raja. Une créature vénéneuse, belle comme l'illusion à laquelle elle ne tarderait pas à emprunter les vices. En allant la récupérer à l'aéroport, j'étais tombé aussitôt sous son charme.

Elle paraissait si frêle au milieu de ses bagages, la tête ceinte d'un foulard de haute bohème, les jambes captives d'un collant à couper le souffle. Grande, blonde et élancée, elle évoquait une gerbe de blé saluant la splendeur de l'été. Elle m'avait gratifié d'un regard appuyé tandis que je rangeais ses paquets dans le coffre de la voiture. Contrairement aux théories de M. Fayçal, elle prit place à côté de moi et ne quitta plus mon profil du regard.

– Vous êtes le nouveau ?

– Oui, mademoiselle.

Elle parut amusée par mon « mademoiselle ». Soudain, ses yeux clairs s'assombrirent.

– C'est quoi, cette histoire de FIS ? C'est vrai que les intégristes ont des mairies, chez nous.

– C'est vrai, mademoiselle.

– Les filles portent toutes le hijab ?

– Pas encore, mademoiselle.

– D'après vous, ils vont régner sur le pays ?

– C'est possible, mademoiselle.

– En Europe, on ne parle que de ça. Je me demande si j'ai bien fait de rentrer.

Elle se renversa contre le dossier et releva ses cheveux d'un geste dégoûté :

– J'étais très bien, à Genève... Vous connaissez ?

– Non, mademoiselle.

– Vous n'êtes jamais allé en Europe ?

– Seulement en France. Je m'y rendais à l'époque où l'on avait droit au pécule en devises.

– Vous avez de la famille, là-bas ?

– Non, mademoiselle.

Puis, croyant saisir une certaine opportunité :

– Je voulais faire du cinéma.

Elle me dévisagea pendant trois interminables secondes :

– C'est vrai, vous en avez le profil.

– Merci, mademoiselle.

Elle se tut. À mon grand chagrin. J'espérais qu'elle s'attardât sur le sujet, me dît qu'elle allait voir ce qu'elle pouvait faire pour moi, si elle avait des entrées dans le milieu, des choses de ce genre. Rien. Elle alluma la radio et se retrancha derrière un mutisme inexpugnable.

Dès le lendemain, elle me mobilisa. Je l'avais conduite à son club, au Golf, et attendue la matinée entière, dans le parking, sous un soleil de plomb. À midi, je l'avais emmenée à Bachjarah. Là encore, mes mains transpirèrent longuement sur le volant. Vers 15 heures, elle retourna au club pour s'y oublier jusqu'à la nuit tombée. Je n'avais rien avalé depuis le petit déjeuner. Je dus me contenter d'un sandwich que je ne consommai même pas en entier.

Durant sept jours et sept nuits, je n'avais pas cessé de me trémousser sur mon siège, de froisser mes paquets de cigarettes d'un geste fébrile, incapable de m'éloigner de la voiture car Sonia avait horreur de chercher après un larbin. Un soir, parce que je m'étais réfugié dans un snack, de l'autre côté de la chaussée, elle manqua de me lyncher.

– Et puis quoi encore ? hurla-t-elle pendant qu'un attroupement se formait. Monsieur veut peut-être que je lui apporte son repas au lit. Non, mais tu te prends pour qui ? Tu n'as pas le droit de quitter la voiture sans mon autorisation. J'exige de te trouver là où je t'ai laissé. Si tu n'es pas content, retourne dans ton gourbi.

– Bien, mademoiselle.

– Eh ben, grogna un badaud littéralement écœuré par le profil bas que j'affichais.

Jamais je ne m'étais senti en mesure de haïr quelqu'un à ce point. En silence, je lui ouvris la portière, la refermai derrière elle dans un *clic* feutré. J'eus de la peine à me frayer un passage dans la cohue indignée, puis je roulai vers les hauteurs de la ville. Je rangeai la voiture sous un caroubier, dans un endroit désert. Sonia sourcilla :

– On est où, là ?

Je me retournai vers elle. Ce qu'elle lut dans mes yeux la fit tressaillir. Calmement, je posai ma main sur son épaule et, d'un geste brusque et féroce, je l'attirai vers moi.

– Écoutez, mademoiselle. C'est vrai, je ne suis qu'un vulgaire conducteur d'automobile, c'est vrai, vous pouvez vous passer de mes services quand bon vous semblera, mais il y a une chose que vous auriez tort de perdre de vue : je suis un être humain, et j'ai de l'amour-propre. Ce n'est pas assez pour me laver des préjugés, mais je n'ai rien d'autre. Si je venais à le perdre, autant perdre la vie avec.

Elle avait dégluti lorsque je l'avais relâchée.

J'avais pensé que mes carottes étaient cuites, que mon ami Dahmane allait m'en vouloir jusqu'à la fin de ses jours. Je me trompais. Le lendemain, une femme de ménage m'apporta un petit paquet. À l'intérieur, il y avait une chaîne en or massif et un bout de papier parfumé sur lequel était écrit : *Si tu me pardonnes, porte-la à ton cou...* Sonia ne m'apostropherait plus, mais elle continuerait de m'exploiter avec un tel acharnement que son pendentif pèserait sur ma nuque plus lourd qu'un collier de fer.

M. Fayçal me convoqua, tard dans la nuit. Raide derrière son bureau victorien, il s'épongeait nerveusement dans un mouchoir. Sa pâleur et son front ruisselant me firent craindre le pire. Il commença par desserrer son nœud papillon, fronça les sourcils comme si la raison de ma présence lui échappait. Retrouvant ses facultés, il s'essuya la nuque, le menton et essaya de se concentrer :

– Madame sort, m'annonça-t-il... Je vous préviens : elle a horreur des cahots. Aussi, évitez les nids-de-poule et les chaussées abîmées. Conduisez *consciencieusement*. Pas d'excès de vitesse, pas d'imprudence.

Il me balança ses instructions d'une traite, avant que le souffle lui manquât. On aurait dit que son sort dépendait de mon habilité de chauffeur. De toute évidence, Mme Raja lui inspirait une terreur chimérique. À croire qu'elle le tenait pour responsable de tout incident domestique.

– Nafa, ajouta-t-il en se dépêchant dans le couloir, je ne le répéterai jamais assez : soyez sobre et attentif.

– Promis.

Mme Raja avait dû fasciner bien des prétendants, dans sa jeunesse. La finesse de ses traits conservait les vestiges d'une vraie noblesse. À cinquante-cinq ans, elle s'écroulait déjà, pareille à un monument foudroyé. Le temps l'avait rattrapée au moment où elle s'y attendait le moins. Elle ne savait plus comment négocier avec lui, désormais. Momifiée dans son sari aux reflets crépusculaires, elle trônait sur la banquette arrière, déesse finissante à l'entrée de son sarcophage. Ses yeux immenses s'accrochaient toujours aux étoiles filantes, mais son visage rongé par la maladie ne croyait plus aux miracles. Il s'amenuisait stoïquement, dans son charme d'antan, comme une vieille légende qui ne prend plus, un charme fantomatique, aigri, ramené à la raison par cette impuissance des grosses fortunes à graisser la patte à l'érosion des ans malgré le bon vouloir des liftings et des plus prestigieuses marques de cosmétiques.

Elle n'avait pas dit un traître mot depuis qu'elle était montée à bord. Pas même lorsqu'une crevasse gorgée d'eau échappa à ma vigilance. Elle avait juste remis à sa place un pan de son voile, et elle avait continué de contempler les lumières de la ville avec la tranquillité d'une enfant devant un aquarium.

Nous traversâmes un quartier résidentiel assoupi. Il était minuit passé, et pas une ombre ne remuait dans les rues. De temps à autre, Mme Raja m'indiquait le chemin, du bout des lèvres – « à droite », « à gauche », « tout droit » – jusqu'à ce qu'elle me priât de m'arrêter devant une maisonnette aux fenêtres éclairées.

– Venez avec moi.

Elle descendit sans mon aide et sonna à la porte. Une jeune femme nous ouvrit, s'effaça aussitôt en reconnaissant la visiteuse. Nous entrâmes dans un salon douillet : canapés recouverts de brocart, abat-jour en porcelaine et argenterie étincelante. Un monsieur se délassait au fond d'un sofa, la pipe à portée du réflexe. Sa calvitie luisait sous le lustre en cristal. Il sursauta d'abord en nous voyant débarquer, plus ennuyé que surpris, se leva, ramassa sa veste et sortit dans la rue, sans un mot. Mme Raja s'interdit de regarder la jeune femme. Elle se voulait digne. Elle s'était légèrement déportée sur le côté pour laisser passer l'homme, comme si ce dernier lui inspirait une sorte de répulsion.

La jeune femme s'appuya contre le mur, porta une longue cigarette à ses lèvres exsangues et souffla la fumée en direction du plafond d'un air dépité.

Le monsieur grimpa dans la voiture. Mme Raja l'y rejoignit, altière et froide, m'ordonna de les ramener à la maison. Un silence chargé de ressentiment s'installa sur la banquette arrière, si vampirisant qu'il absorba le ronronnement du moteur. Le monsieur exhala un soupir et se retourna vers la vitre. Les réverbérations des lampadaires zébraient sa figure de lueurs insaisissables. Mme Raja regardait droit devant elle, lèvres cicatrisées, yeux opaques. Je la devinais en train de lutter pour garder intacte sa dignité. Au bout de quelques kilomètres, elle flancha et son poing s'abattit sur le siège :

– Où veux-tu en venir, Salah ? haleta-t-elle. Que tu me trompes avec ton contingent de secrétaires, je comprends. Mais avec ma propre sœur...

M. Raja ne répondit pas. La figure collée à la vitre, il

fixait obstinément la stèle du Maqam, en haut de la colline.

Cinq mois chez les Raja, et déjà mes rêves d'enfant se disloquaient au large des peines perdues. J'avais croisé des célébrités, transporté des journalistes, des industriels, des *Aladin*, et pas une fois leur regard ne décela cette chose que je portais en moi comme une grossesse nerveuse dans l'espoir d'accoucher d'une constellation. On ne faisait même pas attention à ma fébrilité obséquieuse, sauf pour me signaler la fragilité d'un bagage ou pour me traîner dans la boue à cause de quelques misérables minutes de retard. Mon *profil* ne les accrochait pas, mon sourire olympien, ma carrure parfaite n'avaient pas plus de prise sur leur arrogance qu'un lieu sacré sur un vandale. Je n'étais qu'un cocher des temps modernes, un vulgaire portefaix qui ferait mieux de ménager sa peine au lieu de s'escrimer à se familiariser avec une hiérarchie intraitable. Au fil des déceptions, j'avais capitalisé assez de sagesse pour consentir à flirter avec mon statut d'intouchable sans me bercer de faux-semblants. Voué aux sautes d'humeur de Sonia et aux frasques de son frère, je subissais leur tyrannie avec longanimité. La semaine précédente, Junior m'avait tiré de mon lit à 2 heures du matin pour me charger de lui dégotter une bouteille de whisky. Il était dans sa résidence secondaire, sa dernière conquête blottie contre lui sur le divan ; ils visionnaient une cassette pornographique en gloussant. L'ensemble des brasseries de la ville était fermé mais il n'était pas question, pour moi, de rentrer bredouille. Junior l'aurait pris comme un camouflet et ne m'aurait jamais pardonné de l'avoir « humilié » devant sa maîtresse de passage. Je me rendis à Sidi Fredj pour éviter le malentendu. Au retour, Junior et sa princesse d'une nuit étaient partis s'éclater sous d'autres cieux, et moi, ma bouteille à la main, vidé, titubant de sommeil et de rage, je me traitai de tous les noms jusque dans mon sommeil. C'est en n'osant pas rendre mon tablier que je mesurai l'inconsistance de mon amour-propre. Il ne m'avait pas fallu d'énormes moyens. Ma petite fierté m'avait laissé tomber, certainement abasourdie par l'ampleur de mes concessions. Entre claquer la porte et écraser, j'avais choisi de ramper. Simplement. Autoflagellation ?... Peut-être. Arrivé à ce stade de servilité, j'estimai que l'on a que ce que l'on mérite. Qui étais-je donc, tout compte fait ? Nafa Walid, fils d'un cheminot en retraite, c'est-à-dire d'un homme qui n'avait pas les moyens de sa propre dignité. Claquer la porte ? Pour aller où ? Retourner à Bab El-Oued renifler les caniveaux défoncés, errer à longueur de journée à travers les ruelles retorses de la Casbah, embêter les lycéennes de Soustara pour, finalement, rentrer bouder l'existence insipide au fond d'une chambre aux volets clos ?... Trop tard. Il est des ensorcelements qu'aucun exorciste ne saurait conjurer, quand on a frémi sous leur envoûtement, on ne peut plus s'en passer. C'est ce qui m'était arrivé. Maintenant que j'avais une vue sur le paradis des autres, je m'évertuais à en croquer les périphéries, me contentant d'une miette par-ci, d'une éclaboussure par là, persuadé que l'odeur de la fortune, quand bien même elle me passerait sous le nez, valait tous les folklores des bas-quartiers.

– Voilà que tu causes au mur, me surprit Hamid.

– Je discute avec mon ange gardien.

– Je ne vois pas son cornet acoustique.

Il éclata de rire, ravi de sa réplique, décrocha ma veste pendue au portemanteau et me la balança à la figure.

– J'ai besoin de toi, mon gars.

– Demande à Fayçal.

– Pas la peine. Junior est à Sétif, Sonia à la plage et

Madame est souffrante. De toutes les façons, ce ne sera pas long.

Une heure plus tard, nous débouchâmes sur *Dar Er-Rahma*, un hospice aux allures de mouroir. La directrice de l'établissement, un bout de femme vif, le chignon sévère et la bouche comme une incision, nous reçut dans son bureau. Elle paraissait tarabustée, et elle fusilla Hamid du regard.

– Vous devriez soigner votre amnésie, monsieur, maugréa-t-elle.

Puis, après une profonde inspiration :

– Bon, vous êtes là, et c'est mieux que rien. Suivez-moi.

Elle nous guida à travers une cour cernée de platanes. De vieilles personnes se faisandaient çà et là, les unes sur des bancs, les autres par grappes sur les marches d'un dortoir lugubre.

– Nous sommes obligés de les caser n'importe comment, se plaignit la directrice. Nous manquons de lits, de chambrées. Les subventions sont détournées et les associations caritatives sont de plus en plus réticentes. Le taux de mortalité est préoccupant cette année.

Elle revint tout à coup sur ses pas, se dirigea sur une vieille femme esseulée.

– Ne reste pas là, Mimouna. Le soleil tape dur, ce matin.

– Je viens juste de m'asseoir.

– Ne mens pas, ma chérie. Mon bureau est en face. Je te surveille depuis un bon bout de temps. S'il te plaît, rejoins les autres.

La vieille femme acquiesça, mais ne donna pas l'impression de vouloir obéir. Elle rentra la tête dans les épaules et se fit toute petite.

– C'est la plus ancienne locataire du centre, poursuivit la directrice en s'éloignant. Sa compagne est morte la semaine dernière d'une foudroyante insolation. Elle essaye de la suivre de la même façon.

Nous arrivâmes devant une octogénaire décharnée, recroquevillée à l'ombre d'un arbuste. La directrice nous salua et nous laissa seuls. Hamid posa son panier de fruits par terre, toussota dans son poing et dit d'une voix douce :

– *Hajja...*

La vieille femme sursauta. Ses yeux blancs s'égarèrent. Elle tendit une main incertaine que Hamid intercepta avec précaution.

– Mon enfant ?...

– C'est seulement Hamid, *hajja.*

Elle sourit. Son visage défiguré par les rides s'étrécit. C'était une pauvre aveugle qu'emmitouflait une robe usée, mais propre. Je ne sais pas pourquoi un sentiment de pitié et de désarroi me traversa l'âme. J'avais l'impression que l'hospice s'obscurcissait, que les arbres, subitement, nous tournaient le dos.

– Il n'est pas venu ?...

– Non, *hajja.*

– Ce n'est pas grave. J'espère qu'il va bien.

– Il est en bonne santé.

– Il s'implique beaucoup. C'est dans sa nature. Petit, il était le dernier à aller se coucher. C'est vrai qu'il me manque, mais je comprends. Il se tue à la tâche.

Sa voix chevrotante s'enroulait autour de l'arbuste, pareille à un suaire emporté par le vent. De nouveau, sa main chercha le visage de Hamid, le trouva, le caressa.

– Il y a quelqu'un avec toi ?

– Oui, un jeune homme très bien. Il s'appelle Nafa.

– Il a une parente ici ?

– Il m'accompagne. Il a tenu à te saluer.

– Il doit être quelqu'un de très bien, effectivement.

Je lui baisai le sommet de la tête. Elle apprécia, me prit le poignet et le garda.

– Hamid, mon garçon, les gens de nuit n'ont pas la notion du temps. Qu'ils s'assoupissent ou qu'ils veillent, ça ne change pas grand-chose pour eux. Leur cécité est exil. La seule lumière capable de les atteindre vient du cœur des autres... Est-ce que tu comprends ?

– Je comprends, *hajja.*

– Si je m'accroche encore à la vie, c'est juste pour retrouver l'odeur de mon enfant. Il est mon unique port d'attache, sur cette île... Non, réagit-elle aussitôt, ne l'inquiétez pas. Je vais bien. Il me tarde seulement d'entendre sa voix, de percevoir son souffle contre mon visage. Je n'ai plus que lui. Je me sentirais moins seule, *après.* J'aurais moins froid, dans ma tombe, si je partais avec la certitude qu'il va bien. Dans mon sommeil, mon ventre reçoit parfois des coups exactement comme ceux qu'il me donnait lorsque je le portais en moi. Je me réveille en sueur, et je me dis que mon enfant a mal, qu'il lui est arrivé malheur...

– Je t'assure qu'il va bien, *hajja.*

– Je te crois. Tu n'as aucune raison de me mentir. Mais une mère est comme un enfant, elle a besoin de toucher pour en avoir le cœur net. On a fait venir plusieurs fois le médecin à mon chevet. Il a dit que j'étais finie. Je suis déjà partie dans mon esprit, seulement ma chair refuse de suivre. Mon cœur n'est pas rassuré, tu comprends ? Une minute de son temps suffira à mon bonheur. Je m'en irai alors sans aucun regret.

Elle se retourna. Pour cacher ses larmes. Hamid l'embrassa sur l'épaule avant de se retirer à reculons. Nous regagnâmes la voiture en silence, lui renfrogné, moi tétant une cigarette récalcitrante.

– Qui est cette femme ? lui demandai-je une fois loin de l'asile.

– C'est la maman de ton employeur, cher Nafa, la mère du tout-puissant Salah Raja. Elle croupit là-dedans depuis des années, et pas une fois il n'a jugé utile de lui rendre visite. Ce n'est même pas lui qui m'envoie la voir.

4.

Avant de devenir une boîte de nuit, le *Fennec* avait été un centre pour handicapés moteurs qui sommeillait sur un rocher et semblait se désintéresser des gourbis suintant sur les flancs de la colline. Plus près du ciel que du ghetto, il s'obstinait à s'adresser au bon Dieu, ramassé sur son catafalque, à l'ombre de ses bâtisses séculaires à peine dérangées par le grincement intermittent des chaises roulantes. Les badauds qui passaient à proximité se signaient en catimini, priant leurs saints patrons de les préserver d'un endroit pareil. Mais la ville dévora bientôt les terrains vagues environnants. Des chantiers effacèrent, sous leur déluge de béton, les petits bosquets avant de lancer les bulldozers hunniques sur le reste du site. Rapidement, à la place des misérables potagers que cultivaient les riverains, des villas cossues poussèrent comme des champignons. En un tournemain, des avenues rutilantes rattrapèrent l'ancien sentier de chèvre qui dégringolait sur les taudis et qui, fier de son nouveau revêtement, pivota au détour du château d'eau pour se ruer sur la cité nouvelle enguirlandée d'enseignes au néon, de vitrines alléchantes et de discothèques braillardes. Le vieil asile suscita alors bien des convoitises. Sous prétexte de le restaurer, ses locataires furent recasés ailleurs. Lors des événements d'octobre 88, un incendie suspect s'y déclara, et *grâce* au forfait des entreprises philanthropiques et communales, l'asile fut cédé, pour une bouchée de pain, à un potentat. Ce fut donc avec un certain « soulagement » que les passants déchiffrèrent une nuit, sur le fronton du centre, les huit lettres multicolores de l'usurpation, rayonnant dans le ciel comme une aurore boréale. Ainsi naquit le plus select club privé d'El Acima, un gigantesque dancing que fréquente exclusivement la *tchitchi* algéroise.

Contrairement au club du Golf, où j'étais contraint d'attendre Sonia dans le parking, le *Fennec* met à la disposition du personnel un petit bar, en face des vestiaires. Les chauffeurs peuvent s'y détendre. Ils ont droit à un hamburger et à des rafraîchissements.

Perché sur un haut tabouret, je grignotai ma ration au comptoir, l'œil rivé sur le battant masquant la piste de danse qui, le temps d'une sortie ou d'une entrée, libérait une flopée de musique endiablée et laissait entrevoir les jeux de lumières voltigeant par-dessus le contingent de danseurs en proie au délire. Depuis que je m'étais installé, un homme n'arrêtait pas de m'observer. À chaque fois que je me retournais, je butais sur son regard noir qui paraissait incompatible avec son sourire. Il devait avoir la cinquantaine, les cheveux blancs et le ventre à l'étroit dans son tricot en laine. Finalement, il quitta sa table et vint s'asseoir à mon côté.

– Tu ne te souviens pas de moi ?

Je le fixai un instant.

– Je devrais ?...

– Tu n'es pas obligé, mais ça m'aurait fait plaisir. Tu es bien le type du film passé à la télé ?

Constatant qu'il ne me disait rien, il m'aida :

– Le musicien de Sid Ali, le poète...

J'essayai de me rappeler, en vain.

– Nous avons festoyé ensemble, insista-t-il. Chez

Haj Ghaouti qui mariait son fils, à Souk El-Djemâa. Tu étais avec ton ami Dahmane.

– C'est vrai, j'étais à cette soirée.

– Eh bien, le type à la mandoline, c'était moi. Sid Ali avait dit que si mon instrument était une boule de cristal, je ferais naître des houris du bout de mes doigts.

– Désolé, je ne m'en souviens pas.

Il dodelina de la tête :

– Ce n'est pas important. Je suis juste venu bavarder. Trois heures que je poireaute dans mon coin... Ça fait longtemps que tu es chez les Raja ? Je t'ai vu déposer leur fille.

– Deux trimestres, pourquoi ?

– J'ai connu l'ancien chauffeur. On ne le voit plus.

– Il a eu un accident.

– Rien de grave, j'espère.

– Je ne sais pas.

Il me proposa sa main.

– Yahia, chauffeur des Bensoltane.

– Je croyais que tu étais musicien.

– Je te croyais acteur, moi aussi... Mon orchestre traditionnel n'intéresse personne. Les gens réclament des groupes *raï*. Les temps changent, et les mentalités aussi.

Il extirpa une pièce de monnaie de sa poche, la fit rouler sur le comptoir, la rattrapa, joua avec entre ses doigts extraordinairement agiles. Il referma son poing, souffla dedans, l'ouvrit : la pièce avait disparu. Il feignit d'être embarrassé, chercha autour de lui, tendit brusquement le bras vers mon poignet et, d'un claquement, la pièce rejaillit entre son pouce et son index.

– Tu es magicien aussi ?

Il sourit.

– Ça m'arrive. Quelle heure est-il ?

En m'apprêtant à consulter ma montre, je découvris qu'elle n'était plus à mon poignet.

– Merde, je l'ai perdue.

– Elle est dans la poche droite de ton veston.

Effectivement, elle y était.

– Impressionnant, reconnus-je.

– Vieux truc de prestidigitateur en disgrâce. Je sais tout faire avec mes mains. J'ai touché à tous les instruments de musique, j'ai sculpté dans du bronze, dans du bois, j'ai réalisé un tas d'ouvrages artisanaux, mais quand il s'agit de bouffer, mes mains se décrochent de leur nuage et se rabattent sur le volant. Au pays de la prédation, le talent ne nourrit pas son homme. À peine consentirait-il à l'assister lorsqu'il s'attendrit sur son sort.

Une tristesse intempestive lui voila la figure. Il contempla sa pièce, l'effaça d'une feinte machinale.

– Le talent, soupira-t-il...

Ses mâchoires roulèrent, doucement.

– L'âme d'une nation, ce sont ses artistes ; sa conscience, ses poètes ; sa force, ses champions. Je me trompe, peut-être ?...

Ses yeux vacillèrent, se cachèrent derrière une tasse de café, et ses joues se remplirent de dépit. Il secoua doucement la manche gauche de sa veste, et la pièce réapparut, cran par cran, avant de tinter sur le comptoir.

Ses lèvres se froissèrent :

– Subversion, voilà ce que c'est le talent, chez nous. Source de tracasseries, funambulisme, nigauderie. Il dérange, il fait pitié aussi. Une fête foraine suscite plus d'égards qu'un artiste, de nos jours. Lorsque je prends ma mandoline, j'ai honte parfois. Je me dis peut-être qu'après tout, la musique, c'est un métier de cons, une dépravation, un truc de pédés. Elle amuse la galerie sans pour autant mériter sa considération. Tu as vu comment on nous traite ? On consacre plus de temps à taper dans ses mains pour appeller le masseur au hammam qu'à applaudir un artiste... On ricane sur ton passage, on te lance des quolibets, et on se réjouit lorsqu'ils font mouche. Tu croyais être une star. Pauvre crétin ! Te voilà la risée du quartier. Même le dernier portefaix du souk se paie ta tronche. Et les gosses, remontés par les adultes, vocifèrent à tes trousses pendant que tu cours te cacher, au fond des portes cochères, comme un pestiféré.

Je perçus sa colère en train de sourdre au tréfonds de son être. Le chagrin tiraillait ses traits, impulsif, à fleur de peau. J'étais gêné. Je devinai, au-delà de ses tours de passe-passe, sa gêne de ne pouvoir maîtriser ce besoin douloureux de se mettre à nu devant un inconnu. Il leva les yeux sur moi, se rétracta derrière son sourire énigmatique, les prouesses de sa pièce ne suffisant plus à le rassurer.

Après un silence auquel, semblait-il, il refusait de s'accommoder, il passa la langue sur ses lèvres, se racla la gorge et grogna :

– Je me dis que notre société est incompatible avec l'art. En tout cas, c'est le sentiment que j'ai quand je joue. Les gens te regardent d'un air détaché. Tu es là pour les divertir, pas plus. Et moi, je m'imagine saisissant ma mandoline pour l'écraser sur un crâne, n'importe lequel, taper dans le tas puisqu'ils se valent tous. Tu te rends compte ? un artiste rabaissé au rang de bouffon que l'on renie dès la fin du spectacle...

Sa respiration s'emballa et une salive blanchâtre se mit à fermenter aux coins de sa bouche.

Il dodelina de la tête, peiné :

– Mais la vérité est ailleurs, si tu veux savoir. Ce n'est pas le peuple qui est ingrat, ou inculte. C'est le système qui fait tout pour l'éloigner de la noblesse des êtres et des choses. Il lui apprend à ne se reconnaître que dans la médiocrité tous azimuts.

Son poing cogna sur le comptoir. Il plongea son regard fielleux dans le mien et grommela :

– Et là, je dis vivement le FIS, *kho*. Absolument...

Je haussai les épaules. Cela l'agaça. Son poing se referma, puis se ramollit :

– Les islamistes, au moins, ont des chances de nous secouer, de nous lancer sur de grands projets. Ce que je veux, c'est faire quelque chose de ma putain de vie. Être utile. Participer à un ouvrage, pas forcément un édifice grandiose ; juste une activité sérieuse et collective, avec des gens fiers de leur petite contribution, et d'autres attentifs à leur enthousiasme. Servir sans avoir le sentiment de ramper, de lécher les bottes et les paillassons. Bouger, merde ! Ne pas croiser les bras en attendant de moisir à l'ombre de l'exclusion. Tu comprends, toi ? *Faire quelque chose...* Avec le FLN, tout est permis certes, mais ignoré. I-gno-ré ! Tu peux faire naître des houris sur ta guitare, on s'en fout. Tu peux brûler des feux de mille génies, on te laissera te consumer dans ton coin, dans l'indifférence. Il n'est pire ennemie du talent que l'indifférence. Le FIS a beau déclarer les soirées musicales interdites au même titre que le tapage nocturne, je suis sûr qu'il me laissera chanter les louanges du Prophète dans le respect et la béatitude. Ce que j'attends, c'est le changement, la preuve que les choses s'époussettent, avancent. Dans quel sens, je m'en contrefiche. Mais pas le marasme. Pitié ! Pas le marasme. Je ne le supporte plus. Alors, vivement le FIS, *kho*. Je me laisserais volontiers pousser la barbe, quitte à m'enchevêtrer dedans, et j'écouterais les prêches fastidieux à longueur des journées, parce qu'au moins, à la mosquée, j'ai l'impression que l'on s'adresse à moi, que l'on se préoccupe de mon avenir, que j'*existe*. Avec le FLN, je n'ai pas ce sentiment. Son système est pourri, allergique à toute vocation non voyoucratique. L'art, l'érudition, le génie humain, c'est une dégénérescence maligne qu'*il* combat à coups de chimiothérapie. Je refuse d'être traité comme une pathologie. Je suis un artiste, un faiseur de beauté, une sublimation, *kho*. Je veux respirer, m'épanouir. Est-ce trop demander? Alors pourquoi dois-je passer mon temps à m'apitoyer sur Dahmane El Harrachi, mort d'exil et de fiel, à écouter les poèmes de Mahboub Bati en me disant que c'est là le plus grand parolier du monde perdu dans le plus grand silence de la terre, à me demander si Sid Ali était fou de croire encore à la magie du verbe tandis qu'il se tue à petits feux à coups de joints et de vin frelaté.

Ses sourcils se ramassèrent autour d'une fureur incandescente. Son doigt tapota fermement sur le comptoir, il cria presque :

– J'attends que l'on me restitue ma dignité, *kho*, ma dignité et celle de mes idoles, et celle de mes amis.

Il se tut. Brusquement. Ses yeux brûlants se détournèrent et son souffle se prolongea dans un long soupir. Je compris qu'il s'en voulait d'avoir vidé son sac sans la moindre retenue, de s'être confié de la sorte au premier venu. Mais je le sentais soulagé d'un poids trop lourd, comme d'un aveu longtemps souhaité et jamais tenté.

Du bout du doigt, il effleura la pièce; elle frémit, se releva et se mit à rouler toute seule.

Il branla la tête. Ses épaules s'affaissèrent. Il rétrécissait, fondait sous mon regard...

– Excuse-moi, je crois que je me suis laissé aller.

– Puisqu'il faut *bouger*.

– Je ne suis pas un islamiste.

Je lui souris :

– Du moment que tu es un artiste.

– Tu crois que je divague ? se ressaisit-il, subitement méfiant. Sincèrement, tu le penses, pas vrai. Tu te dis, mais qu'est-ce qu'il lui prend, à ce type ? Pourquoi il vient m'emmerder alors que je ne lui ai rien demandé ?... J'ai conscience de ça, *kho*. J'suis pas un demeuré. Mais, j'y peux rien. Le problème, avec les murs, c'est qu'ils ont des oreilles et pas le moindre avis. À la longue, ça tarabuste. Il devient urgent de dégueuler ce qu'on ne peut digérer... Je me sens devenir taré.

– Nous sommes dans un pays dingue.

Il leva les yeux sur moi, inquiet :

– Tu ne crois pas au discours des islamistes ?

– Je suis neutre.

– C'est quoi, être neutre ? On ne peut pas être neutre à la croisée des chemins. On est obligé de choisir une destination.

– On ne choisit jamais.

– C'est faux. On est responsable de son destin.

– En Algérie, il n'y a pas de destin. Nous sommes tous au bout du rouleau.

– Détrompe-toi. C'est ce qu'on essaye de t'inculquer : le renoncement. On cherche à te rogner les ailes. L'Algérie est cette Belle au bois dormant qu'une bande d'eunuques tente de *préserver* de tout prince susceptible de la soustraire à sa léthargie, afin de ne pas trahir leur propre impuissance. C'est Sid Ali qui le dit. Et le poète ne ment jamais.

– C'est possible, fis-je excédé.

Un couple passa devant nous, roide, d'une morgue hypertrophiée, déversant dans le bar les effluves de parfums inabordables et sur les larbins, brusquement pétrifiés d'humilité, l'ombre anéantissante de sa seigneurie. Le barman se raidit derrière sa barricade, le bras suspendu à hauteur d'une étagère. La fille qui roucoulait au fond des vestiaires couvrit sa bouche d'une main bizarrement coupable. Le couple ne le remarqua même pas. La dame avait le nez si haut qu'on aurait dit sa nuque brisée. Sa peau translucide tranchait sur sa robe en soie bleu nuit incrustée de gemmes, et ses yeux, deux joyaux mystérieux, regardaient très loin en avant comme si les laisser traîner dans la salle eût été compromettant. Elle n'était pas plus jolie qu'une murène à l'affût, mais son collier était de perles, et son diamant authentique. Le monsieur lui emboîtait le pas, martial dans son smoking scintillant, visiblement horripilé de devoir nous *traver-*

ser pour aller à l'air libre. Tout de suite, un vieil homme, qui somnolait dans une encoignure, se redressa dans un bruit de chaise et courut les devancer, en éclaireur servile.

Mon interlocuteur suivit le couple d'un œil torve, les lèvres froissées.

– Les *aristocrottes* ! grogna-t-il... Tu les connais ?

– Non.

– Ce sont les Faraïna, les barons du textile. Il paraît qu'ils n'ont pas de W.-C., chez eux. J'ai rencontré des constipés, mais de cette catégorie, y en a même pas dans la cour britannique. Le type qui s'est taillé à quatre pattes, c'est leur chauffeur depuis une éternité. Ils ne savent toujours pas comment il s'appelle. Ils se prennent pour des divinités.

– Hé ! c'est la vie.

– Ça se voit que tu ne les connais pas. Pas une once d'humanité, je te dis, juste une pompe en fonte à la place du cœur. Ils n'ont pas plus d'égards pour les autres qu'une machine à sous. Y compris pour leur propre famille. Leur fils s'est tué à quinze ans. Il s'est pendu dans le garage... Si leur propre enfant ne les a pas supportés, je te demande qui le pourrait ?

– Leur chauffeur.

Ma réponse le stoppa net. Il observa un temps de réflexion, désorienté, comprit où je voulais en venir et partit d'un rire incongru.

– Toi, tu es un sacré numéro.

– De châssis.

Il repartit de son rire, sans pour autant se débarrasser de l'ombre sur son visage.

Il redevint sérieux, et sa main sollicita de nouveau sa pièce :

– Vivement le FIS. Avec les islamistes, au moins, nous serons égaux.

– Relativement...

– Relativement peut-être, mais nous n'aurons qu'un seul Dieu.

Le battant s'ouvrit hargneusement sur une Sonia blafarde. Je sentais sa respiration sur moi, nasillarde, terrible. De la tête, elle m'ordonna de me lever. Derrière elle, un jeune homme grand et maigre, la raie au milieu du crâne, se tamponnait le front dans un mouchoir. Il était confus et ne savait comment y remédier. Il attrapa Sonia par le coude. Elle pivota sur elle-même et lui assena une gifle magistrale. D'abord éberlué, il souleva un bras qui ne s'abattit pas et, contre toute attente, il porta la main à sa joue meurtrie en gémissant :

– J'ignorais qu'elle était là, chérie.

Les narines de Sonia papillotèrent d'une manière déplaisante.

– Fumier !

Il essaya de lui prendre le poignet, suppliant.

Elle recula.

– Ne me touche pas.

Je quittai mon tabouret pour me camper devant l'individu, les poings en alerte.

– Mademoiselle vous demande de la laisser tranquille.

Il me balaya de la main et se dépêcha de rattraper Sonia dans la cour. Je lui courus après, le retins par l'épaule. Mon geste l'écœura. Il faillit en crever.

– Sais-tu combien elle coûte, cette chemise ? Non, mais tu te rends compte où elle se balade, ta sale patte ? Tu es en train de l'essuyer sur la chemise d'Amar Bey, petit minable.

Joignant le geste à la parole, il me saisit à la gorge et me repoussa contre le mur.

– Contente-toi d'astiquer les bagnoles de tes maîtres, larbin. Tu es payé pour ça, non ? Alors, reste en dehors des choses sérieuses. C'est une affaire entre ma fiancée et moi.

Dans la cour, Sonia pestait. Elle arracha sa bague et la lui jeta à la figure.

– Reprends ta rognure, chien. Je ne veux plus te revoir.

Amar Bey localisa l'endroit où était tombé le bijou, mais ne le ramassa pas.

– Je jure qu'il n'y a rien entre elle et moi.

– Fiche-moi le camp.

– Bon sang ! Je ne peux tout de même pas lui interdire de fréquenter le club.

Sonia refusait de l'écouter.

Elle grimpa dans la voiture en me hurlant :

– Éloigne-moi de cet arriviste.

Je mis en marche. Le fiancé s'agrippa à la poignée de la portière, cogna désespérément contre la vitre.

– Roule, abruti...

Je fis marche arrière, manquai de renverser l'imprudent et fonçai vers le portail. Le jeune homme nous pourchassa, une main sur la portière, l'autre martelant la carrosserie.

– Ce n'est pas raisonnable, Sonia. Réfléchis, voyons. C'est absurde. On ne va pas se chamailler pour une nullité. Je ne l'ai même pas regardée.

Je dus accélérer pour le distancer. Au bout d'une course éperdue, je le vis ralentir, trébucher, s'arrêter enfin et donner un coup de pied dans un arbuste.

– Le fumier, le fumier, rageait Sonia. Petit arriviste. Me faire ça, à moi, fille de Salah Raja ? Pour une allumeuse de bas quartier, l'avorton d'une cartomancienne ?... Il n'a pas fini d'en entendre parler, fais-moi confiance. Je m'en vais lui river son clou une fois pour toutes. Plus personne ne voudra lever les yeux sur lui. Je vais le griller partout. C'est grâce à moi si l'on daigne le recevoir. C'est *moi* qui l'ai fait. Il n'était rien, rien du tout, avant. S'il se croit déjà arrivé, il se fout le doigt dans l'œil jusqu'au coude... Tourne à droite.

– On ne rentre pas ?

– Ne me fais pas chier, toi aussi. Quand je dis tourne à droite, tu t'exécutes, compris ?

– Bien, mademoiselle.

– Fumier ! fumier ! Fumier !

Ses poings boxèrent frénétiquement le siège devant elle.

– Il me le paiera, le salaud... prends la petite bretelle à gauche.

Nous quittâmes la grande route. Les maisons se firent rares et la campagne étala, devant nous, ses vergers, ses champs puis ses collines ensommeillées. Au loin retentissait, par intermittence, le jappement des chiens.

– Trouve-nous un endroit peinard et viens me venger de ce fumier d'opportuniste, dit-elle soudain d'une voix déchiquetée.

Et elle se mit à se déshabiller.

5.

La liesse des trottoirs s'était volatilisée. Les terrasses remballaient leur convivialité. Les rues ne se retrouvaient plus au milieu de la grisaille. Adieu les plages, le farniente et la frime. Alger, sans son soleil, est une histoire triste.

Mme Raja était triste, elle aussi, en sortant du cabinet de son médecin traitant. Grelottante dans sa robe turquoise, elle s'arrêta sur le perron et tourna la tête vers le ciel.

Je descendis de la voiture pour aller la soutenir.

Elle refusa ma main, sans méchanceté.

– Emmenez-moi sur la plage.

La lumière du jour battait en retraite. Il était à peine 18 heures, et la nuit s'installait déjà dans la ville.

Effondrée sur le siège arrière, Mme Raja lisait et relisait les résultats des analyses que venait de lui remettre le docteur. Ses soupirs se rattrapaient au bout de chaque feuillet. Soudain, elle remit les documents dans son sac qu'elle ferma d'un geste sec. Après une interminable méditation, elle se détendit et desserra l'étreinte de ses doigts.

– Vous avez quel âge, monsieur Walid ?

Sa voix était en charpie.

– Vingt-six ans, madame.

Elle hocha la tête et s'intéressa aux immeubles déguenillés qui défilaient à travers la vitre.

Nous contournâmes les bas-quartiers pour rejoindre le littoral. La route était engrossée d'une circulation chaotique. Un camion s'était renversé en travers de la chaussée, répandant sa cargaison d'eau minérale.

– Parlez-moi de votre famille.

– Mon père est en retraite, madame. Il travaillait dans les chemins de fer. Nous habitons la Casbah depuis plusieurs générations.

– Vous êtes combien d'enfants ?

– Six, dont cinq filles.

– Vous êtes l'aîné ?

– Troisième.

Elle s'essuya le nez dans un petit mouchoir. Furtivement. Ses lunettes noires cachaient ses larmes que trahissaient les frémissements de son menton. Je ne pouvais pas me faire à l'idée qu'une dame de sa condition puisse pleurer, encore moins devant un domestique, elle qui veillait sur le moindre pli de sa robe, qui refusait de laisser transparaître le moindre de ses sentiments. Devinant mon embarras, elle se réfugia dans la contemplation de la campagne.

Les gendarmes parvinrent à dégager une partie de la voie. L'un d'eux me montra un passage et me fit signe d'avancer.

– Parlez-moi de votre mère.

Je m'aperçus que je n'avais pas grand-chose à dire à propos de ma mère.

– Est-elle âgée ?

– Avec six enfants, illettrée et abusivement ménagère, elle n'a pas le temps de compter le nombre des années.

– Et votre maison, comment est-elle, comment y vivez-vous ?

– C'est une vieille bâtisse de trois pièces. On s'y serre les coudes.

– Se serrer les coudes, fit-elle songeuse.

Elle se tut.

Nous arrivâmes sur une plage déserte. La mer était sombre, ses vagues épileptoïdes se fracassaient contre les rochers.

J'éteignis le moteur.

Mme Raja se fit toute petite dans son châle.

– Elle s'appelle comment ?

– Qui, madame ?

– Votre *maman.*

– Wardia.

– L'aimez-vous ?

– Bien sûr.

La spontanéité de ma réponse la désarçonna, lui fit découvrir le caractère saugrenu de sa question. Elle exhala un soupir et se recroquevilla autour de ses mains laiteuses.

– Vous êtes si jeune, tellemement jeune... À votre âge, je renvoyais sans ménagement mes prétendants. Je n'étais pas le genre de fille à languir de son prince charmant, derrière la fenêtre, tous les jours, au point de confondre les ombres du couchant avec sa silhouette. Je me croyais immortelle.

Je ne savais pas si elle parlait pour elle ou si elle attendait quelque chose de ma part.

– Prenez soin de vos parents. Un rien pourrait leur briser le cœur. Des enfants convenables, ça existe encore, je n'en disconviens pas. Je tiens seulement à ce que vous sachiez qu'une mère, aussi désagréable soit-elle, est sacrée. Qui la blesse ou l'ignore est maudit. Le ciel lui tournera le dos à jamais.

Sa main échoua sur mon épaule.

– Me suis-je bien fait comprendre ?

– Oui, madame.

– Je l'espère.

Elle ouvrit la portière. La brise lui fouetta le visage.

L'air était froid, humecté d'embrun. Les senteurs de la Méditerranée nous grisèrent presque.

– Je ne me rappelle pas à quand remonte ma dernière baignade. Avant, dès que je me jetais à l'eau, je déclenchais l'alerte. Les maîtres nageurs étaient fatigués de devoir, à chaque fois, aller me chercher contre vents et marées. Ma mère râlait, ameutait la plage. Mon père, lui, s'enorgueillissait de ma témérité. Il m'appelait sa petite sirène adorée.

Un sourire chancela sur ses lèvres, comme un feu follet. Ses yeux n'étaient plus que douloureuses évocations.

– Nous avions la plus belle famille du monde. Ma fortune m'a donné de grandes joies, mais mon bonheur, c'est à l'amour de mes parents que je le dois... L'argent, c'est beaucoup de concessions, monsieur Walid. C'est juste de la poudre aux yeux.

– Oui, madame.

– Ce ne sont pas des paroles en l'air.

– Je comprends, madame.

– J'en doute, mon garçon.

Elle descendit de la voiture, marcha jusqu'à une dune et s'assit face aux flots. La nuit tomba. Le ciel gronda. Un éclair éventra les nuages, et de grosses gouttes de pluie éclatèrent sur mon pare-brise. Mme Raja se contenta de se ramasser dans son châle et ne bougea plus. Pendant longtemps, elle ne quitta pas la mer des yeux.

– Debout, là-dedans. Grouille-toi, va chercher la voiture.

Hamid était dans tous ses états. Il arracha mes couvertures, les jeta à terre. Ses doigts broyèrent ma cheville pour me tirer du lit. Tournoyant dans la chambre, en caleçon et pieds nus, il se rua sur l'armoire, décrocha un costume et me le balança.

– Habille-toi vite. On n'a pas une minute à perdre.

Il sortit en courant dans le couloir.

Je me levai, abasourdi. Ma montre indiquait 2 heures du matin. Sans me poser de questions, j'attendis de recouvrer mes sens et enfilai mes vêtements. Dix minutes plus tard, je retrouvai Hamid devant la porte sous le mimosa. Il grimpa à côté de moi et m'ordonna d'appuyer sur le champignon.

– Je peux savoir ce qui se passe ?

– Junior a un pépin.

– C'est si grave que ça ?

– Il n'a rien dit, mais, à sa voix, ça doit être moche. Il n'a pas l'habitude de perdre les pédales.

Le tonnerre ébranla la nuit dans un chapelet d'éructations. Une pluie torrentielle se déversait sur la ville. La chaussée chuintait rageusement sous les roues, soulevant, de part et d'autre de la voiture, d'énormes gerbes fangeuses.

La résidence de Junior était plongée dans le noir, ce qui inquiéta davantage Hamid. Nous pénétrâmes dans le vestibule. Un silence irritant nous accueillit.

– Junior, appela Hamid.

Un éclair illumina le hall avant de se rétracter aussitôt. Je trouvai le commutateur. Le salon était vide, mais en ordre. Hamid inspecta les pièces du rez-de-chaussée, revint bredouille, me fit signe de le suivre au premier. Nous escaladâmes un escalier en colimaçon. Une lumière tamisée saignait au fond du corridor. Junior était là, en kimono, affalé dans un fauteuil, la tête dans les mains il gémissait.

Une jeune fille était allongée sur le dos, nue, un bras ballant contre le flanc du matelas. Ses yeux grands ouverts fixaient le plafond. Répandue sur le drap lactescent, sa chevelure noire évoquait un mauvais présage.

– C'est de ta faute, couina Junior. Où es-tu allé dégotter ta saloperie de came ?

– Chez notre livreur habituel, répondit Hamid en s'approchant de la fille.

Il lui prit le poignet, déglutit – « Putain ! » –, relâcha le bras qui retomba mollement. Je réalisai enfin l'ampleur des dégâts. La fille, une adolescente à peine éclose, ne se réveillerait plus. Sa frimousse bouffie avait une sérénité qui ne trompait pas. Elle était morte.

– J'ai tout essayé pour la ramener, s'emporta Junior.

Il se dressa brusquement, sauta sur Hamid.

– C'est de ta faute, ordure, abruti, crétin. Tu t'es fait rouler.

– Ce n'est pas possible. J'ai vérifié, je t'assure. J'en ai consommé, avant. Tu sais que ce genre de chose ne m'échappe pas. Je jure qu'elle était d'une excellente qualité.

– Alors pourquoi m'a-t-elle pété entre les doigts ? Vise-moi ces traces de piqûres sur son bras. C'est la preuve qu'elle se shootait. Pourquoi son cœur a flanché, cette fois ?

– Overdose ?

– Faux. Je lui en ai administré deux fois moins. On t'a refilé n'importe quoi, un point, c'est tout.

Hamid repoussa doucement Junior. Avec les mains ouvertes, il le pria de rester tranquille.

– C'est un accident. Ça ne sert à rien de se chamailler. Gardons notre sang-froid, et réfléchissons.

– Je n'ai pas que ça à faire. Ce n'est plus mon problème. C'est toi qui t'es fait rouler, pas moi. Je ne veux pas être mêlé à ça. Cette gosse a craqué à cause de tes étourderies, tu entends ? Je prépare ma valise et je me casse. À mon retour, je veux trouver place nette. Pour moi, c'est jamais arrivé.

– Calme-toi, patron.

– Je suis calme. Débarrasse-moi de cette merde, et tout de suite. Je suis déjà ailleurs, vu ?

Il se précipita sur sa garde-robe, se rhabilla rapidement et quitta la chambre, sans un regard pour la dépouille.

De mon côté, je n'en menais pas large. La rigidité du cadavre me pétrifiait. Ma pomme d'Adam raclait ma gorge desséchée. Je m'agrippai à quelque chose pour ne pas m'écrouler. Des tremblements me picotèrent aux mollets, remontèrent mes jambes en se ramifiant. Lorsqu'ils déferlèrent à travers mes tripes, un vertige me happa. Je me surpris en train de tituber dans le couloir, cherchant à tâtons la salle de bains, puis, la tête dans le bidet, je me mis à vomir.

Hamid se campa derrière moi.

– C'est toujours sur moi que ça retombe.

Il était plus contrarié que préoccupé. Son sang-froid raviva mon malaise. Je plongeai la tête sous un robinet et laissai l'eau glacée me rafraîchir. Les battements de mon cœur résonnaient à mes tempes, assourdissants.

– Ce n'est pas la fin du monde, Nafa. Il s'agit d'un stupide accident. Nous allons le réparer.

Il m'attrapa par le col et me releva.

– Ça va, je te dis. Y a pas le feu.

– Tu parles !

– J'en ai vu d'autres.

– Pas moi... Je démissionne.

– Tu ne vas pas me laisser tomber.

– J'ai rien vu, je ne suis au courant de rien. J'ai jamais mis les pieds ici, ce soir.

Je m'épongeai dans une serviette. Mes mains vibraient spasmodiquement.

Hamid croisa les bras sur la poitrine, s'appuya contre le mur, le sourire froid et les yeux inexpressifs. Il me laissa reprendre mon souffle et me dit :

– Voilà ce que nous allons faire...

– *Nous ?...*

– Je ne te demande pas la lune, bordel. Contente-toi de me conduire hors de la ville.

– Pas question. Tu es fou, ou quoi ? Puisqu'il s'agit d'un accident, appelle la police.

Il bondit comme sous la décharge d'un électrochoc. Sa carcasse me frappa de plein fouet. Je sentis mes vertèbres se tasser sous son poids.

– Pas ce mot, Nafa. Les Raja ne savent même pas ce qu'il signifie. Ce n'est pas le drame qui risquerait de les chiffonner, mais le scandale. Alors, fais gaffe à ton vocabulaire. Je te rappelle que tu dois te considérer dans la merde au même titre que moi. Tu te crois où, petit bonhomme ? Quand on fait partie d'une famille de hauts dignitaires, quelle que soit la place qu'on occupe, on se doit de la préserver de ce qui pourrait nuire à sa réputation. Si tu n'as pas encore compris, il n'est pas trop tard pour te rattraper. Je te somme de te calmer. Voilà ce que *nous* allons faire. Que tu sois d'accord ou pas n'y changera rien. *Nous* allons transporter le corps hors de la ville. Et sur-le-champ.

Ses doigts me ravageaient le cou. Je crus qu'il allait me tuer. Dépassé par la tournure des événements, incapable de remettre de l'ordre dans mes idées, je cédai dans l'espoir de gagner du temps et de me ressaisir.

La pluie redoublait de férocité sans parvenir à me dégriser. Hamid jeta le cadavre dans le coffre de la voiture. Ma poitrine manqua d'exploser lorsqu'il rabattit le couvercle. Je m'aperçus que mes jambes s'étaient ankylosées, que je ne pouvais pas démarrer.

– Espèce de mauviette, cria Hamid. Passe-moi le volant.

Au bout de quelques kilomètres, la vue d'un barrage de police me terrassa. Je cherchai la poignée de la portière pour m'enfuir. La main de Hamid m'en dissuada.

Le policier nous demanda de nous ranger sur le côté, promena sa torche sur le conducteur, l'attarda sur moi. À cet instant, mon ventre prit feu.

– Il a un problème, ton copain ?

– Il est souffrant, probablement une indigestion.

Le halo lumineux se déporta sur la banquette arrière.

– Vous allez où, comme ça ?

– À la maison. Nous rentrons d'un long voyage, monsieur l'agent, et nous sommes crevés. Nous travaillons pour Salah Raja.

Le flic hocha le menton dégoulinant de pluie et se retira.

Nous quittâmes la ville sans encombre. Une heure après, nous nous enfonçâmes dans la forêt de Baïnem. Hamid avait du mal à maîtriser la voiture sur la piste glissante que les ornières rendaient quasiment impraticable. Les arbres se déchaînaient, se contorsionnaient sous les rafales du vent. Leurs branches hystériques claquaient sur la carrosserie de la Mercedes.

Nous nous arrêtâmes au pied d'un tertre. Hamid sortit le cadavre du coffre et marcha sur un bosquet, en patinant. Je traînai derrière lui, sans comprendre pourquoi, comme si une force scélérate me poussait vers le cauchemar.

Hamid laissa tomber le corps par terre.

– Tu vas l'enterrer ici ?

– J'aurais pris une pelle, avant.

Il farfouilla dans les buissons alentour, rapporta une grosse pierre, la souleva et l'écrasa sur le visage de la fille avec une violence telle qu'un éclat de chair m'atteignit la joue. Pris au dépourvu, je me pliai en deux pour dégueuler.

Hamid frappa encore, et encore, m'éclaboussant de giclées de sang et de fragments d'os. Chacun de ses *han* me lardait l'esprit et me courbait un peu plus. Je ne pouvais pas détourner mon regard du visage de la fille en train de se transformer en bouillie. Mon urine cascadait sur mes cuisses flageolantes. À bout, laminé, je tombai à quatre pattes, la face dans mes vomissures, et me mis à hurler, à hurler...

– Voilà, dit Hamid en se redressant, même sa propre mère ne pourrait pas l'identifier.

Dans un ultime sursaut, je me relevai pour m'enfuir droit devant à travers les ténèbres.

Hamid me rattrapa au fond d'un fossé. J'avais heurté un tronc, et mon genou saignait.

– Tu me déçois, Nafa, franchement. C'est pas croyable, je t'assure. Si tu te voyais. Même une pouffiasse ne tomberait pas si bas.

Il s'accroupit devant moi, chercha mes yeux.

– C'est un accident, un regrettable accident. Tu n'as rien à craindre. La fille était une fugueuse. Elle est même pas des environs. Maintenant, c'est fini. Le plus dur est passé.

– Je veux rentrer chez moi.

– Justement.

– *Chez moi*, à la Casbah.

– D'accord, où est le problème ? Je vais te déposer devant chez toi. Et demain, je t'emmènerai au *Sun Center* baiser les plus belles minettes de l'Algérois.

– Je n'irai nulle part avec toi. Nos chemins se séparent ici. Je ne veux plus entendre parler de toi, ni des Raja...

Il me saisit par les cheveux, fermement, me tordit le cou en ricanant. Un éclair illumina son faciès. C'était celui du diable.

– J'ai horreur des ingrats, Nafa. Je peux tout blairer, sauf eux. Y a moins d'une année, tu gueusais à Bab El-Oued, le ventre aussi vide que la tête. T'es venu chez nous. On t'a élevé au rang des gens fortunés. Tu connais désormais les endroits *sélect*, l'air du temps et l'odeur des fortunes. Tu n'étais qu'un minable qui ne savait même pas se tenir droit, tu as oublié ? Aujourd'hui, tu portes des chemises à cinq cent mille, des baskets avec de la griffe, et tu touches pas à ton salaire depuis des lustres puisque tu bouffes gratis. Et d'un coup, parce qu'une pute de quinze ans s'est prise pour une adulte, tu ne reconnais plus les tiens et tu ne penses qu'à te débiner. Ça ne peut pas marcher, Nafa. C'est pas juste, trop facile. Mais c'est des choses prévisibles. Et on n'y peut rien. Je suis déçu, pour sûr, mais pas plus. Tu veux te tailler ? À ton aise. Seulement, y a des conditions, mon gars. Je ne te demanderai pas de rembourser, ce serait con. J'exige que tu tires une fermeture Éclair sur ta grande gueule. Ce que t'as vécu, cette nuit, tu dois le gommer de ton esprit comme tu viens de renier tes bienfaiteurs. Parce que je jure sur la tête de ma mère que si jamais tu t'amuses à seulement te souvenir de cette histoire, je te retrouverai où que tu te caches et te ferai sortir tes dents, une à une, par le trou du cul. Tu es d'accord ?

Son poing s'abattit sur mon front.

– Tu es d'accord ?

Il me souleva d'une main, m'assena un uppercut qui me coupa en deux.

– Ton prédécesseur aussi a voulu jouer au plus malin. Est-ce qu'on t'a raconté ce qu'il lui est arrivé ? J'suis sûr que non. C'est tellement horrible que personne ne voudrait le répéter... Je ne te laisserai pas me gâcher la vie à cause d'un stupide accident, Nafa fils de pute. Je ne permettrais pas même au bon Dieu de toucher à un seul cheveu de Junior. C'est *mon* Junior. Il est à moi, rien qu'à moi. C'est mon Pérou, mon bled à moi, il est *toute* ma raison d'être. Est-ce que tu comprends, minable, est-ce que tu as compris ?...

Pris de frénésie, il m'enfonça la figure dans la boue et s'acharna sur moi...

Il faisait encore nuit lorsque je revins à moi. La pluie continuait de rugir dans les rafales du vent. Étendu dans une mare d'eau, les bras en croix, je mis longtemps à reconnaître la façade lézardée de la maison de mon père.

6.

Des jours durant, j'étais resté cloîtré dans ma chambre, sourd aux incessantes lamentations de ma mère, repoussant mes repas et gardant ma porte fermée. Ma figure ratatinée et les contusions sur mon corps préoccupaient ma famille. Mon père renonça à m'importuner dès la première confrontation. Devant mon refus de répondre à ses questions, il invoqua le nom du Seigneur et ne m'adressa plus la parole. Ma mère ne se laissa pas intimider par mes accès de colère. Elle *voulait* savoir ce qu'il m'était arrivé, qui avait osé humilier de la sorte son unique garçon. J'entendais mon père lui crier avec dégoût : « On ne s'acoquine pas avec des voyous impunément. La raclée qu'on lui a infligée se passe de commentaire. Ton rejeton est déraisonnable. Il n'admet pas sa condition. Forcément, il a dû faire une fausse manœuvre, et il a dérapé. Je te préviens, je ne lèverai pas le petit doigt pour lui. Il n'avait qu'à se tenir à carreau. » Et ma mère, indignée : « Mon fils est correct. Il a toujours veillé à ses fréquentations. Je refuse de croire qu'il soit mêlé à des affaires crapuleuses. » Et mon père : « Un simple chauffeur ne peut pas se permettre des fringues de luxe et des bijoux, du jour au lendemain. Ses poches débordaient de billets de banque. Ce sont des signes qui ne trompent pas. C'est pourquoi je n'acceptais pas ses cadeaux. »

Je me pelotonnais derrière mes genoux, dans un angle de ma chambre, l'oreille aux aguets. Un chahut qui se déclarait dans la rue, une main qui cognait à la porte, et je me recroquevillais. Dans mon esprit tourmenté, c'était la police qui venait me chercher.

Je purgeais mes jours dans la panique. Mon sommeil était hanté de visions cauchemardesques. La forêt de Baïnem ululait telle une chimère en rut, avivant mes frayeurs nocturnes. Le fantôme de l'adolescente me traquait à travers la brume. Sa tête émergeait partout, au milieu des buissons, sur les rochers, poussait aux arbres comme un fruit exécrable. Les battements de mon cœur se fondaient aux *han* de Hamid, aux bruits sourds de la pierre écrabouillant la figure de la morte. Je me réveillais en hurlant, les bras tendus dans le noir. Ma mère m'appelait derrière la porte. Elle me persécutait. Je la suppliais de me fiche la paix.

Un après-midi, Dahmane me rendit visite. Reconnaissant son accent nasillard, je me précipitai pour lui ouvrir. J'avais tellement besoin de parler à quelqu'un. Dahmane pria mes parents de nous laisser seuls. Il voyait bien à quel point j'étais amoché, mais fit comme si de rien n'était. Il s'installa au bout de mon lit. Son regard traîna sur le désordre qui régnait dans ma chambre.

– J'ignorais que tu avais des ennemis parmi tes propres affaires, dit-il avec une pointe d'ironie. Qui a commencé : l'armoire, la table de chevet, les couvertures ou toi ?

Il se leva, ouvrit les volets. La lumière crue du jour m'obligea à me protéger les yeux.

Il revint s'asseoir près de moi.

– Maintenant, on peut et voir clair et aérer la pièce.

Il me tendit un paquet de Marlboro.

Je me rendis compte que je n'avais pas fumé depuis une semaine. Ma main trembla en cueillant une cigarette. Dahmane me présenta son briquet, attendit sagement que j'aie avalé cinq ou six bouffées avant de s'enquérir :

– Ça va ?

Ma petite sœur nous apporta du café et s'éclipsa.

– C'est ton père qui m'a appelé. Il paraît que tu fais une fixation.

Il me releva le menton, ausculta mes blessures.

– Ils t'ont bien arrangé, dis donc.

– J'ai un grave problème.

– Je m'en doutais un peu : dealer ou mari jaloux ?

– Pire.

– Alors, raconte.

Il m'écouta sans broncher, une moue indécise sur les lèvres. Il ne paraissait nullement affecté par mon récit, sauf lorsque je lui relatai l'horreur de Baïnem. Là, il fronça un sourcil :

– Insoutenable, reconnut-il.

– C'est tout ce que tu trouves à dire ?

– Hélas !

– Je ne ferme pas l'œil de la nuit.

– Il y a de quoi.

Son laconisme me désarma, accentua mon désarroi.

– Il fallait le voir pilonner le visage de la gosse, insistai-je dans l'espoir de lui faire prendre conscience de l'ampleur de mon traumatisme. Des lambeaux de chair se collaient à moi comme des sangsues. Et lui, il tapait, tapait... C'était, c'était...

– Qu'as-tu l'intention de faire ? m'interrompit-il sans état d'âme.

– Je ne sais pas. Je suis déboussolé.

– Je te propose de tourner la page.

– Tu crois que c'est facile. Il s'agit de la mort d'un individu. Si on m'arrêtait, je suis foutu. On me demandera pourquoi je n'ai pas signalé le drame à la police si je n'y étais pour rien.

Il fit non de la tête.

– Je ne te conseille pas d'aller trouver les flics. Tu seras le seul coupable.

– Quoi ? Je n'ai rien fait.

Il devint grave. Des rides lui ravinèrent le front.

– Réfléchis une seconde. Crois-tu que la police serait ravie de ta déposition ? Il s'agit des Raja, pas de ton voisin de palier. Te rends-tu compte de l'embarras des flics ? La loi, c'est pour le menu fretin, chez nous. Le gros poisson est au-dessus. Qui s'y frotte une fois l'apprend à ses dépens. On ne l'y reprendra plus. Non, mais tu te crois où, Nafa ? Il y a des gens inaccessibles. Ce n'est pas la mort, accidentelle de surcroît, d'une petite dévergondée qui risquerait de fausser la saveur de leur pain brioché. Aucun commissaire ne voudra s'en mêler. Hamid a agi le plus normalement du monde. Il y avait une anomalie chez son patron. Il l'a effacée. C'est aussi simple que ça. Admettons que tu ailles trouver les flics. Hamid niera les faits. Il dira qu'il était avec Junior, dans la résidence. Que cette fille était inconnue au bataillon. Junior confirmera cette version. Ce sera ta parole contre la leur. Tu n'as aucune chance. La police conclura que c'est toi qui as tué la fille, et que tu as cherché à impliquer Junior pour pouvoir bénéficier de la réputation de sa famille et t'en tirer. Il n'y aura pas de compromis, Nafa. Tu te mettras tout le monde sur le dos. C'est déjà arrivé, tu sais ? Des *accidents* de ce genre, on peut en recenser des dizaines. On s'en fout comme d'une guigne, si tu veux mon avis. Le corps de la fille sera retrouvé – si ce n'est pas déjà fait –, déposé à la morgue un certain temps. Si personne ne se manifeste pour l'identifier, il sera enterré, point à la ligne.

– Ce n'est pas possible. Nous sommes dans un État de droit.

Dahmane montra ses dents acérées dans un rictus amer. Il me sembla que je suscitais son mépris.

Il dit :

– Oui, tout à fait. Notre pays est un État de droit. C'est indéniable. Encore faut-il préciser de quel droit il s'agit... Il n'y en a qu'un seul, unique et indivisible : *le droit de garder le silence.*

La même nuit, un rêve inextricable me plaqua contre le mur. Mon pyjama était trempé. La gorge écorchée par mes hurlements, je rampai dans le noir et me tassai dans un coin de ma chambre, au bord de la folie. J'enfouis ma nuque sous mes doigts et m'entendis sangloter :

– Mon Dieu ! Aide-moi.

L'appel du muezzin retentit dans le prolongement du mien, apaisant subitement mon âme. Ce fut un moment d'une incroyable intensité. Comme par enchantement, mes angoisses s'émiettèrent, et un sentiment de délivrance me submergea. J'étais convaincu qu'il s'agissait là d'un signe du ciel. Dieu s'adressait à moi par le truchement du muezzin. Il n'y avait aucun doute là-dessus. Le salut frappait à ma fenêtre. Mû par une influence extraordinaire, je sortis dans le patio, puisai l'eau dans la futaille près de la buanderie et, accroupi devant ma casserole, je fis mes ablutions. Dix minutes après, traversant la nuit et le silence des rues, je rejoignis les fidèles en prière dans la mosquée. Quelques voisins, agréablement surpris de me découvrir dans leur rang, me saluèrent de la tête. Une main me tapa sur l'épaule, une autre effleura la mienne. Je n'étais plus *seul*. Un monde s'éveillait autour de moi, me couvait déjà, me délivrait de mes hantises. Les affres de la nuit reculaient devant la proximité des *miens*. Je pouvais enfin tenir debout sans fléchir, me prosterner sans m'effondrer, fermer les yeux sans subir les agressions fulgurantes du cauchemar.

– Tu ne mesureras jamais à quel point je suis soulagé, ce matin, me souffla à l'oreille Rachid le cordonnier. Bienvenue parmi tes frères.

Des prieurs me donnèrent l'accolade.

– Dieu soit loué, me lança un lointain camarade d'école.

– Dieu est grand, renchérit Nabil Ghalem.

Les fidèles se dispersèrent en silence. Seuls quelques voyageurs désargentés restèrent encore dans la mosquée pour attendre le lever du jour. Je n'éprouvai pas le besoin de rentrer chez moi. Je pris un livre sur une étagère et m'assis en fakir près de la bibliothèque. L'ouvrage avait pour titre *La Conduite du Prophète*. À la fin du premier chapitre, les pages s'évanouirent et je m'assoupis. Ce fut un sommeil profond, sans rêve et sans écho. Je venais de me réconcilier avec mon âme.

Plus tard, l'imam Younes profita de mon isolement pour s'entretenir avec moi. C'était un homme d'une trentaine d'années, beau comme un prince, avec ses yeux limpides soulignés au khôl et son collier de barbe teint au henné. Les gens de la Casbah appréciaient sa droiture et sa prévenance. Constamment à l'écoute des nécessiteux et des jeunes désœuvrés, il avait réussi à conquérir leur confiance. Il avait le don de rapprocher les antagonismes, dénouant l'enchevêtrement des discordes aussi aisément qu'une ficelle vrillée. Sa voix était empreinte d'une indicible bonté, et sa sagesse résonnait, chez les petites gens, comme une prophétie.

Il s'agenouilla devant moi, le sourire radieux et l'œil tutélaire. Son kamis flamboyait d'un éclat fascinant.

– Je t'observe depuis deux semaines, frère Nafa. Tu es le premier arrivé, et le dernier à quitter le sanctuaire. J'aurais été très heureux si, dans ton attitude, il n'y avait pas une sorte de malaise. J'ai alors compris que ta solitude ployait sous un grave secret. J'en ai déduit, à ta façon de te tenir dans ton coin, que tu as besoin de te confier, de soulager ta conscience de la détresse sournoise, mais implacable, qui la ronge.

Sa main immaculée m'empêcha de parler.

– Tout mortel est faillible, frère Nafa. Le meilleur des fauteurs est celui qui reconnaît ses torts, s'en inspire pour ne point récidiver.

– Je n'ai pas fauté, cheikh.

Il hocha la tête d'un air sceptique.

– Tu n'es pas dans un tribunal, mais dans la maison du Seigneur. Il est clément et miséricordieux. Tu peux te confesser sans crainte. Ton secret et ton honneur seront saufs.

– Je n'ai pas besoin de le faire, cheikh, je t'assure. Je pense que je suis en mesure de m'en sortir seul. Puisque j'ai recouvré la foi.

– C'est merveilleux, frère Nafa. Je suis content.

Il n'insista pas.

Le lendemain, sans m'en rendre compte, j'allai le trouver dans son cabinet que masquait une tenture, à côté du minbar. Il m'accueillit avec déférence, me déclara qu'il était ravi, que la Foi partagée valait toutes les ascèses du monde. Avant de me donner la parole, il tint à me mettre à l'aise. Il me récita des hadiths certifiés, me raconta l'histoire de Job et m'expliqua que la douleur n'était une souffrance que pour les impies. Ensuite, il me récita la sourate *Er-Rahmane*. Sa voix chantante m'envoûta. J'aurais souhaité qu'elle ne s'arrêtât jamais. L'imam Younes avait les larmes aux yeux lorsqu'il se décida enfin à écouter mes confidences. Pas une seconde son visage séraphique ne trahit un sentiment.

– C'était ce qui pouvait t'arriver de mieux, frère Nafa, dit-il à la fin de mon récit. La majorité de mes ouailles n'ont pas eu ta chance. Elles sont là parce que leurs parents étaient là, avant. Elles sont nées musulmanes et ne font que perpétuer la tradition. Toi, tu es parti chercher autre chose sous d'autres cieux. Tu avais des rêves, des ambitions. Tu avais faim de la vie. Et Dieu t'a conduit là où tu voulais arriver. Pour t'éclairer. Tu as connu le faste, le pouvoir, la fatuité. Maintenant, tu *sais* que ces extravagances, cette ostentation tapageuse ne s'évertuent qu'à camoufler la laideur des vanités, la misère morale de ceux qui refusent d'admettre qu'un bien mal acquis ne profite jamais. Maintenant, tu *sais* ce qui est juste, et ce qui ne l'est pas. Car la pauvreté ne consiste pas à manquer d'argent, mais de repères. Tu as été chez les grosses fortunes. Ce sont des gens immondes, sans pitié et sans scrupules. Ils s'invitent pour ne pas se perdre des yeux, se détestent cordialement. Un peu comme les loups, ils opèrent en groupes pour se donner de l'entrain, et n'hésitent pas un instant à dévorer cru un congénère qui trébuche. Derrière les façades imposantes de leurs palais et leurs accolades hypocrites, il n'y a que du vent. Tu dois rendre grâce au Seigneur pour cette expérience inestimable. Tu as été aux portes de l'enfer, et tu n'y es pas tombé. Au contraire, tu as pris conscience de la Vérité, celle qui te permet de te regarder dans une glace sans te retourner, ni te détourner, qui t'aide à t'assumer dans l'adversité. Tu as été ressuscité, Nafa mon frère. Te rends-tu compte de ta chance ? On s'égare toujours lorsqu'on cherche ailleurs ce qui est à portée de la main. Aujourd'hui, tu as compris. Tu sais où est ta place. Ce n'est pas la mort d'une petite écervelée qui te chagrine. Quelque part, elle l'a mérité. Tu es malheureux parce que ton pays t'indigne. Tout en lui te désespère. Tu refuses d'être ce qu'*on* veut que tu sois, l'ombre de toi-même, pécheur malgré toi. Comme tous les jeunes de ce pays, tu as été séduit et abandonné. Mais tu n'es plus seul désormais. Tu as des repères, et des millions de raisons d'espérer. Lorsqu'il n'y aura plus rien dans le monde, lorsque la Terre ne sera que poussière, *demeu-*

rera alors la face d'Allah. Et au jour dernier, il te sera demandé, sans complaisance aucune : « Qu'as-tu fait de ta vie, Nafa Walid ? » Ta réponse, c'est à partir d'aujourd'hui qu'il faut la préparer. Car il est encore temps. Tu tiens vraiment à faire quelque chose de ta vie, frère Nafa ? À la bonne heure. Tu voulais être acteur, décrocher les rôles qui te projetteraient au firmament. Eh bien, je te les accorde : je te propose le ciel pour écran, et Dieu pour spectateur. Montre donc l'étendue de ton talent.

Je ne sais toujours pas ce qu'il m'était exactement arrivé, ce jour-là.

J'ai quitté la mosquée et j'ai flâné dans la Casbah comme jamais je ne l'avais fait auparavant. Puis je suis monté sur la colline.

Enfant, j'aimais me retrouver, le soir, au haut de Notre-Dame pour communier avec la baie et les bateaux en rade. Les piaillements des galopins voletaient autour de moi comme des oiseaux voilés. Il me semblait que mon regard portait plus loin que mes pensées, qu'à mes pieds le monde pouvait encore susciter des rêves. J'attendais de grandir pour cueillir des lauriers qui, étalés sur la ville, la couvriraient en entier.

Assis sur le petit mur en pierre, au bord de la route, je respirais avec avidité, heureux d'être seul et de ne déranger personne. Une fois rassasié d'horizons diaprés, je revenais couver de mon silence la Casbah séculaire accroupie plus bas. Avec son piémont en guise d'essoreuse et ses fatras de mansardes pareilles à des paquets de linge, elle me rappelait ma mère, sur la berge de l'oued, s'ingéniant à donner un éclat soyeux à de vieilles guenilles.

J'aimais beaucoup ma mère.

Mais, Dieu ! qu'elle me faisait pitié...

La tête dans les mains, le cœur comme un poing en travers de la poitrine, je m'égarais dans mes pensées. Il y avait un choix à faire. Définitivement. La chaleur pestilentielle qui montait des soubassements me déconcentrait. Quelque chose en moi ne répondait plus. Un moment, j'avais souhaité disparaître d'un coup de baguette ; n'être plus là, subitement, pareil à un reflet gobé par les ombres.

Derrière moi, blotti sous un porche, un groupe d'adolescents se renvoyait un air de Haj M'rizek. Le plus pauvre d'entre eux, reconnaissable à sa virtuosité, griffait sa guitare d'une main inconsolable. Lorsque son regard supplicié heurta le mien, il se ressaisit un moment pour se racler la gorge et, sans crier gare, il lança à tue-tête un poème de Sid Ali dont il pourchassa la rime à coups de notes explosives :

Quand le rêve met les voiles
Quand l'espoir fout le camp
Quand le ciel perd ses étoiles
Quand tout devient insignifiant

Commence pour toi et moi
Mon frère
La descente aux enfers

Je redescendis vers la mer voir capituler le soleil. Quand j'atteignis la crique, le jour s'immolait dans ses propres flammes, et les vagues, au loin, ressemblaient à d'immenses plaies.

La chaîne en or de Sonia me pesa, tout à coup, sur la conscience. Je l'arrachai avec hargne et la jetai aux flots en un geste d'abjuration.

J'ignore combien d'heures j'étais resté là. J'avais froid dans mes chairs et froid dans mon esprit ; pourtant, j'en étais persuadé : le rêve sait plaire, convaincre et tenir compagnie, cependant, dans la majorité des cas, ce n'est pas un ami.

Qui de nous n'a pas aspiré à croquer la lune ? Mais la lune, une fois décrochée, s'effrite entre les doigts comme une vieille relique pourrie. Et quelle saveur peut promettre, au palais, l'entêtement à mordre la poussière ?

II

La Casbah

Si j'avais à choisir parmi les étoiles pour comparer/ Le soleil lui-même ne saurait éclipser/ La lumière du verbe que tu caches/ Aucun lieu sacré, aucune capitale/ Ne saurait réunir ce que chaque matin/ Le lever du jour t'offre comme guirlande.

Himoud Brahim dit Momo
Mienne, ma Casbah

Alger était malade.

Pataugeant dans ses crottes purulentes, elle dégueulait, déféquait sans arrêt. Ses foules dysentériques déferlaient des bas-quartiers dans des éruptions tumultueuses. La vermine émergeait des caniveaux, effervescente et corrosive, pullulait dans les rues qu'étuvait un soleil de plomb.

Alger s'agrippait à ses collines, la robe retroussée par-dessus son vagin éclaté, beuglait les diatribes diffusées par les minarets, rotait, grognait, barbouillée de partout, pantelante, les yeux chavirés, la gueule baveuse tandis que le peuple retenait son souffle devant le monstre incestueux qu'elle était en train de mettre au monde.

Alger accouchait. Dans la douleur et la nausée. Dans l'horreur, *naturellement*. Son pouls martelait les slogans des intégristes qui paradaient sur les boulevards d'un pas conquérant.

Il est des instants où les gourous supplantent les démons. La canicule s'inspire alors des flammes de l'enfer pour dissoudre les esprits. Et les hommes, à leur insu, s'identifient au carnaval des damnés.

Alger brûlait de l'orgasme des illuminés qui l'avaient violée. Enceinte de leur haine, elle se donnait en spectacle à l'endroit où on l'avait saillie, au milieu de sa baie à jamais maudite ; elle mettait bas sans retenue certes, mais avec la rage d'une mère qui réalise trop tard que le père de son enfant est son propre rejeton.

Une figure emblématique de la mouvance islamiste grimpa sur le toit d'un autocar. Un haut-parleur à la bouche, elle exigea le silence.

La foule refusa de s'apaiser.

– Tant que l'Algérien n'aura pas droit à son statut de citoyen à part entière, tant qu'*on* le maintiendra au rang de badaud, tant que l'*on* continuera, juste pour vérifier qu'il est encore en vie, de lui crier : « Circulez, il n'y a rien à voir », nous ne bougerons pas d'ici.

La cohue se souleva dans un tonnerre de vociférations.

– Nous n'irons nulle part. Nous resterons ici, dans la rue, de jour comme de nuit. *Ils* peuvent toujours nous encercler avec leurs épouvantails de CRS, nous provoquer de leurs fusils et de leur armada de pacotille, nous ne bougerons pas d'ici. Nous *leur* dirons que nous en avons assez de leur cirque, que nous ne marcherons plus dans leurs combines. Nous ne retournerons vaquer à nos occupations que lorsqu'*ils* auront compris, une fois pour toutes, que nous ne voulons plus d'*eux*, que nous sommes assez aguerris pour prendre notre destinée en main sans leur assistance. L'ère pécheresse est révolue. Notre terre est redevenue sainte. *Leur* place n'est plus parmi nous. Puisqu'*ils* refusent d'emprunter les voies du Seigneur, qu'*ils* aillent donc au diable.

Le FIS venait de décréter la désobéissance civile.

7.

Sid Ali jeta une pincée de benjoin dans le brasero et huma, avec délectation, les volutes de fumées que dégagèrent les braises. L'arôme âcre de la résine chassa aussitôt le remugle de la pièce, obligeant Nafa Walid à se frotter discrètement le nez.

La maison du poète tenait de la geôle. Les murs étaient nus, rêches au toucher, ils n'avaient pas connu une couche de peinture depuis très longtemps. La pierre centenaire brillait dans la pénombre. Le plafond était haut, bigarré de salpêtre. Le carrelage ébréché était pansé, çà et là, par des toisons de brebis. Une lucarne filtrait une lumière livide, tranchante comme un couperet, qui dévoilait des tapis dans les encoignures, une mandoline, une jarre, des manuscrits et la carapace d'une tortue géante. Sid Ali se complaisait dans cette indigence mystique. Il passait le plus clair de son temps allongé sur sa paillasse protégée de moustiquaires, à téter sa pipe d'opium et à élever des *qacida* autour de sa muse.

Pour les gens de Sidi Abderrahmane, chauvins jusqu'aux gencives, il était le plus grand poète après El-Moutanabbi. Les vieux s'en enorgueillissaient, les jeunes l'idolâtraient ; il leur suffisait de méditer sa prose pour tout pardonner. Lorsque Sid Ali versifiait, les paons s'éventaient avec leur roue et les anges rangaient leurs flûtes. Plus qu'une légende, il était une thérapie.

Nafa Walid grignota quelques cacahuètes. Assis en fakir sur une natte, il attendait que son hôte daignât s'occuper de lui.

Sid Ali n'était pas pressé. Il se laissait masser les chevilles par une jeune femme au regard ténébreux, et gloussait d'aise au gré des attouchements.

– C'est bientôt l'appel d'*El Asr*, fit remarquer Nafa.

Sid Ali revint sur terre. D'une main seigneuriale, il congédia la femme et se mit sur son séant.

– Le temps n'a pas cours dans ma maison.

– On m'attend, dehors.

– Tu n'es pas venu seul ?

– Je suis avec quelqu'un.

– Tu n'aurais pas dû l'abandonner dans la rue. Chez moi, tout le monde est le bienvenu.

– J'ai cru comprendre que tu voulais me parler.

Sid Ali se gratta le bout du nez.

– Finis d'abord ton verre de thé.

– J'ai mal à l'estomac.

Sid Ali sourit. Son visage, altéré par l'opium et les longues nuits de méditation, se parchemina de rides grisâtres qui partaient des commissures de sa bouche et finissaient sur ses tempes dans un mouvement de spirale semblable à celui que provoque un caillou à la surface de l'eau.

– Viens avec moi.

À contrecœur, Nafa Walid se leva et suivit le poète sur la terrasse.

Sid Ali épousseta sa robe saharienne dont la broderie s'effilochait autour du col, lissa sa barbe et se pencha sur la balustrade pour contempler la mer, feignant d'ignorer les clameurs séditieuses du quartier et l'impatience grandissante de son hôte.

Il dit :

– Peut-être ne suis-je qu'un fabulateur zélé, un griot ébloui par les réverbérations de son génie, quelle que soit la dérive de mes points de repère, il m'est impossible de renoncer à l'idée qu'au commencement la Méditerranée était une fontaine. Une source à peine plus large que l'ombre d'un caroubier, avant qu'Ève s'y baigne et qu'Adam boive jusqu'à satiété. C'est ici, quelque part devant nous, qu'après avoir été bannis de l'Éden et avoir erré des années en quête l'un de l'autre, ils se sont retrouvés.

Il se redressa, déploya les bras pour contenir l'horizon :

– Car tout naquit ici, quelque part devant nous. La fontaine s'enhardit, devint mer, enfanta les océans...

– C'est pour me parler de la mer que tu m'as *convoqué* ?...

Sid Ali tapa sur la balustrade, mécontent d'être interrompu.

– Ouais, pour te parler de la mer. J'aimerais te raconter le ciel aussi, mais d'autres m'ont devancé.

Il se campa devant Nafa, les prunelles brasillantes. La colère faisait vibrer sa barbe. Son index jaillit de son poing, inflexible.

– Qu'es-tu allé chercher à la mosquée, Nafa Walid ?

– La paix.

– La paix ? J'ignorais qu'elle était aussi chaotique, la paix. (Son doigt montra la ville engrossée de fiel.) C'est la guerre que l'on réclame, en bas.

– Pas la guerre, la dignité.

Sid Ali se raidit.

Sa voix tomba comme la fièvre :

– Quand j'étais petit, je me rendais tous les jours à la gare pour entendre siffler les trains. J'adorais les voir aller de l'avant, fourbir les rails avec leurs grands cerceaux. C'étaient des moments magnifiques. M'imaginer dans un wagon suffisait à me rendre heureux. J'étais un garçon peu exigeant. Je me disais qu'un jour je partirais à mon tour, moi aussi. Je croyais que la connaissance du monde était une question de voyage... Puis, sans raison, je n'ai plus remis les pieds dans une gare.

Nafa se tenait sur ses gardes. Sid Ali était sibyllin. Il était ridicule de lui tenir tête.

– C'est à la gare que j'ai connu ton père, continua-t-il. J'étais sans parents. SNP était mon nom. Ton père n'avait pas le sou, pourtant, il avait toujours un bonbon pour moi. Parfois, il me cédait son sandwich en entier. C'était quelqu'un de bien... Aujourd'hui, je suis célèbre, mais je n'ai pas grandi. Je suis resté aussi pauvre qu'avant. Je n'ai qu'une tasse de thé à t'offrir, et un peu de mon temps.

Il prit Nafa par les épaules, le regarda dans les yeux.

– Je ne veux pas que tu lui fasses de la peine.

– Je ne vois pas comment, maintenant que je me suis rangé.

– Du côté des mutants...

Nafa repoussa les mains du poète. Sa figure s'empourpra :

– Tu n'as pas le droit de traiter ainsi de simples musulmans.

– Écoute...

– C'est toi qui vas écouter. Ce ne sont pas des monstres. Ils sont aussi humains que toi. Ils défendent une noble cause.

Sur ce, il pivota sur lui-même pour s'en aller.

– Nafa !

Nafa s'arrêta dans l'embrasure de la porte. Sans se retourner.

Sid Ali ne jugea plus nécessaire de l'approcher.

Il lui dit :

– Méfie-toi de ceux qui viennent te parler de choses plus importantes que ta vie. Ces gens-là te mentent. Ils veulent se servir de toi. Ils te parlent de grands idéaux, de sacrifices suprêmes, et ils te promettent la gloire éternelle pour quelques gouttes de ton sang. Ne les écoute pas. Rappelle-toi toujours ceci : il n'y a *rien, absolument rien* au-dessus de ta vie. Elle est la seule chose qui doit compter pour toi car elle est le *seul* bien qui t'appartient vraiment.

Nafa traversa la pièce, furieux, et sortit dans la rue.

Accroupi au pied d'un mur, en face de la maison du poète, Nabil Ghalem traçait des arabesques sur le sol à l'aide d'un bout de ferraille. En relevant la tête, il vit Nafa Walid sortir du taudis. À sa mine courroucée, il comprit que l'entretien s'était mal déroulé. Il laissa tomber le bout de ferraille, s'essuya les doigts sur un pan de son kamis et se dépêcha d'intercepter l'ancien chauffeur des Raja.

– Qu'est-ce qu'il te voulait ?

– Rien, dit Nafa dégoûté.

Ce fut davantage son attitude que la sécheresse de son « rien » qui agaça Nabil.

– Comment ça, rien ?

– Rien qui vaille la peine de la ramener.

Nabil réprima un accès de colère. Il avait horreur qu'on lui parlât sur ce ton. Ses yeux incandescents se tournèrent vers la maison du poète, se jetèrent dessus avec la hargne d'un anathème et cherchèrent, en vain, une silhouette derrière les fenêtres grandes ouvertes.

– Je parie qu'il a toujours sa saleté de pipe sur lui.

– Peut-on se défaire de son ombre ?

– Tu l'as trouvé dans les vapes, n'est-ce pas ? insista Nabil inquisiteur. C'est sûr, il était en train de divaguer. Qu'est-ce qu'il a bien pu te raconter pour te mettre dans cet état ?

Nafa préféra ne rien dire et s'enfonça dans la venelle tortueuse dont les marches, crevassées et ruisselantes d'eau usée, dégringolaient vers les soubassements. Les monticules d'ordures, que grillait le soleil et qu'assiégeaient d'incroyables nuées de mouches, empuantissaient l'air. Nullement dérangés par les exhalaisons, des gamins s'amusaient avec un chiot irrécupérable, la gueule démesurément ouverte et les narines débordantes de limaces. Il devenait de plus en plus rare de voir des chiens ou des chats s'aventurer dans la cité. À défaut d'aire de jeu pour shooter dans un ballon, les galopins se découvraient des vocations de tortionnaires. Quelquefois le spectacle était tel que les vieillards frisaient l'apoplexie.

Oubliés dans une porte cochère, deux enfants en bas âge faisaient gicler une flaque de rinçure sous leurs pieds en riant. Ils étaient crasseux, les jambes meurtries, le visage faunesque. Un troisième, les fesses nues et le crâne recouvert d'escarres blanchâtres, escaladait une lucarne aux vitres crevées, sous l'œil impassible des passants.

– Nous sommes au courant de son petit manège, reprit Nabil Ghalem. Ici, nous contrôlons tout. Nous savons qu'il essaye de détourner certains membres de notre mouvement... Je suis content de constater que ça n'a pas marché avec toi non plus.

Nafa haussa les épaules.

Une jeune fille remontait la ruelle, un sac serré contre la poitrine. Nabil condamna la jupe qu'elle portait, et attendit qu'elle fût à sa hauteur pour lui crier.

– Tu n'as pas honte ? Traîner dans les rues à moitié nue.

La fille ne fit pas attention à lui. Visiblement fatiguée de subir ce genre de remontrances, elle rasa le mur et continua son chemin.

– Espèce de dévergondée, lui lança Nabil. Va te rhabiller.

Le pas stoïque et la nuque basse, la fille gravit les marches en silence et disparut.

– Si ça ne tenait qu'à moi, je lui travaillerais volontiers les jambes au chalumeau, à cette pourriture.

– Ça va, lui cria Nafa outré. Il y a des enfants.

Nabil grogna avant de se calmer.

À la Casbah, beaucoup ne saisissaient pas ce qui pouvait rapprocher deux êtres aussi différents. Nafa passait pour quelqu'un de courtois, un tantinet réservé mais aimable, soigné, jaloux de sa réputation de « bel homme ». Il était l'un des rares fidèles à ne pas arborer de kamis et à se raser régulièrement. Le vendredi, à la mosquée, il lui importait peu de ne pas être aux premiers rangs. Les jours de marches de protestation, il ne figurait dans aucun carré, et ne prenait part à aucun conciliabule. Le soir, lorsqu'il ne descendait pas en ville voir un film à grand budget ou siroter un café sur une terrasse à proximité des boulevards, il s'enfermait chez lui.

Nabil Ghalem, lui, ne tenait pas en place. Il était partout : à la mosquée, aux meetings, sur les toits en train de démonter les antennes paraboliques, dans les bas-fonds à dissuader les femmes de mœurs légères et leurs maquereaux, prêt à en découdre avec n'importe qui pour n'importe quoi. C'était un garçon excessif, désagréable et envahissant. Le parfait gardien du temple. Rien n'échappait à sa vigilance. À vingt ans, il avait réussi à convaincre les responsables du parti de sa volonté d'assainir la cité des ivrognes et des dévoyés. À peine intronisé à la tête du comité des jeunes islamistes du quartier, il imposa à son groupe une discipline de fer et parvint à recruter bon nombre de désœuvrés. Il commandait une dizaine de miliciens bénévoles, une équipe pour la collecte des fonds et une autre, constituée de filles volontaires et assidues, pour la prise en charge des familles nécessiteuses et des personnes âgées. Son efficacité et sa rentabilité enchantaient les intégristes. L'imam Younes l'avait, à maintes reprises, vanté devant de hautes personnalités du Mejless Ech-chouri. Grâce à ses méthodes musclées, les brasseries s'étaient converties en boutiques, l'unique salle de jeux de la place en bibliothèque coranique, et les jeunes délinquants, qui troublaient les nuits à la manière des esprits frappeurs, étaient obligés de changer d'air. Les rues retrouvaient leur tranquillité, et les noctambules ne se donnaient plus la peine de regarder derrière eux en regagnant leurs gourbis.

Nafa Walid n'aimait pas beaucoup Nabil. Il le redoutait même un peu, maintenant qu'il le fréquentait régulièrement. Il n'appréciait ni la crudité de ses propos, ni sa manie de se mêler de ce qui ne le concernait pas. Mais il était incontournable quant aux projets qu'il échafaudait depuis son retour au bercail. En effet, Nafa ne songeait qu'à prendre femme et à tourner la page sur ses antécédents. Il avait localisé un deux-pièces à Souk El-Djemâa et comptait s'y établir avant la fin de l'année. L'appartement était situé au rez-de-chaussée d'un immeuble périclitant, sans eau courante et sans éclairage dans la cage d'escalier, cependant, le loyer était raisonnable et le voisinage correct. Quant à la femme, il l'avait entrevue, un soir, à l'arrêt du bus, et avait été immédiatement conquis. C'était une fille de la *houma* * qu'il n'avait pas vue grandir. Elle l'avait surpris par sa grâce et son humilité.

Elle s'appelait Hanane. Elle était la sœur aînée de Nabil.

Tous les jours, à 17 heures, Nafa rôdait aux alentours de la station, nerveux, impatient, l'œil rivé au cadran de sa montre, pestant à chaque fois que le bus n'était pas le bon. Lorsqu'elle débarquait enfin, il ravalait convulsivement sa salive, désarçonné. Il veillait d'abord à ne pas se faire remarquer, ni d'elle ni des voisins qui

---

* *Houma* : cité, quartier.

avaient tendance à privilégier les ragots au risque de déclencher les foudres du ciel et qui nourrissaient, pour cette forme d'approche amoureuse, autant d'indignation que pour le parjure et la profanation.

Caché derrière un kiosque en ruine, il l'observait de loin, avec la fascination effarouchée d'un écolier épris de son institutrice.

Sans lui avoir jamais parlé, et sans être sûr de pouvoir, un jour, l'aborder, il était convaincu que c'était *elle*, la compagne de sa vie. Et la nuit, dans sa chambre, il l'effeuillait à son gré, incapable de trouver le sommeil tant ses yeux immenses, noirs et splendides, hantaient sa profonde solitude. Il la revoyait dévaler la ruelle, radieuse par-dessus son hijab, telle une houri dans le pré, insensible aux taquineries des imbéciles jalonnant son chemin, majestueuse et sereine, le regard pudiquement baissé comme il sied aux filles de bonne famille. Dès le matin, il se réveillait pour s'apercevoir qu'elle n'était plus là, que sa chambre était orpheline de son souvenir, et qu'il allait devoir languir d'elle toute la journée durant les heures oisives et cruelles le séparant de la minute sublime où elle apparaîtrait sur la place, le soir, peu avant l'appel du *maghreb*.

Mais, depuis quelques jours, Hanane ne rentrait pas.

– Tu devrais lui en parler, me suggéra ma mère.

– Ce n'est pas facile. Il est tellement imprévisible.

Ma mère fit la moue. Elle désapprouvait mes tergiversations. Avec patience, elle me laissa finir mon dîner, emporta le plateau auquel je n'avais presque pas touché, me reprochant au passage ma frugalité, et revint dans ma chambre pour me raisonner. Elle s'assit, joignit sous le menton ses petites mains abîmées par les corvées ménagères et réfléchit.

Ma petite sœur apparut dans l'embrasure de la porte.

– Tu as promis de m'aider, me supplia-t-elle en agitant un cahier.

– Nora, s'il te plaît, lui fit remarquer ma mère. Tu vois bien que ton frère et moi avons d'autres soucis.

– Oui, mais demain, nous avons composition.

– Tout à l'heure, ma chérie.

Nora grimaça, désemparée, et retourna dans la pièce voisine.

Ma mère se pencha par-dessus la table basse.

– Tu n'espères tout de même pas que quelqu'un le fasse à ta place. À mon avis, il faut en discuter avec lui. Il n'y a pas de mal à demander la main d'une fille.

– C'est un type compliqué, je te dis. Il est capable de me soupçonner de fréquenter sa sœur depuis des lustres. Je crains sa réaction. Nabil regarde toujours les choses du mauvais côté. Ça fait des mois que je me suis rangé. Je pratique la prière, je me tiens à carreau. Pourtant, à la moindre occasion, il s'empresse de remettre mes années d'égarement sur le tapis. J'essaye de l'amadouer, en vain. Il demeure obtus et ne pense qu'aux échauffourées. Et puis, avec tous ces chamboulements qui le mobilisent, je n'arrive pas à aborder le sujet avec lui.

– Je crois que c'est toi qui compliques les choses. Il s'agit d'une demande en mariage. C'est sérieux. Et les événements de la rue n'y changeront rien. Ma mère s'est mariée en pleine Grande Guerre. Les Américains grouillaient à Bab El-Oued. Le ciel vrombissait de bombardiers et les sirènes ululaient dans la nuit. Les noces, elles, ont été consommées dans la liesse. Moi en 62. L'OAS dynamitait le quartier. Des mitraillettes jappaient à chaque coin de rue. Tous les jours, des attentats visaient des inconnus. Ça n'a pas empêché le cortège nuptial de claironner sur les boulevards. La *zorna* a tonitrué jusqu'au matin. C'est la vie, mon garçon. Aucune misère ne peut arrêter le cours de la vie. On se marie malgré tout. Le monde n'aurait pas de raison d'être, autrement. Je me souviens : la nuit de nos noces, alors que ton père se faisait bousculer dans la chambre nuptiale par ses amis, des rafales crépitaient à quelques encablures seulement du patio. Et ton père m'a dit...

– Je ne t'ai rien dit, cria la voix enrouée de mon père du fond du salon. Et puis, personne ne me bousculait, cette nuit-là. Fais attention à ce que tu avances, femme. De mon temps, je n'avais pas besoin d'être bousculé, surtout pas devant une vierge de quinze ans.

Mes sœurs, qui écoutaient dans la cuisine, éclatèrent de rire. Ma mère se cacha la bouche d'une main coupable et rentra le cou dans les épaules. De l'autre main, elle agita un éventail invisible autour de sa bourde que le vieux, sauf miracle, n'était pas près de lui pardonner.

À mon tour, je me suis mis à rire.

8.

Avant l'hystérie nationale d'octobre 88, Omar Ziri était un loubard très fier des ancres glauques tatouées sur ses biceps. Un béret basque désinvolte sur l'oreille, le cran d'arrêt à la ceinture, il portait à longueur d'année un bleu pelé aux genoux et un tricot de matelot usé jusqu'à la trame par les tiraillements d'une bedaine difforme. Renfrogné, mégot au bec, il ne savait pas dire merci et considérait le fait de demander pardon comme la plus vile des dérobades. Il gérait *La Nef*, une horrible gargote mitoyenne de la mosquée ; un trou à rat encombré de tables vermoulues et de bancs sur lesquels les fonds de culotte s'usaient plus vite que sur la rampe d'un escalier.

De midi à la nuit tombée, bercé par les litanies d'un Dahmane El-Harrachi finissant, il somnolait derrière sa caisse vieille comme un bec de gaz qui se coinçait obstinément lorsqu'il fallait rendre la monnaie. Sa clientèle était un ramassis d'éboueurs et de journaliers aux effluves repoussants qui mangeaient comme des brutes et dont les mains souillées imprimaient sur les tranches de pain d'épaisses zébrures noirâtres. Le menu était fixé à vingt dinars. Les mêmes plats imposés au déjeuner rappliquaient au dîner : une *chorba* sans viande, des frites douteuses, un bol de lait caillé et des galettes récalcitrantes.

Après octobre 88, Omar Ziri fut impressionné par la déferlante islamiste. Il subodorait l'imminence d'une révolution qui ne pardonnerait rien à ceux qui ne prendraient pas le train en marche. Le discours était clair et la menace flagrante. Aussi, lorsque l'imam Younes lui proposa de transformer sa gargote en un « Resto du cœur » version FIS, Omar se déclara extrêmement honoré. Du jour au lendemain, la caisse disparut, et les chansons délétères de Dahmane El-Harrachi s'évanouirent au profit des chants religieux. Les mendiants se joignirent à l'ancienne clientèle pour se restaurer gratis et, attendri par leur appétit pathétique, Omar le philanthrope essuyait une larme, d'un geste bougrement ostensible, en remerciant le ciel de le ranger parmi les hommes de bonne volonté. Il troqua son bleu contre un kamis fleurant Médine et, à la place du béret basque, une toque, identique à celle d'Ali Belhadj, couvait la gestation tranquille de ses grands projets.

Tous les jours, des cohortes de mendiants se massaient devant la gargote, et Omar feignait d'être embarrassé par l'expression de leur immense gratitude car, répétait-il, il n'y a rien de plus désobligeant qu'un merci pour un simple devoir de charité.

Les misérables avaient droit aux mêmes plats que l'ancienne clientèle avec, au gré des générosités, un morceau de poulet, une tranche de melon ou un pot de yoghourt. Si on avait encore faim, on doublait la ration sans rechigner. Une fois le ventre plein, c'est donc disposés au mieux que les nécessiteux consentaient à prêter l'oreille à de drôles d'oiseaux migrateurs, partis en Orient porter la bonne parole et rentrés au pays avec des messages d'espoir et un programme de salut. C'étaient des garçons bien élevés, soignés comme des marabouts, un peu curieux à cause de leur accoutrement afghan, mais sobres et touchants de mansuétude. On les appelait cheikhs. Ils intervenaient entre deux bouchées, à tour de rôle, pour dire aux pauvres combien ils avaient du chagrin pour leur infortune. Quand bien même leur barbe conférait à leur faciès quelque chose d'insondable, leur voix était empreinte de compassion, et leur sincérité aussi évidente que le Saint Livre qu'ils exhibaient. Ils avaient l'air de tout connaître sur les malheurs des petites gens, et ils en souffraient. Ils parlaient du bled livré aux chiens et aux vauriens, de la débauche qui sévissait en hautes sphères, du paradoxe qui n'expliquait pas pourquoi, dans un pays aussi riche que l'Algérie, des citoyens à part entière devaient crevoter dans le dénuement le plus infamant. Ils disaient : « Avant 62, notre pays était le grenier de l'Europe. Aujourd'hui, c'est une ruine. Avant 62, l'Algérien préférait se couper la main plutôt que de la tendre. Aujourd'hui, il tend les deux. » Ils disaient : « Pourquoi êtes-vous ici, dans cette auberge, à dépendre exclusivement de la charité de quelques braves ? Pourquoi vous faut-il vous contenter de la soupe populaire pendant que l'on jette *votre* argent par les fenêtres, pompe *votre* pétrole sous votre nez, piétine votre dignité et votre avenir ? »... Des questions simples pourtant, mais qui ne récoltaient, en guise de réponses, que sourdes indignations et perplexité. Les cheikhs n'en espéraient pas plus. Ils levaient le doigt vers le ciel et déclaraient que les anges avaient fui les contrées algériennes, que Dieu en voulait à un peuple viscéralement croyant, tellement oublieux de ses serments et inattentif à sa propre décrépitude alors que la Voie était toute tracée pour le libérer des serres de Satan et le conduire vers la Lumière.

Ils savaient si bien dire les choses, les cheikhs, que les misérables ne s'aperçurent même pas qu'un panneau frappé aux slogans islamistes remplaçait l'enseigne de la gargote, que l'hospice se transformait en centre d'accueil et de propagande, qu'à l'endroit du comptoir, des tables vermoulues et des cuisines, se dressaient maintenant des bureaux tandis que, sur les murs enfin badigeonnés, des photos insoutenables relataient les débordements des forces de sécurité lors des événements d'octobre. Ces images ne sont pas truquées, certifiait-on... Grâce aux photos, on pouvait se remémorer les rues enfumées au gaz lacrymogène, les véhicules et les établissements incendiés, les CRS tabassant à coups de matraque les manifestants, les brancardiers transportant des blessés, les femmes en larmes, les enfants traumatisés... et surtout, les corps gisant sur le pavé, dans des mares de sang, mutilés, foudroyés, les yeux hagards, le doigt tourné vers le ciel, et qui, selon les cheikhs, semblaient dire aux survivants : « Nous sommes morts pour vous. Ne nous oubliez pas »...

Bien sûr, dans une société où les volte-face et les hypocrisies relevaient de la banalité, ni Omar Ziri ni sa gargote ne méritaient que l'on s'y attardât, mais cette histoire avait l'avantage de faire comprendre, avec une simplicité désarmante, comment, sans heurts et sans bruits, presque à son insu, la Casbah des poètes se mua en citadelle intégriste.

Il y avait du monde, ce matin-là, autour de la mosquée et dans les rues adjacentes. Des centaines de fidèles, militants et sympathisants, jonchaient les trottoirs, les uns sous des tentures, les autres sous des parapluies pour se protéger du soleil. Tous attendaient les nouvelles qui parvenaient du Mejless. La désobéissance civile tenait bon. Le pays était paralysé. Les haut-parleurs répandaient leurs prêches virulents sur la ville. De jeunes miliciens ornés de brassards, le front ceint de foulards verts, distribuaient de l'eau, des biscuits, disciplinaient les nouveaux arrivants qui continuaient d'affluer des quatre coins de la cité. De temps à autre, un cheikh montait sur un échafaudage de fortune pour lire les messages du bureau national, ponctués invariablement de retentissants « Le pouvoir va tomber » que les fidèles saluaient à coups de bruit et de fureur.

Nafa Walid profita du passage d'une délégation pour se frayer un chemin jusqu'à la gargote de Omar Ziri. Nabil Ghalem rangeait des boîtes cartonnées dans les anciennes cuisines réaménagées en salle d'archives. Il n'était pas seul. Nafa reconnut, entassés sur des chaises métalliques, les frères Chaouch, deux éminents universitaires, Hamza Youb, un peintre en bâtiment, Rachid Abbas, un proche de l'imam Younes, et trois « Afghans », miliciens auprès de la mosquée Kaboul de Kouba qui venaient, parfois, superviser l'organisation de la grève et donner un coup de main à Nabil Ghalem. Le plus grand s'appelait Hassan. Il avait laissé un bras au Peshawar en s'initiant à la fabrication des engins explosifs. Les deux autres répondaient aux surnoms fantaisistes d'Abou Mariem et Ibrahim El-Khalil. Leurs faits d'armes, en Afghanistan, étaient tellement corsés qu'ils avaient fini par ne plus y croire eux-mêmes.

– ... Et que s'est-il passé, après ? s'enquit Omar Ziri en se trémoussant d'excitation.

– Ben, poursuivit Ibrahim El-Khalil d'un ton détaché, ce qui devait arriver. J'ai demandé au type ce qu'il fichait à une heure pareille, dans les bois, avec une fille dans un tacot. Le type était vert de trouille. Il a dit qu'il discutait de problèmes graves avec son épouse. J'ai dit : Montre voir le livret de famille. Il a dit : Je l'ai laissé à la maison. J'ai demandé à la femme si le bonhomme était son mari. Elle a dit : oui. J'ai dit : C'est quoi son nom ? Elle a dit : Kader. J'ai dit : Kader comment ? Là, elle a ravalé ses glandes salivaires. Puis elle a craqué et a commencé à débiter des âneries, genre qu'elle était veuve et sans boulot, qu'elle avait des gosses, des parents impotents, et personne sur qui compter, qu'elle était obligée de faire *ça* pour nourrir sa famille. J'ai dit au bonhomme : Espèce de sale menteur, montre voir tes mains. Ses moustaches tremblaient. Il a montré ses mains, à la manière des écoliers. Je lui ai tapé sur les doigts avec mon ceinturon. Zlat ! Zlat ! À chaque coup, il mettait un genou à terre en grimaçant de douleur et foutait ses mains sous les aisselles. Ça crevait les yeux qu'il en rajoutait. Alors, je me suis fâché. Je me fâche toujours quand un type exagère. J'ai dit aux frères de le foutre à poil, et je lui ai flanqué une de ces *falaqa* qu'il n'est pas près d'oublier. Il ne pouvait plus se relever, après. Il s'est taillé à quatre pattes.

Omar Ziri riait à gorge déployée. Son ventre palpitait sur ses genoux.

– Y a pas mieux que la trique, déclara sentencieusement Abou Mariem.

– Et la femme ? gloussa Omar Ziri, libidineux.

– Ça, tu le sauras jamais, mon cochon, lui dit Ibrahim.

– Et qu'est-ce que vous fabriquiez dans les bois, à une heure pareille ?

– Ça non plus, tu ne le sauras pas.

Nabil Ghalem recula pour contempler les étagères.

– Vous en pensez quoi, les gars ? C'est pas joli, ça ?

– Très joli, approuva Rachid. Il va falloir que je t'invite chez moi, un de ces quatre, pour y mettre un peu d'ordre.

– Je ne suis pas ta bonniche.

Omar Ziri se pencha sur Ibrahim :

– Vraiment, tu ne veux rien me dire, à propos de la fille ?

Nabil donna un coup de chiffon sur l'armoire, rajusta deux ou trois boîtiers, recula encore pour admirer son travail. Il était satisfait.

– Tu as une minute ? lui fit Nafa.

– Il n'a même pas de montre, rétorqua Omar en s'esclaffant vulgairement.

Nabil s'essuya les mains sur ses genoux.

– Un problème ?

– Pas vraiment.

Nafa essaya de le prendre par le bras pour l'éloigner des autres. Nabil résista.

– Le pouvoir va abdiquer d'un moment à l'autre, annonça-t-il. La grève est un succès total. Des frères reviennent d'un peu partout. Tous sont unanimes : les chiens n'ont plus que quelques jours pour boucler leurs valises et déguerpir. Tu te rends compte ?

Nafa était soulagé : Nabil était de bonne humeur, donc prédisposé à l'écouter enfin.

– Oui ?

Nafa se gratta la joue, s'humecta les lèvres, prit son courage à deux mains, mais le souffle lui manqua.

– Ben, voilà, bredouilla-t-il. Je voulais t'en parler bien avant, seulement tu ne semblais pas... Je veux dire que tu étais débordé. Maintenant... Est-ce qu'on ne peut pas aller ailleurs ? Ce ne sera pas long.

– Nous sommes entre frères. Il n'y a pas de secret, ici. Ce n'est pas grave, j'espère ?

– Non, non, pas du tout. Je souhaite t'entretenir sur mes intentions... des intentions heureuses...

Nafa ne réalisa pas sur-le-champ ce qu'il venait d'enclencher. Nabil l'enlaça, l'embrassa, le serra fortement contre lui :

– Je le savais, je le savais...

Et, se retournant vers les autres :

– Qu'est-ce que je vous disais ? Nafa a des intentions heureuses. Il a enfin décidé d'adhérer à notre mouvement.

– Ça va nous faire une belle jambe, effectivement, ironisa Omar.

Nafa était abattu, pris de court. Il étouffait de ridicule. S'abandonnant à l'enthousiasme de son compagnon, il regretta amèrement de devoir reporter sa demande en mariage.

Le soir, à 17 heures, il retourna compter les bus sur la place. Trente minutes plus tard, ne voyant pas Hanane arriver, il cracha par terre et rentra chez lui.

– Va voir qui frappe à la porte, Ikrame, lança la mère Ghalem de la cuisine.

La petite fille rangea craintivement son illustré sous un coussin et courut vers l'entrée. Soudain, elle s'immobilisa. Et si c'était Nabil ?... Non, Nabil avait une clef. En plus, il ne frappait jamais. Ikrame se souleva sur la pointe de ses souliers, tira sur la targette. Une dame était debout sur le palier, grande et belle, sanglée dans une gabardine. Son accoutrement à l'occidentale préoccupa la gamine qui jeta un coup d'œil apeuré dans la cage d'escalier. Si Nabil voyait ça ! pensa-t-elle en frissonnant.

– Tu es sûrement Ikrame, la petite sœur de Hanane ?

– Oui, madame.

– Ta sœur est là ?

Ikrame porta ses doigts à sa bouche, indécise.

– Nabil déteste les femmes qui s'habillent de cette manière, dit-elle embarrassée.

– Tiens, pourquoi donc ?

– Nabil dit que les femmes qui ne portent pas le hijab sont vilaines. À leur mort, elles seront vêtues de flammes et de braises l'éternité entière.

La dame lui caressa la joue.

– Va dire à Hanane que Mme Raïs est là.

Ikrame opina du chef et courut vers la chambre de sa sœur. Elle la surprit en train de s'examiner dans un miroir, les lèvres éclatées et l'œil poché.

– Mme Raïs est là.

– Dis-lui que je suis sortie.

– Nabil dit que les menteurs seront pendus par la langue au-dessus des braises et rôtiront ainsi, en enfer, jusqu'à la fin des temps.

Hanane laissa tomber le miroir et se leva à contrecœur.

Mme Raïs poussa un soupir de soulagement qui se brisa net :

– Mon Dieu !

Hanane pria la visiteuse de la suivre dans le salon et lui désigna un banc matelassé.

– Ma pauvre chérie, s'alarma Mme Raïs. Que t'est-il arrivé ?...

Hanane envoya sa petite sœur chercher du café avant de lâcher, d'un ton fâché :

– Pourquoi es-tu venue ?

– Tu n'avais pas l'habitude de t'absenter sans prévenir. On commençait à s'inquiéter, au bureau. Le patron m'a chargée de voir de quoi il retournait.

– C'est fini.

– Qu'est-ce qui est fini ?

– Le bureau, gémit Hanane un caillot dans la gorge.

– Ça veut dire ?...

– C'est pourtant clair : je ne retournerai plus travailler.

– Ça, j'ai compris. Mais pourquoi ? À cause de Redouane ? Il adore taquiner les filles, mais il n'a pas d'arrière-pensées.

Hanane s'écroula sur un coussin, se mit à sangloter. Mme Raïs s'assit à côté d'elle, lui passa un bras autour de la nuque.

– Ma pauvre chérie, qu'est-ce qui ne va pas ?

– Tu perds ton temps, dit la mère en apportant un plateau.

Mme Raïs se leva pour embrasser la vieille femme.

– Je suis une collègue de votre fille. Comme elle ne donnait pas signe de vie depuis quinze jours, notre directeur m'a demandé de m'enquérir de la situation... Qu'est-il arrivé à votre fille, *hajja* ?

– Ce qui arrive tous les jours aux filles du pays, soupira la mère.

Hanane fronça les sourcils pour la faire taire. La

vieille femme haussa les épaules, déposa le plateau sur un guéridon et entreprit de verser du café dans trois tasses.

– Je me suis ruinée pour son instruction, raconta-t-elle dépitée. J'ai exercé les métiers les plus éreintants pour qu'elle puisse poursuivre ses études. Une fois qu'elle a réussi à décrocher ses diplômes et à devenir cadre dans une entreprise respectable, elle se rétracte.

– Mère...

– Tais-toi. J'ai sacrifié mes plus belles années pour toi. J'estime que tu n'as pas le droit de me décevoir. Ton travail est ton seul allié. Un jour, je fermerai les yeux pour toujours. Nabil prendra femme, aura des enfants et se mettra à vouloir la maison pour lui tout seul. Il commencera par te rendre la vie impossible, t'accusera de tous les méfaits, te traitera en intruse et finira par te jeter à la rue. Alors seulement tu regretteras le poste que tu es en train de délaisser aujourd'hui.

– Mère...

– Quoi ? Tu ne vas tout de même pas m'empêcher de râler.

Mme Raïs comprit que quelque chose de grave était arrivé.

La mère lui expliqua :

– Son monstre de frère la persécute. Les cheikhs lui ont sinistré l'esprit. Il ne parle que d'interdits et de sacrilèges. En vérité, il est jaloux de la voir réussir là où il n'arrête pas d'échouer. Il est jaloux de son instruction, de son poste, de sa fiche de paie. Pour cette raison, il la bat. À chaque fois que ses cicatrices se referment, il s'arrange pour les rouvrir. C'est sa façon, à lui, de la séquestrer, de l'empêcher de « flirter » avec les hommes.

Mme Raïs se retourna vers Hanane :

– C'est ça, ton problème ?

– Son cauchemar.

– Tu n'es pas un peu misérabiliste, ma chérie ? Tu veux nous persuader qu'on te persécute *encore*, à ton âge ?...

– Il a juré de m'égorger, explosa Hanane.

– Et alors ? C'est ce qu'ils disent tous. On n'est pas du cheptel, figure-toi.

– C'est une brute. Il est capable de tout.

Mme Raïs tendit la main vers la figure meurtrie, lui releva le menton :

– Foutaises ! Je suis passée par là. Comme toutes les femmes. J'ai chancelé sous les gifles, fléchi sous les sommations, tremblé sans savoir pourquoi. Il m'arrivait de ne pas fermer l'œil de la nuit pour d'insignifiantes peccadilles. Mais j'ai fini par réagir. J'ai pris mes responsabilités. Résultat : je suis *libre*. Ce que je possède, je ne le dois à personne d'autre que moi. J'ai tracé mon propre chemin. Je vais où je *veux*, la tête haute. Et j'ai épousé l'homme que j'aimais. Le temps des bêtes de somme est révolu. On ne nous la fait plus. On ne *les* laissera plus nous marcher sur les pieds. Nous ne devons avoir qu'une seule idée fixe : nous opposer à *eux*, leur dire : « *Niet*, ça suffit ! »...

– On voit que tu ne connais pas Nabil.

– Nabil, Antar, Ayatollah ou Barbe-Bleue, je m'en fiche. Réveille-toi, ma chérie. Nous vivons à l'ère du computer, du scanner et des intelligences artificielles. Des sondes spatiales sont à l'écoute de l'univers. Et toi, tu continues de *subir* les insanités d'un détraqué. Tu es un cadre, bon sang ! tu mérites de la considération. Tu as prouvé ce dont tu es capable, que tu es *libre*. D'ailleurs, ça tombe bien. Jeudi, l'Association des femmes organise une marche de protestation contre le machisme et les exactions intégristes. Rejoins-nous. Nous irons hurler notre ras-le-bol à la face de la société.

– Tu es folle.

– Non, seulement une femme qui a brisé ses chaînes.

J'ai dit : stop ! je veux être *moi*, n'avoir pas honte de mes rondeurs, m'assumer telle que je suis : un être à part entière, tout en métaphore, avec un cœur – du *cœur* –, des ambitions et des millions d'envies.

Hanane se recroquevilla.

Sa mère quitta la pièce en marmottant son mécontentement.

– Va-t'en, sanglota Hanane à l'adresse de sa collègue.

– Pas question.

– Si, tu vas t'en aller. Et tout de suite. Tu ne sais pas de quoi tu parles. Tu as eu de la chance, moi pas. Je n'ai pas baissé les bras. Je n'en ai jamais eu...

– Défaitisme, ma grande. C'est ce qu'ils essayent de t'enfoncer dans le crâne. Aiguise tes ongles, fais-en des griffes et crève-leur les yeux. Mords, cogne, hurle. Si leurs bras sont plus vigoureux et leurs coups plus vicieux, bats-toi avec ton cœur. Rappelle-toi combien de fois tu as courbé l'échine, femme vilipendée, ce que sont devenues tes jolies mains dans les rinçures, tes oreilles sous les injures. Tu es Femme, Hanane. Te rends-tu compte de ce que ça signifie ? *Femme*. Tu es Tout : l'amante, la sœur, l'égérie, la chaleur de la terre, et la mère, as-tu oublié ? La mère qui a porté l'*Homme* dans son ventre, qui l'a mis au monde dans la douleur, lui a donné le sein, la tendresse, la confiance, qui l'a assisté dans ses tout premiers balbutiements, ses tout premiers pas... toi, la mère immense, le premier sourire, le premier mot, le *premier amour* de l'homme.

Nabil était hors de lui. Les sifflements de sa respiration ricochaient sur les murs. Le regard qu'il lança à Ikrame, interdite dans le vestibule, était inhumain.

– Où est-elle ? feula-t-il en attrapant sa mère par le bras.

– Maudit soit le jour qui t'a vu naître, malheureux. Comment oses-tu porter la main sur ta propre mère ?

Nabil la repoussa. Ses mâchoires roulèrent dans son visage haineux quand il aperçut le hijab de Hanane froissé dans un coin.

– Elle est allée à la marche des femmes. C'est ça. Je suis certain qu'elle est allée se donner en spectacle avec ces dévergondées.

Au regard fuyant de sa mère, il comprit qu'il avait vu juste. Il poussa un hurlement et se rua dehors. Les enfants, qui folâtraient sur le trottoir, se dispersèrent devant lui. Les narines frémissantes de rage, il chercha un véhicule ami ou un taxi, héla un jeune motocycliste, grimpa derrière lui et lui ordonna de le conduire place des Martyrs.

Une centaine de femmes, banderoles en l'air, s'agglutinaient sur l'esplanade, sous le regard ironique des badauds. Nabil fonça sur la foule, coudoya, brutalisa pour se frayer un passage. À ses tempes, une voix ululait : *Le succube ! Te désobéir ? Cette garce a osé faire fi de ton autorité*... Il fendit le groupe de femmes comme un brise-glace, chercha, chercha. Un moment, il s'imagina muni d'un lance-flammes en train d'immoler cette bande de garces, ces sorcières... *Putes ! putes*... Il renversa une dame, bouscula des infirmières, *sarcla* autour de lui, provoquant un début de panique. Au détour d'une grappe de manifestantes, il *la* vit. Hanane était là, debout devant lui, moulée dans cette jupe qu'il détestait. Elle le regardait *venir*... Il plongea la main dans l'échancrure de son kamis. Son poing se referma autour du couteau... *salope, salope*... frappa sous le sein, là où se terrait l'âme perverse, ensuite dans le flanc, puis dans le ventre...

Le jour s'éteignit. Hanane ne le percevait pas. Elle errait déjà à travers un tourbillon embrumé, glacial et sans écho. Une voix l'interpella. Était-ce un séducteur, ou seulement elle qui soliloquait ? Cela n'avait plus d'importance. La place basculait dans un fleuve de ténèbres. Hanane coulait comme un pavé dans la mare. Elle était en train de mourir... *Mourir ?* Avait-elle seulement vécu, baisé une lèvre aimée, frémi sous une caresse aimante ? Dans un ultime soubresaut, elle se retourna vers l'hier imprenable tel un leurre. Maudit hier : l'école, l'université n'auront servi à rien. La cuirasse des diplômes n'empêchera pas la lame fratricide de crever le rêve comme un abcès...

Une vierge venait de s'éteindre, pareille à un cierge dans une chambre mortuaire, comme s'éteignent les jours à l'heure où se crucifie le soleil aux portes de la nuit.

9.

La mort de Hanane m'avait choqué. C'était comme si elle m'avait éconduit, après m'avoir longuement appâté. Mais je ne portai pas son deuil. À quoi bon ? Pour moi, ce n'était rien d'autre qu'un vœu qui ne s'accomplirait jamais. Je commençais à m'y habituer.

J'avais de la colère, de la peine surtout quand je mesurais à quel point l'absurdité pouvait assujettir les mentalités pourtant, je ne me souviens pas d'avoir éprouvé de la haine envers Nabil. Il n'en était pas digne, à mon sens. Son geste relevait de la folie. Il m'avait atteint dans mes chairs sans pour autant effleurer mon esprit. Je demeurai lucide. J'étais parvenu à appréhender le drame avec philosophie. Par-delà la disparition tragique de celle que je voulais pour compagne, j'étais persuadé qu'il ne s'agissait pas là d'un malheureux concours de circonstances, mais d'un signe divin, que le ciel me mettait à l'épreuve.

Je n'avais même pas assisté aux funérailles.

J'étais resté chez moi, et j'avais prié.

Bien sûr, il m'arrivait encore de m'insurger contre le sort qui s'obstinait à fausser toutes mes aspirations avec une rare mesquinerie, puis, en bon croyant, je me ressaisissais. J'avais du chagrin pour cette fille rayonnante, tranquille et discrète, mais je m'interdisais de chercher d'autres interprétations susceptibles de me piéger dans d'inutiles toiles d'araignée. Je ne me sentais pas de taille. J'étais fragilisé par les déceptions qui se succédaient au chevet de mes rêves. Je m'estimais aussi vulnérable qu'un moucheron à portée d'un caméléon. Il me fallait, coûte que coûte, me reprendre en main. Je renonçai d'abord à mon deux-pièces de Souk El-Djemâa ; ensuite, après avoir mûrement réfléchi, je décidai de ne pas me marier avant de mesurer la bourrasque qui se préparait à emporter le pays dans une crue, de toute évidence, dévastatrice.

Nabil ayant été arrêté, la nécessité de fréquenter les militants islamistes et de faire semblant de m'intéresser aux cours que nous dispensaient les cheikhs ne me concernait plus. Ma prière accomplie, j'étais le premier à quitter la mosquée. Puis je tournais en rond dans le quartier, les mains dans le dos et les lèvres pesantes. Je m'ennuyais.

À la Casbah, il était exclu de trouver quelqu'un pour vous réconforter sans lui donner l'occasion de vous endoctriner. On abusait des états d'âme des « égarés » et profitait de leur fléchissement pour les atteler à la mouvance. À cette époque, chacun se découvrait la vocation d'un gourou. De jeunes imams façonnaient les mentalités à leur guise, partout, dans les cafés, les écoles, les dispensaires, les cages d'escalier, traquant les ressentiments, investissant les consciences. Impossible de prendre son mal en patience. Un simple grognement, et les émules vous entouraient de leur sympathie avant de vous livrer, sans crier gare, aux artisans du Salut. Plus d'intimité, plus d'escapade. On avait beau rabattre les volets, se calfeutrer dans sa chambre, on n'était jamais à l'abri. La vie devenait insupportable.

Pour fuir les tensions, je me rendais chez Dahmane, au centre-ville. Là, malgré l'omniprésence du kamis, le bruit de la fureur était moins agressif. Les gens vaquaient à leurs occupations, les vitrines rutilaient sur les trottoirs et les terrasses ne désemplissaient pas. Les boutades et les rires fusaient çà et là, probablement exagérés pour conjurer les sentiments troubles et l'angoisse. Qu'importait ! Il suffisait à Dahmane de refermer sa porte pour rompre avec la rue. Son appartement était spacieux et coquet, décoré de beaux tableaux, de fauteuils ventrus et de rideaux soyeux. Dahmane ne manquait de rien. Il semblait comblé. Il avait une petite fille adorable, une épouse attentionnée dont le sourire étincelait comme les neiges de Tikijda. Ils m'accueillaient avec joie, et me retenaient souvent pour souper. À la longue, je me rendais compte que je gâchais leur petit bonheur avec mes intarissables lamentations. Je n'arrêtais pas de me plaindre sans savoir de quoi au juste. Mes visites s'espacèrent, puis je ne remis plus les pieds chez eux. En réalité, j'étais jaloux de leur confort, de la félicité dans laquelle ils baignaient, loin des clameurs revanchardes et des yeux injectés de sang ; j'étais jaloux de la chance de mon ami d'enfance, parti de rien et si bien arrivé, de la beauté de sa femme qui, en plus, enseignait la psychologie à l'université, de leur inaltérable fraîcheur... Ma jalousie frisait carrément l'aversion lorsque, en rentrant chez moi, je retrouvais les humeurs massacrantes de mon père, planté dans son coin pareil à un sortilège, guettant la moindre futilité pour se mettre à aboyer après son monde. Je le détestais, détestais son dentier moisissant dans son verre, son odeur de malade imaginaire ; je détestais notre taudis où suffoquaient mes sœurs dont la pauvreté repoussait les prétendants malgré leur réputation d'excellentes ménagères et la finesse de leurs traits ; je détestais l'indigence de ma chambre identique à celle de mon âme, les repas de misère que ma mère improvisait, son sourire qui s'excusait de n'avoir rien d'autre à offrir, son regard triste qui m'enfonçait un peu plus chaque fois qu'il se posait sur moi...

Je n'en pouvais plus.

Dehors, c'était pire. Les rassemblements des islamistes perduraient. Ils occupaient les places, les sanctuaires, les rares espaces verts, interpellaient les passants, provoquaient les forces de sécurité, véhéments, la barbe hérissée, les prunelles incendiaires. Les rues étaient interdites à la circulation. Les conducteurs mécontents étaient invectivés, parfois secoués. Les miliciens de la mouvance s'en donnaient à cœur joie. Tout était prétexte à les déchaîner. Malheur à qui osait rechigner. Les filles dévoilées se faisaient agresser par des mioches galvanisés. On leur lançait des pierres, les aspergeait d'eaux usées et on proférait sur leur passage des mots orduriers qui, dans la bouche d'un enfant, claquaient comme des blasphèmes. Sur les murs décrépis, les graffiti se voulaient de véritables déclarations de guerre. Les appels à la mobilisation succédaient aux prêches, les échauffourées aux intimidations. Entre deux marches de protestation, un fait divers remettait les pendules à l'heure : les premières victimes de l'intégrisme se mirent à en faire les frais : une prostituée, un ivrogne, une maison « louche ». Pas assez pour décréter le deuil national, mais suffisant pour spéculer. La peur s'installait progressivement. Trop de laxisme, protestaient les laïcs. Pas de compromis, répliquaient les extrémistes. Dans l'expectative, des excroissances du FIS émergeaient. Les *Hijra wa Takfir*, l'aile la plus radicale de la mouvance, se forgeaient une sinistre réputation. Ses sbires infiltraient les franges sociales défavorisées, recrutaient parmi les damnés et les frustrés, impressionnaient par leur zèle et leur farouche détermination. On les décrivait partout de la même façon : sourcils plus bas que l'esprit, crâne rasé, regard inexpressif, barbe mal soignée, irascibles, violents, jusqu'au-boutistes. Ils se regroupaient à la faveur de la nuit pour s'entraîner sur des terrains vagues ou dans les bois. Les langues se déliaient. On parlait de sabres, de machettes, d'arsenal de guerre et d'escadrons obscurs.

Soudain, tel un couperet, l'épée de *Da Mokhless* * tomba. La désobéissance civile fut déclarée hors la loi et les cheikhs Abassi Madani et Ali Belhadj jetés en prison. Les colosses se découvraient des pieds d'argile. On n'en revenait pas.

Après l'épreuve de force du Pouvoir, la Casbah se réveilla groggy, incapable de se situer. Les mosquées étaient silencieuses, les rues traumatisées, et les militants floués erraient dans le brouillard, perplexes, incrédules, prêts à détaler au cri d'une sirène.

Cependant, avec l'énergie du désespoir qui ranime les causes réprimées et jamais perdues, malgré la neutralisation de ses figures de proue, le Mejless se reprit en main, se réorganisa. De nouvelles têtes de christ apparurent. Des apprentis muphtis s'avérèrent, vite, plus efficaces que leurs maîtres. Les cellules islamistes des quartiers rouvrirent leurs portes, ressortirent leurs mégaphones et leurs archives. L'engagement n'avait pas pris une ride. On se référait aux erreurs d'hier pour ne pas les répéter. On optait pour une approche moins tapageuse, plus persuasive. Les diatribes enflammées, la provocation, enfin l'ensemble de ces attitudes excessives, qui effarouchaient les masses, étaient proscrites. Le Pouvoir avait fauté. Il était impératif de le maintenir au rang de tyran décrié par les saints et les nations. Désormais on jouerait le jeu des législatives jusqu'au bout, en se gardant de trébucher ou de céder à la vindicte, les sondages étant largement favorables aux « lésés ».

Régulièrement abordé par toutes sortes d'illuminés, je me manifestais le moins possible dans les ruelles de la Casbah. Dès le matin, j'enfilais mon jean et mes bas-

---

* *Da Mokhless* : Tonton l'intègre, sorte de *Big Brother* à l'origine de tous les malheurs de l'Algérie.

kets et partais me dégourdir les jambes tantôt à Soustara, tantôt rue Larbi Ben M'hidi. Avec l'argent que j'avais amassé chez les Raja, je pouvais m'offrir des grillades au déjeuner et des virées sur le littoral où la vie suivait son cours en se fichant royalement des alarmistes. Malgré la fin de la saison estivale, les plages étaient prises d'assaut, le sable disparaissait sous les parasols, et les filles, insouciantes, se tortillaient dans des maillots de bain à peine visibles sur leur peau rissolée. Je m'installais sur une terrasse, devant un verre de citronnade, et je décompressais des heures entières en écoutant de la musique *raï* et en contemplant les miroitements au large de la mer.

Ce fut ainsi que je rencontrai Mourad Brik. Je ne l'avais pas reconnu à cause de sa face mafflue aux yeux avalés par des bourrelets de chair et de son obésité. Mais son rire de théière oubliée sur le brasero me fit aussitôt retrouver la mémoire. Mourad Brik avait partagé ma chambre, dans un hôtel périphérique miteux, pendant les deux mois du tournage des *Enfants de l'aube*. À l'époque, il n'avait plus de cran à sa ceinture. Fauché, affamé, il n'arrêtait pas de taper des cigarettes au personnel sur le plateau. Nous étions deux jeunes comédiens ambitieux, fascinés par les feux de la rampe, qui croyions dur comme fer fouler, un jour prochain, les tapis rouges de Cannes. Dans le film, il interprétait un cousin mal luné que je m'évertuais à remettre sur le droit chemin et qui, à la fin, drogué et déchu, se jetait pompeusement sous les roues d'une locomotive, pour que les spectateurs, grands et petits, comprennent enfin où mènent l'oisiveté et les mauvaises fréquentations. Le public avait apprécié le message, et la presse, convaincue que c'était là la meilleure méthode pour éduquer les jeunes, avait daigné lui consacrer un entrefilet en page centrale, chose à laquelle je n'eus pas droit. Plus tard, tandis que je pourchassais la licorne autour du *Lebanon*,

Mourad Brik sautait sur le moindre petit rôle qui traînassait sur le bord des scénarios. On le revit sporadiquement dans un feuilleton télé barbant, ensuite dans une pièce de théâtre à dépoussiérer les coulisses puis, dans un long métrage qui connut un succès relatif et lui valut, à mon grand chagrin, un prix lors d'un festival cinématographique africain.

Je l'avais perdu de vue.

Après les embrassades d'usage, il s'effondra sur une chaise et aplatit d'une tape son toupet de cheveux frisés. Son ventre faisait bâiller sa chemise tropicale. Il commanda une crème glacée et commença par me demander ce que je devenais. Il me passa consciencieusement au peigne fin avant de consentir à me parler de lui :

– Je pars pour Paris, en décembre. Un aller simple, je ne te le cache pas. Des amis ont sollicité le Centre culturel français, et ce dernier m'a accordé une bourse. Je vais suivre un stage de perfectionnement dans un théâtre professionnel.

Pour corroborer ses dires, il poussa dans ma direction un livre de poche intitulé *Le Cid*.

– Le soir, dans ma chambre, je me campe en face d'une glace et je m'exerce aux répliques. Impressionnant. Mais je reste persuadé que mon passage à l'institut sera pure formalité. Je vais me faire un tas d'amis dans le métier et, dans moins d'un an, je décrocherai le gros lot. Sinon, à quoi bon s'égosiller toutes les nuits devant une glace au point d'obliger les voisins à s'esquinter les poings sur le mur pour que je la boucle. Le prix que j'ai obtenu à Ouagadougou m'ouvrira pas mal de portes. Ce sera le pied : galas, soirées mondaines, conférences de presse, séances photos, plateaux de télé, fric et nanas. Je m'en vais te rattraper le temps perdu en moins de deux, fais-moi confiance. Sais-tu que Mme Simone Fleuret m'a écrit ?

– Comment le saurais-je ?

– Je parie que tu ne devines même pas qui c'est, Mme Fleuret. Un monstre du casting. Son bureau est plus grand qu'une bibliothèque communale. C'est le passage obligé pour la gloire. Eh bien, figure-toi qu'elle m'a écrit. De son propre chef. C'est très significatif. Il est probable que je ne suive même pas le stage en question, qu'elle ait déjà des projets pour moi. C'est parti, Nafa. Je ne remettrai plus les pieds dans ce merdier où même les fleurs sentent mauvais.

Il était excité, quasiment en transe. Ses mains brassaient l'air. La crème glacée que lui avait apportée le garçon fondait, dégoulinait sur la coupe et formait une minuscule flaque laiteuse sur la table. Mourad n'en avait cure. Il m'assommait de ses rires, de ses exclamations, m'éperonnait de son doigt tendu à chaque fois que mon attention faiblissait.

– Tu penses que j'ai une chance d'intéresser le CCF ?

Il faillit en avaler sa langue et s'étouffer.

Il composa un visage évasif et répondit :

– C'est un peu tard, à mon avis.

– Pourquoi ?

– Ben, les inscriptions sont finies.

– Je veux tenter ma chance.

Il fit la moue, rentra le cou dans ses épaules flasques.

– Je ne veux pas te décevoir.

– Je prends le risque.

– Ce ne sera pas du gâteau, je te préviens.

– Je t'en serai redevable ma vie entière, le suppliai-je.

– Ça ne dépend pas de moi... Tu n'as tourné qu'un seul film, Nafa. As-tu seulement un *press-book* ? Ça n'a pas été aisé, pour moi, malgré mon dossier de presse et mon prix africain. Il m'a fallu mobiliser des amis, graisser la patte.

– Mobilise-les encore une fois. Tu te rends compte, à deux, dans Paris, nous nous soutiendrons.

Mourad plongea enfin sa cuillère dans la boule ramollie de son dessert glacé. Il prit son temps, racla le fond de la coupe, se pourlécha les lèvres en réfléchissant.

– Franchement, tu me prends de court, là. Je ne croyais pas que tu m'obligerais à tout déballer. Mon bagage d'acteur n'a pas suffi. Pour bénéficier de la bourse, j'ai été contraint à débourser.

– Combien ?

Il repoussa la coupe, croisa les mains sur sa bedaine. Ses yeux désagréables me tinrent à distance. Il me dévisagea en silence, puis il dodelina d'une tête affligeante :

– Laisse tomber, Nafa. C'est pas pour toi.

– Je n'ai pas l'intention de moisir ici une minute de plus.

– Tu tiens vraiment à te lancer ?

– Absolument.

Ma détermination parut le préoccuper. Il chercha dans le ciel une échappatoire, n'en trouva pas. Ses joues frissonnèrent.

– Mettons-nous d'accord sur un détail, Nafa. Je déteste ce genre de procédure foireuse. Et je t'interdis de penser que j'attends une rémunération de quelque nature que ce soit dans cette affaire. Je suis un artiste. Les tractations obscures, c'est pas mon rayon. C'est très important de te le rappeler. Il s'agit de ma dignité. Et j'y tiens.

– Je m'en contrefiche. Ce que je veux, c'est mon visa pour la chance. Combien ?

– Vingt mille dinars cash. Et trois mille FF à l'embarquement, lâcha-t-il brutalement.

Je n'avais pas hésité une seule fraction de seconde. J'avais amassé assez d'argent, chez les Raja, pour me permettre de négocier deux ou trois opérations de ce genre. Je me rendis compte que je n'avais pas encore enterré mes rêves d'antan, que le tableau que me brossait Mourad ce jour-là, à l'ombre d'un parasol décoloré, me « ressuscitait ». Je me voyais déjà arpentant les studios parisiens, un scénario sous le bras et les yeux plus grands qu'un écran, loin des ruelles de la Casbah, du remugle de ma solitude et des affres du désœuvrement. Paris prenait possession de mon esprit. Je compris alors que, si je devais renoncer à sa générosité, je ferais mieux de crever. À partir de ce jour, je n'eus qu'une seule idée fixe : *partir*. Sauter dans un avion et voler de *mes propres ailes*.

Le problème financier étant arrêté, Mourad me demanda de lui préparer, avant la fin de la semaine, un dossier administratif complet : une demande manuscrite à l'attention de M. le directeur du Centre culturel français, complétée d'un curriculum vitae, une demande de visa munie du passeport, et les documents traditionnels : extrait de naissance, douze photos d'identité, certificat de résidence, etc.

Il me fixa ensuite rendez-vous au *Hammamet*, un restaurant huppé où je n'aurais pas osé me hasarder seul même du temps des Raja.

Mourad avait déjà commandé son repas et était au plat de résistance lorsque j'arrivai. Il se nettoya les commissures de la bouche avec la pointe de sa serviette et m'invita à prendre place en face de lui. Je lui tendis l'enveloppe contenant les documents demandés. Il se contenta de vérifier l'argent et poursuivit son déjeuner.

– Commande quelque chose.

– Non, merci.

– Le rôti d'agneau aux champignons est un délice.

– Je n'ai pas faim. D'ailleurs, je manque d'appétit depuis l'autre jour. Je dors mal et je ne pense qu'à la bourse.

– On va galérer, mais nous la décrocherons, cette

satanée bourse, me rassura-t-il. J'ai déjà pris langue avec un gars influent au niveau du CCF.

Il mangea comme quatre, engloutit son dessert et jeta un œil sur sa montre.

– Je suis en retard, dit-il en se levant.

– On se revoit quand ?

– Je te contacterai.

– Tu ne sais pas où j'habite.

– Je demanderai.

– Je préfère que tu notes mon numéro de téléphone.

Il se donna la peine de se rasseoir et griffonna d'une main agacée mon numéro sur l'enveloppe que je lui avais remise.

– Ça va prendre longtemps ?

– Nafa, mon ami, n'anticipons pas. De toutes les façons, le stage est pour décembre. Nous avons deux mois devant nous.

– Il n'y a pas un endroit où je puisse te joindre ?

– Détends-toi, *kho*. C'est plus ton problème, maintenant. Dès que j'aurai du nouveau, je te téléphonerai.

Il me serra la main et s'éclipsa pour me laisser payer l'addition.

10.

– Ça suffit, s'insurgea le père Walid. Ce n'est pas un standard, ici. « Mourad a téléphoné, Mourad a téléphoné ? » Personne n'a téléphoné. Tu veux nous rendre fous ? Du matin au soir, toujours la même rengaine. On n'a pas que ça à faire. D'ailleurs, ajouta-t-il en faisant mine d'arracher les fils du combiné, je m'en vais te la mettre en pièces, ta saloperie d'appareil.

Nafa le saisit par le bras et l'immobilisa contre le mur. Sa main exerça une étreinte telle que le vieillard crut entendre craquer son bras. La bouche tordue de douleur et les jambes coupées, il ne lui restait que les yeux pour s'indigner. Le fils tint bon. Sa figure congestionnée s'enlaidit d'un rictus bestial et sa voix gronda :

– Ne touche jamais à cet appareil...

Le père considéra la main en train de lui broyer la chair, incrédule. Soudain, il mesura l'ampleur du parjure. Rassemblant ses forces en charpie, il se releva dans un chapelet d'imprécations :

– Sale bâtard ! Tu crois m'intimider, pourriture, mauvaise graine. Tu oses porter la main sur moi, toi, mon urine. Je suis vieux, mais pas fini. Je ne te laisserai pas imposer tes quatre volontés sous mon toit. Tu n'es rien d'autre qu'un morveux. Tu penses que tu as grandi ? Il me faudrait un microscope pour te repérer, fils de chien. Je te maudis.

Nafa prit conscience de la gravité de son geste. Il relâcha le bras de son père, recula, ne comprenant pas comment il en était arrivé là.

Le père refusa de masser son poignet meurtri. Pour lui, un millénaire de tabous s'effondrait. Était-ce le signe précurseur de l'Apocalypse ? Il était dit, dans la mémoire des siècles, que le jour où le fils porterait la main sur son géniteur commencerait l'ultime décompte. Rouge comme une pivoine, il cracha par terre et tituba vers sa paillasse en souhaitant mourir avant de l'atteindre.

Raides dans un coin de la pièce, les cinq filles se tenaient la tête entre les mains. La petite Nora fixait son frère, outragée. Le visage de mère Walid n'était plus qu'un coing blet. Elle s'interdisait d'admettre ce qu'elle venait de voir, là, dans *sa* maison.

– Je m'attendais à tout, chevrota-t-elle, sauf à ça...

Nafa pivota sur lui-même, buta contre le mur, puis il poussa un cri de fauve et sortit dans la rue.

La mère somma ses filles de retourner dans leur chambre, marmotta une prière et se dirigea vers le père offensé.

– Reste où tu es, lui cria-t-il. Tu ne vaux pas plus que lui. Une mère respectable ne peut enfanter un tel rejeton. Maintenant, je sais que tu m'as toujours menti.

Nafa avait le sentiment de devenir fou. Déjà fin décembre, et nulle trace de Mourad Brik. À chaque fois que le téléphone sonnait, il sautait au plafond avant de raccrocher brutalement en ne reconnaissant pas la voix du comédien au bout du fil. Ses sœurs redoutaient son retour. S'il n'y avait pas de message pour lui, il les insultait, parfois les brutalisait. Désormais, elles couraient se réfugier dans leur chambre dès qu'elles entendaient son pas sur le palier.

Nafa passait le plus clair de son temps dans les taxis et les bus, ballotté d'un bout de la ville à l'autre, à la recherche d'anciens figurants susceptibles de l'aider à retrouver Mourad Brik. Leur moue d'ignorance était aussi cuisante qu'une morsure. Il retourna plusieurs fois au *Hammamet*, se rendit à maintes reprises à l'aéroport : Mourad s'était volatilisé. La nuit, en rentrant chez lui, bredouille et dépressif, il ne pouvait s'empêcher de râler jusqu'au matin. Il avait maigri, négligeait ses tenues. Une barbe sauvage, que surplombaient deux yeux vitreux, lui conférait un air dément. Plus Mourad tardait à se manifester, plus il rêvait de partir. Paris devenait une idée fixe, s'ancrait au tréfonds de son être et l'habitait en entier.

L'arrêt du processus électoral le surprit dans un bureau du CCF.

La secrétaire écarta les bras, désolée :

– Nous n'avons octroyé aucune bourse au nom de Mourad Brik, monsieur.

– Ce n'est pas possible, madame.

– Nous avons vérifié. Notre fichier est formel.

Nafa réprima un juron.

Il erra dans la ville, pareil à un spectre.

Il ne voyait ni les gens qui se dépêchaient autour de lui, ni les chars de l'armée qui avaient investi les rues durant la nuit...

Il n'y aurait pas de deuxième tour de scrutin.

Les législatives furent annulées.

Aux rassemblements des islamistes ripostèrent les descentes de police, les rafles, la chasse aux sorcières.

L'Algérie basculait, corps et âme, dans l'irréparable.

En un tournemain, les clameurs intégristes se prolongèrent dans le mugissement des sirènes. Les véhicules de gendarmerie sillonnaient le territoire des gourous, profanaient leurs sanctuaires. Les portes étaient fracassées. Réveillées à des heures impensables, les familles cédaient à la panique. Les mains des femmes tentaient de délivrer un frère, un père, un gendre. Rien à faire. Les menottes mettaient les supplications sous scellés. Les cheikhs promettaient de revenir, d'une manière ou d'une autre, venger l'affront. Certains quittaient les leurs la tête haute, radieux, convaincus que les lendemains leur donneraient raison, que l'arbitraire saurait consolider leurs rangs et affermir leurs serments. D'autres s'agrippaient aux bras de leurs parents, juraient de se raser la barbe si profond qu'elle ne repousserait jamais plus.

Les matraques dissuadaient les uns et les autres.

Les fourgons cellulaires disparaissaient dans la nuit.

Appuyé contre la porte-fenêtre, Rachid Derrag observait les CRS en train de charger des bandes d'adolescents à travers les artères du quartier. Des pneus brûlaient sur la chaussée et la fumée emmitouflait les immeubles dans des écharpes noirâtres. L'écho des rafales ricochait sur les murs, fusait dans les clameurs comme les cris d'une hydre forcenée. Les manifestants se précipitaient sur les grenades lacrymogènes avant qu'elles ne contaminent l'air, les renvoyaient sur les policiers ou les noyaient dans des seaux d'eau. Les barres de fer s'acharnaient sur les véhicules, émiettaient les vitres, défonçaient les carrosseries. Des voyous s'attaquaient aux devantures des boutiques, pulvérisaient les vitrines et s'engouffraient à l'intérieur des magasins pour piller.

Une escouade de policiers déboucha sur le square, battit rapidement en retraite sous le déluge de pierres. Touché à la tête, un agent s'écroula au pied d'un lampadaire. Deux barbus lui sautèrent dessus, le délestèrent de son arme et s'évanouirent dans la confusion.

Un véhicule sécuritaire, pare-brise étoilé et pneus à

plat, avança timidement à l'angle d'une rue. Un cocktail Molotov le frappa de plein fouet. Le feu se propagea à l'engin d'où s'éjecta en hurlant une torche humaine. Des flics bravèrent les projectiles pour se porter à son secours.

Plus loin, un convoi militaire venait à la rescousse, et la foule se replia sur les hauteurs du quartier.

De nouveau, les mitraillettes se firent entendre, sporadiques puis incessantes...

– Si ce n'est pas malheureux, soupira le cinéaste en retirant ses mains de ses poches.

Nafa Walid se triturait les doigts en contemplant l'armoire en face de lui. Le bureau de Rachid Derrag était exigu, juste un cagibi malodorant où s'entassaient des tiroirs métalliques superposés, deux fauteuils en cuir synthétique pelé, une table entaillée et des étagères chargées de grimoires aux pages racornies. Les semelles de chaussures imprimaient nettement leur empreinte sur le parquet poussiéreux. Au mur, l'affiche de *Chroniques des années de braise* jaunissait. Par endroits, le générique était effacé, et quelqu'un, à l'aide d'un feutre gras, avait ajouté des cornes sataniques sur le visage en gros plan.

Parti d'un douar perdu au large de Tadmaït, Rachid était venu, dans les années 70, fouiner dans les faubourgs d'Alger à la poursuite d'un rêve de gamin. La projection en plein air des *Dix Commandements* avait éveillé en lui une curieuse mais irrésistible vocation. Il avait réalisé quelques documentaires pour la télévision avant de partir, à Moscou, étudier le cinéma. Major de sa promotion, il était revenu au pays se tourner les pouces. Les budgets alloués étant insignifiants, il avait bricolé deux ou trois films sur le malaise des jeunes, dont *Les Enfants de l'aube* qui avait révélé Nafa Walid, et appris à attendre, comme d'autres cinéastes, que les décideurs du régime daignent le siffler. Bien que n'ayant jamais disposé de moyens dignes de son talent, Rachid avait eu la consolation de découvrir beaucoup de jeunes comédiens. Certains étaient parvenus à survivre aux épreuves du métier et à gravir les chemins escarpés de la gloire jusqu'en France. Ceux-là ne sont jamais revenus raconter leurs passionnantes tribulations. D'autres, moins chanceux, étaient devenus toxicomanes ou soûlards et tombés si bas que, même avec un scaphandre, il n'était pas sûr de les atteindre.

Rachid Derrag se laissa choir derrière son bureau, s'empara d'un paquet de cigarettes vide, le jeta pardessus son épaule, planta les coudes sur un sous-main et appuya ses pouces contre ses tempes. Sa calvitie s'accentuait au milieu de ses longs cheveux épars. Il avait vieilli. Son état se dégradait tout comme son unique costume, trahissant, à lui seul, la déchéance d'une génération d'artistes appauvrie pour mieux être assujettie.

– Je n'aime pas ça, dit-il, je n'aime pas ça du tout.

Il parlait de la rue.

Nafa avait d'autres préoccupations :

– Vous devez avoir son adresse dans vos archives.

– Quelle adresse ?

– Celle de Mourad Brik. Autrement, comment faites-vous pour le convoquer ?

Le cinéaste se souvint de l'objet de l'entretien. Il fit « ah », et dit :

– On n'avait pas besoin de le faire. Mourad rôdait dans les parages, tous les matins. Dès qu'on me remettait un scénario, il jaillissait devant moi avant que j'aie le temps d'en lire le titre.

– Qu'il me rende mon passeport. Tant pis pour l'argent, je veux récupérer mon passeport. Sans ça, je suis condamné à croupir ici.

Rachid Derrag gonfla les joues.

– Ce qui me chagrine le plus, c'est de voir un artiste

changer de cap à cent quatre-vingts degrés. Mourad Brik, escroc... un comédien talentueux réduit à des agissements aussi déplorables ? J'en ai honte, pour lui, et pour le cinéma. C'est grotesque, grotesque...

– Il paraît qu'il a arnaqué d'autres collègues.

– Je suis au courant...

– Il faut que je le retrouve. C'est impératif.

– Qu'est-ce que tu me chantes, là ? explosa le cinéaste à bout. Tu me culpabilises, ou tu me prends pour un détective ? Le bled chavire, et tu viens me casser les pieds avec ton histoire de dupe. Tu t'es fait avoir, un point, c'est tout. Tu ne dois t'en prendre qu'à toi-même. Tu penses que tu es le seul à vouloir mettre les voiles ? Nous voulons *tous* nous tailler d'ici. Il se passe des choses pas sunnites, dehors. Le Raïs a été limogé. Les chars esquintent nos asphaltes. Il y a des vigiles jusque sous nos lits, et les sirènes nous empêchent de fermer l'œil une minute. Et toi, parce qu'un fumier s'est payé ta tronche de demeuré, tu débarques chez moi, et tu crois être le centre de l'univers... Cette fois, ce n'est plus un remake d'octobre 88, un *regrettable chahut de gamins*. La guerre est là. Nous sommes foutus... Maintenant, s'il te plaît, va-t'en. J'ai besoin d'être seul.

Nafa avait quitté Rachid Derrag, la gorge serrée. Il n'était pas encore midi, pourtant c'était la nuit qu'il traversait.

Deux voitures se consumaient dans une cour, leurs flammes léchaient, au gré de leurs soubresauts, les branches d'un arbre mutilé. La chaussée était hérissée de pierres, de tessons de bouteilles, de morceaux de ferraille et de restes de pneus calcinés. Sur les murs zébrés de fumée, les affiches électorales en lambeaux battaient de l'aile, semblables à des volatiles pris au piège dans du torchis.

Les gens se terraient chez eux, dépassés par la tournure des événements.

Au bout de la rue, une bande de galopins passa à vive allure, des policiers à ses trousses.

Au loin, des coups de feu crépitaient, tantôt rageurs, tantôt fugitifs. Par endroits, l'épaisseur des fumées voilait le ciel et plongeait les maisons dans une pénombre asphyxiante. Des camions militaires vrombissaient dans tous les sens, pulvérisaient les obstacles rudimentaires dressés hâtivement sur le bitume. Les ambulances se pourchassaient dans une chorale assourdissante, zigzaguaient au milieu des barricades et se perdaient dans la brume des sinistres.

L'émeute rattrapa Nafa au détour d'un square, l'entraîna vers une arène en ébullition. Quelqu'un lui glissa une barre de fer dans la main et lui désigna une grosse cylindrée aux portières grandes ouvertes.

– Elle appartient sûrement à un fils de chien de sale bourgeois. Ne te gêne surtout pas.

Ses prunelles éclatées illustraient parfaitement ses propos. Sans réfléchir, Nafa fonça sur la voiture et se mit à cogner dessus comme si Mourad Brik était dedans... Puis, plus rien. Juste un long tunnel de vacarmes, d'orages et d'opacité...

Nafa se réveilla dans un panier à salade, la veste déchirée, du sang sur la chemise et des menottes aux poignets. On l'enferma deux jours dans une cellule nauséabonde, avec un ramassis de vandales surexcités qui n'arrêtaient pas de chanter à tue-tête des slogans intégristes en essayant d'arracher les barreaux. Ils s'égosillèrent le premier jour, prièrent la première nuit et ne commencèrent à s'essouffler que le lendemain. L'après-midi, un agent ordonna à Nafa de le suivre. Il le poussa rudement dans un bureau où un inspecteur établissait des listes à partir d'une pile de cartes d'identité rassemblée à côté de lui.

– C'est toi, Nafa Walid ?

– Oui.

Il reposa son stylo pour le dévisager.

– Un ami m'a certifié que tu n'as rien à voir avec ces boucs déphasés. Je me suis donné la peine de le croire. Tu penses que j'ai eu tort ?

Il lui indiqua la porte de sortie :

– Tu es libre.

Avant de le congédier, il tapa du doigt sur un registre :

– Ton nom figure là-dedans, je te préviens. Tu es fiché, et ça va te coller au train. Autrement dit, tu es en sursis. Un faux pas, et je me ferai un plaisir de te coffrer moi-même.

Nafa Walid ramassa ses objets personnels sur le comptoir et sortit dans la rue.

Le ciel était couvert. Un soleil anémique filtrait à travers les nuages sans parvenir à chatouiller les rues.

Dahmane descendit d'une voiture. La main sur la portière, il improvisa un sourire de circonstance.

– Je ne t'ai rien demandé, lui lança Nafa furieux de le trouver là.

– Ton père, si. Son cœur ne tiendra pas si tu persistes à faire l'imbécile. Quand vas-tu t'assagir, à la fin ?

– Quand tu me lâcheras les baskets.

– Prouve d'abord que tu es capable de marcher droit.

Nafa menaça son ami du doigt :

– Fais gaffe à ce que tu insinues. Je suis assez grand pour me démerder seul.

– Tu ne serais pas obligé, si tu te tenais à carreau.

– C'est pas tes oignons. On n'est pas sur le même bateau. Tu files en croisière, et moi je galère.

– C'est la faute à qui, d'après toi ?

– Tu ne peux pas comprendre, Dahmane. On ne voit pas les choses sous le même angle. Tu fréquentes les gens de la haute, tu as un appartement de luxe, un compte en banque et pas de soucis. Moi, je ne mange pas de ce pain.

Dahmane sentit son cœur se pincer. Il fit, conciliant :
– Allez, viens. On va faire un tour.
Il remonta dans la voiture, se coucha sur le siège d'à côté pour ouvrir la portière.
Nafa Walid pivota sur ses talons et s'éloigna.
Dahmane n'eut pas besoin de lui courir après. Quelque chose lui dit que son ami de toujours avait opté, irrémédiablement, pour un tout autre chemin.

11.

Le café *Bahja* grouillait de monde. Son brouhaha recouvrait les bruits de la rue. Chacun commentait les événements à sa manière, mais tous s'accordaient à les légitimer.

Les autres quartiers négociant leur ressentiment avec la même furie destructrice, il n'était pas indiqué de s'y aventurer. Les rafles et les déportations se poursuivaient. Les échauffourées se multipliaient. Les gens de la Casbah n'avaient que le café pour battre en retraite.

Zawech débarqua au *Bahja* dans un état lamentable. Le kamis déchiré sur le flanc, une béquille sous l'aisselle, il affichait fièrement un crâne enturbanné dans un grotesque bandage constellé de taches de mercurochrome.

Zawech exerçait la fonction d'idiot du village. Non pas qu'il fût simple d'esprit mais le poste était vacant et Zawech pas regardant. Les jambes longues et grêles, le buste court, le dos voûté, un profil d'échassier, il évoquait un héron, d'où son surnom, *Zawech*. Personne ne connaissait son âge. La quarantaine, un peu plus, qu'importe ; rien ne le mettait à l'abri des railleries ni des farces des enfants. Indésirable à la confrérie des Anciens, il trouvait auprès des jeunes un semblant de chaleur qu'il s'escrimait à préserver en amusant la galerie. Son statut de pitre le reléguait au rang des intouchables, à tel point que lorsqu'il prenait son courage à deux mains pour aller demander la main d'une vieille fille, les familles sollicitées s'en estimaient gravement offensées. Confit dans le célibat et la risée, Zawech avait cessé d'espérer une quelconque considération à même de rétablir sa dignité. Pour le commun des mortels, il était une énorme plaisanterie, et rien d'autre. Même agonisant, il provoquerait l'hilarité. Sachant qu'on ne le prendrait jamais au sérieux, Zawech avait opté pour le ridicule afin de cohabiter avec la honte.

Zawech roula des yeux globuleux sur les individus attablés autour de lui, agita sa béquille pour attirer leur attention.

– Qu'est-ce qu'il y a encore ? lui lança le cafetier. Tu as reçu le ciel sur la tête ?

– Je ne sais pas. J'étais du côté d'El-Harrach. Ça barde ferme, là-bas. Une vraie *intifada*. Les pierres sifflaient de partout. On lapidait les CRS, et ils nous le rendaient bien. Moi, j'exultais. Je m'en donnais à cœur joie. Je courais comme un feu follet à travers la fumée pour chercher les cailloux et les balancer sur les poulets. Et voilà que je repère deux superbes galets, luisants et polis, pareils à des offrandes, au coin de la rue. Vous pensez bien, j'ai pas hésité une seconde, j'ai foncé pour les ramasser... Ben, les gars, c'étaient pas des galets. C'étaient les godasses d'un flic. Tout de suite, j'ai reçu un sérieux coup sur la trogne. Tu as probablement raison, le cafetier. C'était peut-être le ciel qui me tombait dessus car j'ai vu un tas d'étoiles tourbillonner autour de moi.

Quelques rires fusèrent, aussitôt réprimés par la grosse voix d'une espèce de Raspoutine planté devant le comptoir.

– On n'est pas au cirque, ici, Zawech.

– C'est pourtant ce qui m'est arrivé.

– On s'en contrefiche. Nous sommes en guerre, figure-toi. Tes nigauderies, tu les gardes pour toi.

– Ouais, renchérit le cafetier en essuyant ses verres sur son tablier crasseux. On passe aux choses sérieuses, maintenant. C'est pas de notre faute. Ils nous ont poussés à bout. On n'est plus garants de rien désormais.

– De toutes les façons, les dés sont jetés, expliqua Chaouch, un universitaire qui passait pour l'éminence grise locale. Ils ont cherché à nous en mettre plein la vue, et c'est raté. Leur stupide démonstration de force est la preuve qu'ils ont paniqué.

– Tout à fait, reprit Raspoutine, ils ont perdu les pédales et on ne va pas les aider à se relever. Bientôt nous les pendrons sur la place jusqu'à ce que leur peau tombe en lambeaux. Ensuite, nous les foutrons au caniveau pour dératiser les égouts.

Nafa Walid n'entendait que cela à longueur de journées. Parfois, les débats occasionnaient des attroupements dans la rue, et les intervenants devaient grimper sur les tables pour dominer le chahut.

La Casbah délirait. Il tempêtait dans ses venelles, il faisait nuit dans son esprit. Le soleil renonçait à hasarder un peu de lumière dans la cité, sachant que rien n'égaierait les lendemains lorsque la Casbah porte le deuil de son *salut*.

Nafa, lui, portait le deuil de ses projets. C'était sa façon de compatir au chagrin de sa ville, d'être solidaire avec les siens. Il ne cherchait plus Mourad Brik. Le large de la mer n'affolait plus son âme. Il s'était fait une raison. Le matin, il se levait tard. Après la mosquée, oisif à la dérive, il prenait une table à la terrasse d'un café et regardait passer le temps.

Zawech glissa sa béquille sous son bras et traîna exagérément le pied vers une table désertée à cause de la proximité des toilettes.

– Puisqu'on est en guerre, est-ce que je peux avoir

une tasse de café gratis ? Je reviens d'une bataille rangée, hé !

– Tu n'auras rien du tout, fit le cafetier ferme.

– Je suis invalide de guerre, j'ai droit à des chichis.

– La maison n'en délivre pas.

– D'accord, maugréa Zawech, c'est pas grave. J'ai failli devenir amnésique après le coup sur ma trogne, mais Dieu, Il n'oublie pas. (Puis, s'adressant à un voisin.) Tu as un bout de cigarette pour un héros, l'ami ?

– Je ne suis pas ton ami, minable, lui rétorqua le voisin. Moi, tu ne me fais pas rire.

Omar Ziri apparut sur le trottoir d'en face. Il fit signe à Nafa de le rejoindre. Nafa Walid déposa des pièces de monnaie à côté de sa consommation et se dépêcha de rattraper le « philanthrope » qui s'enfonçait vers les soubassements.

Une fois à l'abri des indiscrétions, ils s'arrêtèrent sous une arcade. Omar Ziri passa le doigt sous le col de sa chemise, tordit le cou pour vérifier qu'ils étaient bien seuls. Sa vigilance exagérée mit Nafa mal à l'aise.

– Tu as des ennuis ?

– Moi ? Que Dieu m'en préserve. Qu'est-ce qui te fait supposer des choses pareilles ? s'énerva-t-il, susceptible.

– Rien. Je t'écoute...

– L'imam Younes veut te voir. Retrouvons-nous après la prière d'*El Icha*, dans mon établissement.

Nafa acquiesça sans pour autant empêcher un léger soubresaut dans sa poitrine.

– Je peux savoir pourquoi ?

– Tu n'as pas confiance ?

– Ce n'est pas ça... C'est juste pour me préparer.

Omar le considéra un instant, l'œil opaque :

– Vingt et une heures trente précises, dans mon établissement.

– J'y serai.

– Et comment ! Bon, maintenant attends que je m'éloigne pour rebrousser chemin.

Assis en fakir au milieu d'un édredon, l'imam Younes méditait. Il avait l'air grave. Un gros chagrin pesait sur ses épaules. Derrière lui, le menton rentré dans le cou, Omar Ziri égrenait un chapelet, les yeux baissés. On l'aurait dit assoupi. Seul Hassan – l'Afghan qui avait laissé un bras au Peshawar en s'initiant à la confection des engins explosifs – dévisageait la quinzaine de désœuvrés du quartier que l'imam avait convoqués. Nafa Walid se tenait au centre du dispositif, attentif au recueillement du cheikh. Autour de lui, les autres fidèles attendaient l'objet de la réunion, les jambes croisées et les mains nerveuses sur les genoux.

L'imam Younes releva enfin la tête. Son regard effleura ses ouailles. D'une voix monocorde, trahissant une profonde lassitude, il récita un verset coranique pour ouvrir la séance et dit :

– Comment va ton père, Ali ?

– Il va bien, cheikh.

– J'ai entendu dire qu'il a été hospitalisé, cette semaine.

– Pour une dialyse, cheikh. Il ne pourra plus s'en passer.

– C'est pénible. Et toi, Najib, comment va ta grand-mère ?

– Comme d'habitude, cheikh. Elle s'accroche, mais sans y croire.

– C'est une sainte femme. Je prie pour elle. Et toi, Farouk ? On m'a rapporté que ta jeune épouse était souffrante.

– Fausse couche, cheikh. Tu sais comment on végète, à la maison, avec douze personnes dans un réduit. Je n'ai pas de travail, et la misérable pension du vieux ne fait qu'aggraver les choses...

– Je suis au courant et je compatis.

L'imam Younes soupira. Son regard se voila d'affliction, et les rides de son front se creusèrent. Il dit :

– Nous avons fait appel à vous parce que nous savons ce que vous endurez tous les jours... Ce que vous ignorez, c'est la chance que vous avez de pouvoir rentrer chez vous chaque soir. Vous êtes au chevet de vos malades, et vous les aidez à tenir... Par contre, des frères à nous qui, il y a à peine quelques mois, nous réconfortaient de leur présence, passent aujourd'hui leurs nuits à languir des leurs et à se faire du souci pour eux jusque dans leur sommeil. Quelque part dans le désert, séquestrés dans des camps d'internement, coupés du monde et livrés à des bourreaux ignobles, ils se demandent surtout si nous les oublions. Ils nous ont laissé des parents démunis, des épouses perturbées et des enfants sans défense... Nous ne les avons pas oubliés. Nous n'avons pas le droit de les oublier... Dès le commencement des déportations, le Front a arrêté un programme pour la prise en charge de ces familles. Une caisse pour leur venir en aide a été mise en place. Malheureusement les collectes de fonds et la générosité des sympathisants ne suffisent pas. Il y a trop de misère, et l'inflation galopante ne nous facilite pas la tâche. Aussi, le Mejless a décidé de nouvelles initiatives afin de surmonter la crise. Des boutiques, des cafés, des ateliers et d'autres commerces, appartenant à des déportés, vont être rouverts. Nous avons pensé à vous pour les gérer. Nous vous avons choisis pour votre probité d'abord, ensuite parce que vous avez besoin de travailler pour subvenir aux besoins de vos familles. Frère Omar Ziri vous expliquera ce que nous attendons de vous, et la part qui vous reviendra. Il est inutile de vous dire combien nous comptons sur votre enthousiasme et sur votre loyauté. Les familles de *nos absents* connaissent des difficultés énormes. D'ailleurs, vous l'avez constaté par vous-mêmes. Il est temps d'y remédier.

Trois jours plus tard, Omar Ziri invita Nafa à prendre place à côté de lui dans une voiture.

– C'est ton taxi, Nafa. Je le sors droit de chez le mécanicien, après une révision générale. Il est en parfait état de marche. Voici les papiers. Tout est en règle. Il ne manque pas une seule pièce. Les réparations et le carburant sont à notre charge. Ton salaire sera prélevé sur la recette hebdomadaire. Nous arrêterons nos comptes tous les vendredis, à midi. Au boulot, maintenant. Et que Dieu soit témoin de ce que nous entreprenons.

Nafa Walid se lança corps et âme dans son nouvel emploi. Il avait conscience de son utilité. Il contribuait à la prise en charge des familles éprouvées par les déportations massives, et ce n'était pas n'importe quoi. Il était fier et ému à la fois, déterminé à se surpasser pour être à la hauteur. Il commença par répartir rigoureusement son temps. Il mesurait combien il était resté inactif, à l'heure où des frères *désintéressés* se dépensaient sur tous les fronts, et se devait de se rattraper. À 5 heures du matin, il était debout. Il entretenait son taxi, astiquait la carrosserie, dépoussiérait les sièges et le plancher. À 6 heures, il était au travail. À 13 heures, il observait une pause de trente minutes pour se restaurer. Il rentrait chez lui tard dans la nuit.

Les vendredis, à midi, il allait confier la recette à Omar Ziri. Ce dernier notait les comptes dans un registre, signait les décharges et lui remettait son dû en fonction de l'argent amassé.

– Tu te débrouilles bien, le félicita-t-il. L'imam Younes est très satisfait de ton rendement. Si tu as des problèmes d'ordre financier, ne te gêne pas pour me les soumettre. Nous avons reçu des instructions dans ce sens. Nous devons préserver nos employés des tentations.

Nafa n'appréciait guère ce genre d'allusions. Mais

Omar était réputé pour son indélicatesse. Il fallait faire avec.

Les premiers mois se passèrent sans encombre. Les recettes affluaient. Nafa acquit rapidement une bonne réputation. Quelquefois, une prime supplémentaire venait augmenter ses rémunérations. Maintenant qu'il œuvrait pour garantir une vie décente aux familles *mutilées*, il ne voyait pas ce qui l'empêcherait d'en faire autant pour la sienne. Il se mobilisa davantage et c'est non sans fierté qu'il constata que la marmite familiale dégageait des senteurs de plus en plus appétissantes.

Entre-temps, ses deux sœurs aînées convolèrent en justes noces, l'une avec un commerçant, l'autre avec un enseignant. Pour la première fois, la maison bénéficiait d'une éclaircie. On se mit à y voir mieux, et plus grand. À l'occasion de la fête de Achoura, Nafa offrit un sommier en fer forgé à ses parents. Son père lui faisait toujours la tête, cependant il lui arrivait de se joindre à sa progéniture pour dîner. Quand bien même il s'obstinait à ne regarder que son assiette, on pouvait considérer cela comme un exploit. Un soir, encouragé par sa mère, Nafa consentit à embrasser son géniteur sur la tête. Le vieux garda son air renfrogné, mais il ne le repoussa pas. Et quand le fils fit part de son projet de l'envoyer, avec sa mère, en pèlerinage, le vieux grogna un instant et finit par acquiescer du menton, au grand soulagement de la famille. Ainsi Nafa comprit que son père lui pardonnait, qu'il pouvait de nouveau prétendre à sa bénédiction.

Nafa arrêta sa voiture devant la maison d'Omar Ziri et donna deux coups de klaxon pour signaler son arrivée. Omar se montra à la fenêtre. De la main, il le pria de patienter.

Zawech était assis sur le trottoir, un doigt dans le nez, l'œil plissé par un rayon de soleil.

– C'est combien l'aller simple pour le paradis ?

– Une balle dans la tête, lui répondit Nafa.

Zawech s'esclaffa :

– L'ennui est que j'ai même pas de quoi me la payer.

Il se leva en donnant des tapes sur son postérieur, s'approcha du véhicule et posa les coudes sur la portière. Son haleine avariée frappa de plein fouet le chauffeur.

– Tu n'as pas des sous, frangin ? J'ai un creux sous la dent depuis le matin.

Nafa lui tendit un billet.

– Tu es un chic type, le remercia Zawech. C'est pas pour rien si Dieu t'a gratifié d'une gueule aussi sympa.

– Sois gentil, j'attends du monde.

Zawech lissa affectueusement le billet de banque, le mit face au soleil pour le mirer avant de mordre dedans comme s'il s'agissait d'une pièce d'or.

– Ça à l'air d'être un bon. L'autre jour, quelqu'un m'a refilé la photocopie couleur d'un billet de dix. Non seulement le gargotier m'a tabassé, en plus il voulait me livrer au commissariat. Maintenant, je fais attention.

Omar Ziri toussota en ouvrant sa porte. Sa toux consistait à avertir les badauds que des femmes sortaient et qu'il fallait dégager la voie. Zawech empocha l'argent et s'éloigna pudiquement. L'épouse d'Omar – une vague forme humaine masquée par un *tchador* – grimpa sur la banquette arrière, son petit garçon dans les bras. Omar referma la portière, se racla encore la gorge et s'installa devant.

– Tu nous déposes à Port-Saïd.

Nafa opina en actionnant le compteur.

– Qu'est-ce que tu fais, là ?

– Tu vois bien.

– Tu me prends pour un client ?

– Désolé. Je conduis un taxi, pas ma voiture personnelle. J'essaye de subvenir aux besoins des familles de déportés...

– Tu es sérieux ?

– Bien sûr. Lorsqu'il m'arrive de conduire ma mère, je mets le compteur en marche et je paie la course de ma poche.

Omar devint cramoisi. Il s'épongea dans son kamis, les bajoues en feu. « Humilié » devant sa femme, il rumina un instant sa colère puis, brusquement, il éclata d'un rire bizarre et dit pour sauver la face :

– Tu es effectivement d'une honnêteté remarquable. Bien sûr que je vais payer. C'était juste pour te tester.

Nafa enclencha le levier de vitesses et roula sur Bab El-Oued, dégoûté.

La foule déambulait autour des Trois Horloges. Il était 4 heures de l'après-midi. Une chaleur torride étuvait le bas quartier. Nafa avançait prudemment à cause des piétons qui inondaient la chaussée... Soudain, une détonation... ensuite, deux autres que l'écho répercuta à travers les ruelles dans une kyrielle de crachotements. Au premier coup de feu, la foule se raidit, perplexe, cessant aussitôt son tohu-bohu. Aux suivants, une débandade indescriptible s'empara de la place. En moins d'une minute, il n'y avait plus personne autour des Trois Horloges.

– Ne t'arrête pas, ordonna Omar, continue d'avancer.

Nafa roula jusqu'au bout de la rue. Entre deux voitures en stationnement, un homme gisait sur le trottoir, face contre le sol, la tête éclatée.

– Ne regarde pas, cria l'épouse d'Omar à son enfant.

– Laisse-le regarder, dit le père. Il faut qu'il apprenne comment ça marche, dans son bled. Tu vois, Moussa ? Voilà ce qui arrive aux ennemis de Dieu.

L'enfant contempla le corps étalé.

– Le monsieur saigne, papa...

– Même les grandes personnes se font mal en glissant, tenta désespérément la mère. Quand je te dis qu'il faut faire attention en courant dans la rue, c'est pour que...

– Qu'est-ce que tu es en train de lui raconter, femme ? Ce fumier n'a pas glissé. Regarde bien, fiston. On lui a tiré dessus. C'est un mécréant, un renégat, et les *moudjahidin* l'ont châtié. Ils l'ont crevé, tu comprends ? Ils l'ont tué...

Nafa accéléra pour épargner le garçon, et pour échapper aux cris d'Omar qui jubila et s'agita sur son siège tout au long du trajet.

L'homme abattu était un gendarme en civil, un enfant du quartier. La nouvelle de l'attentat éclaboussa les bidonvilles périphériques. Le petit peuple ne savait par quel bout la prendre. Il se rua sur les cafés et débattit de l'événement à bâtons rompus.

Les vieux n'étaient pas tranquilles. Le spectre de la guerre de 54 revenait gâcher le crépuscule de leur existence. Ils avaient rêvé de finir leurs jours dans leur lit, parmi les leurs, dans le calme et le recueillement. Et voilà que la violence prenait son monde à contrepied. Des coups de feu dans la rue, au vu et au su de la nation ? Était-ce l'ère de l'OAS qui ressuscitait ?

La psychose d'hier revenait au galop. L'horreur jetait l'ancre au tréfonds des êtres, pesait sur les cœurs aussi lourd qu'une enclume.

Les jeunes n'en avaient cure. Ils n'avaient pas connu la Révolution. Ils réclamaient leur part de cauchemar.

La même nuit, une autre rafale crépita dans un cul-de-sac. Au matin, le corps désarticulé d'un militaire terrifia un groupe d'écoliers. Quand arriva l'ambulance, tard dans la matinée, la patrouille de police qui l'accompagnait essuya un tir croisé. Cloué sur place, le véhicule s'embrasa. L'odeur de crémation flotta longtemps dans l'impasse.

À la une des journaux, des initiales funestes s'étalèrent : M.I.A... Mouvement islamique armé. Aussitôt, des lettres de menace jetèrent des familles entières dans l'émoi. Les vieux rangèrent leur tabouret, renoncèrent à la *djemaâ*, au thé sur le trottoir, aux vertus du farniente ; et les discussions, consacrées naguère aux chantres d'antan, virèrent, sans crier gare, aux oraisons funèbres.

Après les lettres de menace, le téléphone se mit de la partie, excellant dans l'annonce des représailles. Il sonnait à des heures impensables. La voix, au bout du fil, glaçait le sang : « Tu vas crever, renégat ! »

Ce n'étaient pas des paroles en l'air.

Chaque matin, des hommes encagoulés jaillissaient de leur cachette et tiraient à bout portant sur leurs cibles. Quelquefois, un couteau de boucher achevait les blessés en leur tranchant la gorge. À la mosquée, on expliqua ce geste : un rituel grâce auquel le mort se muait en oblation, et le drame en allégeance.

Bientôt, les nuits se remplirent de cliquetis, de pas de course, d'hallucinations. Les escadrons de la mort investissaient les douars, mettaient le feu aux poudres, aux usines, aux établissements étatiques, faisaient sauter les ponts et les tabous, délimitaient les *no man's land* et les « territoires libérés ». Les prêches retentissaient dans les montagnes, déferlaient sur les villages. Les tracts voletaient dans le souffle du djihad. Les attentats spectaculaires se bousculaient aux unes des quotidiens. Les rues d'Alger, de Blida, de Boufarik, de Chlef, de Laghouat, de Sidi Bel-Abbes, de Jijel reculaient devant la marche des Afghans.

Bab El-Oued hissa son pont-levis. Ses enfants indésirables plièrent bagages, certains n'eurent même pas le courage de revenir les chercher. Leurs propres voisins les épiaient, le doigt sur la détente, le cran d'arrêt en alerte. Policiers, militaires, journalistes, intellectuels tombaient comme des mouches, les uns après les autres, au petit matin, fauchés sur le seuil de leur porte.

Le hurlement des mères abreuvait celui des sirènes. Les enterrements confirmaient la tragédie. La mort frappait partout. Tous les jours. Toutes les nuits. Sans trêve et sans merci. Six agents de l'ordre furent interceptés au détour d'une rue. Leurs assaillants les arrosèrent de plomb ; ensuite, *solennellement*, ils les retirèrent du véhicule et les décapitèrent sous le regard vitreux des fenêtres.

Peu à peu, la Casbah consolida ses remparts. Elle devint une citadelle interdite. Les *moudjahidin* s'y repliaient après leurs prouesses. Ils étaient *chez eux*. On les voyait, la tête dans un nimbe obscur et le pistolet bien en évidence au ceinturon, se pavaner dans les ruelles, énumérer leurs attentats sur la terrasse des cafés, raconter la frayeur de leurs victimes en riant, satisfaits de la tournure que prenaient les choses.

12.

Un vendredi, à midi, Nafa Walid trouva Omar Ziri dans son arrière-boutique. Il n'était pas seul. Des hommes étaient là, et les discussions battaient leur plein. Elles cessèrent dès qu'il écarta la tenture. Il faisait sombre à l'intérieur, malgré une lucarne haut perchée dans le mur. Nafa reconnut Hassan l'Afghan, un peu en retrait, roide dans son burnous noir, la tête ceinte d'un foulard. Il paraissait absorbé. Il y avait l'imam Younes, encadré par Abou Mariem et Ibrahim El-Khalil, les deux redoutables miliciens de la mosquée de Kouba. Leurs surnoms étaient une légende. Ils avaient abattu, à eux seuls, trois officiers de l'armée, dont un colonel, quatre policiers, deux journalistes et un savant. Au milieu de la salle, agenouillé devant une table basse, Hamza Youb, le peintre en bâtiment, remplissait de thé des verres disposés en cercle sur un plateau. Ses gestes étaient empreints d'humilité. Il gardait les yeux au sol, comme à chaque fois qu'il était en présence d'un membre influent de la mouvance. En face, assis sur des coussins, trois hommes, que Nafa ne connaissait pas, considéraient le taxieur avec intensité.

– Tu ne nous avais pas dit que tu attendais de la visite, frère Omar, maugréa l'un d'eux, un quinquagénaire au regard vif et perçant.

– Il est des nôtres, le rassura Omar.

– Je n'en doute pas. Les recommandations sont claires, pourtant.

– Je peux m'en aller, si vous voulez, dit Nafa.

– Ce n'est pas nécessaire, intervint l'imam.

Le quinquagénaire n'était pas de cet avis, mais il n'insista pas. C'était un homme large de poitrine, le front proéminent et les sourcils épais. Ses yeux, soulignés au khôl, dégageaient une force et une autorité qui mettaient tout de suite l'interlocuteur mal à l'aise. On sentait sourdre, en lui, quelque chose d'implacable rappelant une lave fermentant au fond d'un volcan.

Les deux autres, à moitié cachés dans la pénombre, portaient une barbe drue qui dégringolait sur leur kamis. Leur crâne rasé et oint présentait un contour bosselé et gris, comme ciselé dans un bloc de granit, ce qui leur conférait une mine taciturne et déplaisante.

– De toutes les façons, on n'a pas le choix, reprit Ibrahim El-Khalil que l'intrusion de Nafa avait interrompu. Je suis d'accord avec cheikh Nouh.

– Nous faisons ce que nous pouvons, bredouilla Omar ruisselant de sueur. Je vous assure que nous ne nous ménageons pas.

– L'émir Jaafar trouve que ce n'est pas assez, dit le quinquagénaire. Ce n'est pas avec une poignée de volontaires que nous avons des chances de remporter la victoire.

Omar Ziri courut apporter un registre.

– Vous pouvez vérifier : nous avons recruté, à ce jour, cent soixante-trois éléments pour le maquis.

– Cent soixante-trois, pour une ville comme Alger, c'est une honte, rugit le quinquagénaire. À Boufarik, toutes les nuits, une vingtaine de nouvelles recrues est acheminée vers les camps d'entraînement. (Il se tourna vers l'imam Younes.) La vérité, cheikh, tes recruteurs ne sont pas à la hauteur, peut-être même peu motivés.

C'est grave. S'ils attendent que l'on vienne se présenter, comme au bureau, ils se trompent. Il faut aller vers le peuple, le sensibiliser, l'éclairer et, pourquoi pas, le secouer. Beaucoup de jeunes piaffent d'impatience, ne demandent qu'à nous rejoindre. Ils *veulent* en découdre. Il suffit de les mobiliser. À Blida, une seule rue nous fournit plus d'éléments que Belcourt en entier. Pourquoi ?... Parce qu'à Blida, on va droit au but, on ne tourne pas autour du pot. Voilà pourquoi ça marche, là-bas. On ne se contente pas de peaufiner des inventaires, de dresser des listes et de croire sa mission accomplie. La prière n'est pas toute la foi, mes frères. Le kamis n'est qu'un costume de carnaval si celui qui le porte n'en est pas digne. « *Ils se prévalent, devant toi, de leur conversion à l'islam comme d'un service qu'ils t'auraient rendu. Dis : " Ne me rappelez pas votre soumission à Dieu comme une faveur de votre part. Bien au contraire, c'est Dieu qui vous a fait la grâce de vous aider vers la foi si toutefois votre conversion est sincère. " » Le Seigneur tout-puissant a dit vrai.*

– Je crois qu'il s'agit d'un malentendu, essaya l'imam Younes pour calmer les esprits. Les données ne sont pas les mêmes au maquis que dans les villes. Chaque secteur a sa spécificité. Je pense que nous devons nous féliciter. Nous avons réussi beaucoup de choses en un an. Les villes sont pudiques par rapport aux bourgades. Ici, la discrétion est plus facile, et c'est tant mieux. Mais cela ne veut pas dire que ce que nous entreprenons est négligeable. Nous œuvrons pour préserver nos réseaux, nos combattants, leurs familles. Ce n'est pas comme dans les montagnes où les zones de repli sont incalculables, et les forêts à portée de main. En ville, nous sommes obligés d'opérer dans une rue et de nous rabattre juste à côté. Et puis, des gens nous entourent, et ils ne sont pas tous ravis de notre proximité. Par ailleurs, nous manquons d'armes. L'armement de guerre que nous récupérons à l'issue de nos opérations est systématiquement envoyé au djebel. Le groupe d'Abou Mariem ne dispose que d'une arme de poing pour trois combattants...

– Là n'est pas la question, insista le quinquagénaire. Nous avons l'argent nécessaire pour surmonter le problème des équipements de guerre. Nous avons des bases arrière en Europe et sur nos frontières est et ouest. Ce qui nous préoccupe aujourd'hui, c'est le recrutement. L'émir Jaafar est catégorique là-dessus. Nous devons enrôler tous les militants du Front. Sans exception. Tout le monde doit prendre les armes. S'il y a des réticents, il faut les exécuter. Simplement. Qui refuse de nous suivre est un traître. Il mérite le même châtiment qu'un *taghout*.

– Je suis absolument d'accord avec toi, cheikh Nouh, approuva énergiquement Ibrahim El-Khalil. Nul n'a le droit de se rétracter. Nous avons prêté serment. Nous ne tolérerons aucun parjure. Pour le FIS nous militons, et pour le FIS nous mourrons. Et tous nos militants doivent rejoindre le maquis. *Sans exception*.

– Bon, dit le quinquagénaire en se levant, visiblement irrité par la présence de Nafa, nous partons. Merci de ton hospitalité, cheikh Younes. Nous avons du chemin à parcourir, et très peu de temps devant nous. J'espère te revoir bientôt. Quant à ta requête, je la transmettrai dès que possible à l'émir.

Les deux autres hommes ramassèrent les pans de leur gandoura et se levèrent à leur tour. Le plus jeune glissa subrepticement un fusil à canon scié sous sa ceinture, salua l'imam et sortit en éclaireur.

Omar Ziri referma la porte derrière ses hôtes et revint dans l'arrière-boutique en agitant la main à hauteur de son menton.

– Un dur à cuire, ce cheikh Nouh. Pour une simple visite de courtoisie, ç'a été pire qu'un procès.

– Nous méritons d'être fusillés, déclara Ibrahim El-Khalil.

– Parle pour toi. On n'a pas fauté, ni triché.

– Moi, je trouve que nous avons trahi nos engagements. À cause de notre laxisme.

Omar Ziri l'ignora et entreprit de remettre de l'ordre dans une armoire. Il rangea ses registres au fond d'un tiroir, entassa des livres pour les camoufler et mit le cadenas. Ibrahim El-Khalil le regardait faire en se retenant de lui sauter dessus.

– Ça va, fit Abou Mariem, on se calme.

– Je suis calme, dit Omar dans l'intention d'exaspérer le jeune milicien.

Ibrahim roula des mâchoires. Ses narines palpitèrent. Il cria :

– J'ai été dans le maquis. J'ai vu comment ça marche, là-bas. À la trique ! Pour une cigarette, on te brûle la cervelle. Résultat : ça pète le feu. Avant l'été, la campagne sera totalement libérée. Parce que là-bas, on n'attend pas les instructions. Les émirs prennent des initiatives. Et ce qui nous manque, ici, ce sont les initiatives. Il faut privilégier le recrutement. C'est impératif. Qu'est-ce qu'ils fabriquent, tous ces désœuvrés qui moisissent au pied des murs à longueur de journées ? Nous avons besoin d'eux pour noyauter les quartiers, reconstituer nos groupes défaits, mettre sur pied de nouvelles fractions, et foutre en l'air cette société pourrie...

Il toisa brusquement Nafa :

– Qu'est-ce que tu en penses, toi ?

– J'apporte la recette hebdomadaire.

– Je ne te parle pas de ça. Je te demande ce que tu penses de...

– Je ne suis pas un désœuvré, le coupa Nafa décidé à ne pas se laisser impressionner.

– C'est-à-dire ?

– C'est pourtant clair.

Les deux hommes se regardèrent en chiens de faïence, si proches l'un de l'autre que leur souffle s'entremêlait. Le visage de Nafa était serein. Celui du jeune milicien frissonnait de rage.

– Ibrahim, supplia Abou Mariem, laisse tomber. Tu es surmené, ces derniers temps. Tu devrais te ménager.

– Je n'ai pas compris ses insinuations, et je ne vais pas le lâcher avant qu'il s'explique.

Ibrahim El-Khalil était déjà redouté pour son sale caractère, à Kouba. On l'avait enfermé à maintes reprises dans des maisons de redressement. Sans instruction et sans emploi, il s'était laissé, très tôt, adopter par les Frères musulmans et avait été l'un des premiers volontaires, avec Abou Mariem, à s'enrôler dans le contingent de la *Daâwa* en partance pour l'Afghanistan. À son retour, il avait pensé mettre son expérience guerrière à la disposition de la mouvance intégriste. Mais ni ses attentats ni son enthousiasme n'étaient parvenus à l'élever au rang d'émir. Il ambitionnait de commander une fraction et d'écumer les montagnes, et voilà qu'on le désignait à la fonction auxiliaire de recruteur, comme un vulgaire bras cassé. Depuis, ses sautes d'humeur commençaient à agacer.

– Tu penses que ta recette suffit ? s'emporta-t-il. Pourquoi ne rejoins-tu pas le djebel ? Tu es frais, disponible, bien campé sur tes jambes. De quoi as-tu peur ? As-tu perdu la foi ?

– La violence n'est pas tout.

– Tiens, tiens, un objecteur de conscience. Pourtant, il n'y a pas longtemps, tu disais que tu étais prêt à mourir pour la Cause.

– À mourir oui, pas à tuer.

– Quoi ? Répète un peu, je n'ai pas saisi. D'où sors-tu, toi ? Mourir oui, tuer non. Qu'est-ce que c'est que cette formule ? Comme ça, tu te jettes du haut d'une falaise, ou sous les roues d'un camion en criant : « Vive le FIS », et tu crois te sacrifier pour le mouvement. Nous n'avons pas besoin de ton cadavre, Nafa Walid, nous avons besoin de tes coups. Être prêt à mourir, dans le glossaire du djihad, c'est aller jusqu'au bout de soi-même, se battre jusqu'à la dernière cartouche, le plus longtemps possible pour infliger à l'ennemi un maximum de revers. C'est seulement de cette façon qu'on a le droit de mourir. La violence est un passage obligé. On n'assagit pas les *taghout* avec des bulles d'air. Je te rappelle que nous perdons des frères tous les jours, que d'autres, au moment où je te parle, sont en train de hurler sous la torture, et d'autres agonisent dans les camps d'internement, d'autres encore ne demandent qu'un bout de canif pour croiser le fer avec les renégats.

– Ça suffit, dit calmement l'imam Younes. Nafa a raison : la violence n'est pas tout. Autant nous avons besoin de *moudjahidin*, autant nous avons besoin d'auxiliaires. La guerre exige de mettre, derrière chaque combattant, dix personnes au moins pour le soutenir.

Sans quitter des yeux Nafa, Ibrahim El-Khalil recula d'un pas, le teint grisâtre, les coins de la bouche écumant d'une salive épaisse, la respiration bourdonnante. Il pivota sur lui-même et marcha furieusement sur la porte. Là, il souleva la tenture, puis il se retourna vers le taxieur :

– Un jour, j'ai eu une rage de dents. Je crois qu'il n'y a rien de plus terrible qu'une rage de dents. Tandis que je me tordais de douleur, à deux doigts de me défenestrer, j'ai eu cette réflexion : Pourquoi Dieu nous inflige-t-il une souffrance aussi atroce pour une misérable molaire infectée ? Quel signe fallait-il y voir, quelle prophétie ? Une vulgaire carie, et l'homme, cet ouvrage magnifique, presque parfait, s'écroule avec moins de retenue qu'un animal. N'est-ce pas curieux ?... Alors pourquoi, Nafa Walid ? Si tu es en mesure de répondre à ça, je renoncerai volontiers à la violence.

Il laissa retomber la tenture derrière lui.

Un silence s'ensuivit, gênant. Omar Ziri se réfugia dans la contemplation de son ventre. Abou Mariem dodelina de la tête, déconfit. L'imam Younes reprit son chapelet et s'enfonça dans l'angle du mur, tirant sur lui un large pan de la pénombre.

Hassan l'Afghan, qui n'avait rien dit depuis le début et qui n'avait pas l'habitude de parler, posa son regard impénétrable sur Nafa. Obstinément en retrait, n'intervenant jamais dans les débats, son visage de cire, tel un masque mortuaire, ne laissait rien transpirer de ses pensées. Lorsque le ton montait au fur et à mesure que surgissaient les divergences, il se contentait d'écouter les uns et les autres, comme s'il n'était pas concerné. Sa raideur et son mutisme ajoutaient à son infirmité une touche déconcertante qui rendait sa présence aussi encombrante que celle d'un intrus. Aussi désarçonna-t-il complètement le taxieur en lui demandant d'une voix sépulcrale :

– Pouvons-nous compter sur toi, en dehors des recettes ?

Et Nafa, sans tergiverser :

– Bien sûr.

Nafa ne tarda pas à être sollicité.

D'abord, on le chargea de missions « anodines ». Il conduisait des transitaires d'un quartier à un autre, récupérait des « hôtes » à la gare, ou bien à l'aéroport, transportait, sporadiquement, des documents divers : communiqués incitant les jeunes à refuser de satisfaire aux obligations du service national et les commerçants aux redevances fiscales ; tracts proscrivant les pratiques hérétiques ; bulletins relatant les opérations militaires des *moudjahidin*, etc. Au cours de ces sorties, on lui adjoignait Zawech dont les maladresses et les intonations comiques distrayaient les postes de contrôle routier. Petit à petit, grâce à la compagnie désopilante de son « chef de bord », Nafa surmonta le malaise que suscitait en lui la vue des barrages. Il apprit à garder son sang-froid et à dresser mentalement le dispositif sécuritaire déployé sur les principaux axes de la ville pour exploiter ses défaillances.

Ensuite, entre deux « transitaires », on l'envoya procéder au ramassage des fonds collectés. Souvent, il était obligé de se rendre dans des bourgades perdues, à des heures de couvre-feu. Un tôlier intégriste aménagea, au fond du coffre de son taxi, une trappe sous laquelle il cachait colis, serviettes, boîtiers, des sacs en toile sévèrement ficelés contenant des objets métalliques – probablement des armes de guerre démontées. Cela ne le contrariait pas. La confiance qu'on plaçait en lui et la déférence avec laquelle on le traitait l'en empêchaient. D'un autre côté, il commençait à prendre goût aux frissons *exquis* de la clandestinité, aux risques, à la peur qui le tenait en haleine tandis qu'il flirtait avec le péril, et au soulagement quasiment extatique qui, comme une bouffée d'opium, le submergeait de sensations fortes à l'issue de chaque mission.

Pour la première fois de sa vie, il *se découvrait*, prenait conscience de son envergure, de son importance, de son *utilité* en tant que personne, en tant qu'*être*.

Il existait *enfin*.

Il *comptait*.

Il était fier, convaincu qu'il contribuait à quelque ouvrage grandiose, juste et indispensable. Cette impression devint certitude le jour où, revenant de l'aéroport où il avait déposé des clients ordinaires, il fut brutalisé par des gendarmes. Meurtri dans sa chair et dans son amour-propre, il envisagea sérieusement de demander une arme. Après réflexion, il jugea sage de ne pas s'engager sur un coup de tête dans la voie du non-retour. Non que cela lui répugnât, mais il ne se sentait pas encore *prêt*.

La rigidité d'un cadavre l'affectait moins qu'avant. Il en avait vu sur les routes, certains mutilés, d'autres – ceux des *moudjahidin* – criblés de balles et exposés au regard des passants ; cependant, il continuait de redouter les conséquences d'un geste auquel il ne tenait pas vraiment, mais qu'il n'excluait pas en cas de force majeure.

La frayeur d'antan, née dans la forêt de Baïnem une nuit d'orage et de délire, ne le persécutait plus. Il avait assisté à deux exécutions sommaires, en plein boulevard, sans céder à la panique. La Casbah se réveillait régulièrement pataugeant dans le sang d'un *renégat*. Parfois, des têtes humaines étaient alignées en rang d'oignons sur une balustrade, ou dans un square, et les gamins, au début choqués, commençaient à s'en approcher pour les regarder de plus près, leur curiosité transcendant progressivement leur épouvante.

Nafa n'était pas un gamin.

Il était *moussebel* *, un membre actif de l'effort de guerre, certes dans les coulisses, encore au stade de la figuration, mais déterminé à donner le meilleur de lui-même pour soustraire le pays à la dictature des uns et à la boulimie des autres afin que nul ne soit bafoué par des gendarmes zélés et que la dignité des hommes leur soit définitivement restituée.

Un jour, Abou Mariem lui fit part d'un projet « délicat ». Son groupe projetait d'attaquer une entreprise étatique, sise dans une banlieue négligée par les forces de sécurité.

– La paie des ouvriers y sera livrée mercredi, expliqua Abou Mariem. Le trésorier est des nôtres. Il nous a fourni toutes les informations nécessaires, et notre plan est arrêté dans ses moindres détails. *Pas un coup de feu ne sera tiré*. Nous avons juste besoin d'un excellent

---

* *Moussebel* : agent de liaison.

chauffeur. Tu es un as du volant, en plus tu connais tous les raccourcis.

Nafa accepta à condition de ne pas s'encombrer d'une arme à feu. Le hold-up se déroula comme prévu. Sans heurts. La recette balancée dans le coffre d'un véhicule volé, Nafa quitta la banlieue avant que l'alerte ne soit donnée. Ce fut un grand jour pour lui, si excitant qu'il se proposa de lui-même pour participer à deux autres agressions similaires avant d'être pourchassé par une voiture de patrouille qui rôdait dans les parages.

– Dirige-toi sur le terrain vague, avait ordonné Abou Mariem en ôtant sa cagoule. Il faut s'en débarrasser avant l'arrivée du renfort.

Nafa traversa en trombe le quartier, emprunta une route caillouteuse au milieu des vergers et déboucha sur une décharge publique.

– Range-toi là, stop, stop !

Nafa obéit avec une dextérité telle que la voiture de police manqua de le percuter. Le chauffeur eut juste le temps de redresser le volant. Abou Mariem était déjà sur la chaussée. Son fusil-mitrailleur arrosa la patrouille à bout portant. Les trois policiers tressautèrent sous les impacts, pareils à des pantins. Leur sang se mêla aux débris de verres. Le véhicule poursuivit sa dérive, le klaxon tonitruant, et piqua du nez dans le fossé. Abou Mariem et Hamza Youb, le peintre en bâtiment, se dépêchèrent d'achever les blessés, les délestèrent de leurs armes, de leur poste de radio et revinrent en courant.

– Démarre, démarre...

Nafa fit marche arrière, rebroussa chemin jusqu'aux vergers, bifurqua par une allée bordée d'oliviers et regagna à vive allure la rocade pour se perdre dans la circulation.

Cette nuit-là, en s'allongeant sur son lit, Nafa eut peur qu'un cauchemar le trahisse. Pourtant, il s'assoupit comme un charpentier après une rude journée de labeur. D'un sommeil de juste.

Omar Ziri consulta sa montre. Il la consultait toutes les minutes. Mal à l'aise dans son manteau de velours, il n'arrêtait pas de tourner la tête à droite et à gauche. Le verger était désert, chichement éclairé par un fin croissant de lune. Une traînée de nuages s'étiolait parmi les étoiles. Il était 21 heures passé et il commençait à geler. Au loin, sur la route, les phares des voitures traçaient des pointillés phosphorescents sur l'écran noir de la nuit. La campagne se laissait peu à peu dissoudre dans les ténèbres que le jappement des chiens traversait comme des esprits.

Dans la voiture dissimulée sous un oranger, Nafa Walid tambourinait sur le volant. À côté de lui, Zawech fixait la carrure sombre d'une ferme au bout de l'allée. Pas une lumière aux fenêtres. Le silence vibrait de stridulations, accentuant leur nervosité. Sur la banquette arrière, Omar Ziri transpirait. Il n'avait pas l'habitude de sortir de sa tanière, préférant charger les autres des différentes missions qu'on lui assignait. Cette fois-ci, l'émir Jaafar avait été *catégorique*. Il s'agissait de grosses sommes d'argent, et il n'était pas question de désigner n'importe qui pour les récupérer.

Une camionnette émergea au fond des champs, les feux éteints, cahota sur les ornières, gravit un talus et rejoignit la piste qui desservait la ferme. Nafa alluma à deux reprises son plafonnier. Derrière, Omar s'agita lourdement pour extirper un pistolet coincé sous sa ceinture.

La camionnette orienta son museau grâce aux deux signaux et s'approcha au ralenti. Un homme en descendit, un grand sac sur les bras, et monta à côté d'Omar.

– J'ai crevé, dit-il pour s'excuser du retard.

Il défit le sac, en retira un paquet volumineux.

– Voici les deux cents millions, ma modeste contribution. C'est un honneur, pour moi, de servir la Cause.

L'homme, un industriel prospère de la région, était apprécié pour sa générosité et pour l'appui inconditionnel qu'il témoignait au mouvement islamique armé. Nafa l'avait déjà rencontré lors d'un ramassage de fonds, mais c'était la première fois qu'il entendait un chiffre aussi faramineux. Il le dévisagea dans le rétroviseur, ne vit qu'une figure fripée au regard impersonnel.

Omar soupesa le paquet avant de le déposer sur le plancher.

– Je les ai comptés, le rassura l'industriel.

– L'émir m'a parlé d'un problème que tu as avec des concurrents. Il m'a chargé de le résoudre.

– Justement, s'enthousiasma l'industriel en sortant un second paquet de son sac. Il y a, là-dedans, deux cents autres millions. Pour me débarrasser d'un rival. Non seulement il me gêne commercialement, en plus il est hostile à la cause que nous défendons.

– Tu veux qu'on l'exécute ?

– Pas spécialement. Je veux surtout que l'on mette le feu à ses deux usines. De cette façon, je pourrai doubler ma production et garantir un soutien substantiel au djihad. Voici le plan des deux sites, avec leurs adresses. Le gardiennage est insignifiant, et le cantonnement militaire le plus proche se trouve à des kilomètres. Je vous propose de les incendier toutes les deux la même nuit. Le plus tôt sera le mieux.

– Pour deux cents briques, je ficherais Alger en l'air, moi, s'écria Zawech.

– Ferme-la, lui cria Omar.

Zawech cogna violemment sur le tableau de bord et rentra le cou pour bouder. Sa réaction déplut aussitôt à l'industriel. Il considéra, tour à tour, ses interlocuteurs, demanda la permission de se retirer et regagna sa camionnette.

– Qu'est-ce qui t'a pris de taper de cette façon sur la voiture ? hurla Omar.

Zawech se retourna d'un bloc, les yeux exorbités, les narines dilatées.

– Ouais, je tape dessus, et après ?

– Je t'interdis de me parler sur ce ton.

– Je vais me gêner.

Omar n'en revenait pas. Se faire narguer par un simplet, lui qui inspirait autant d'effroi que de respect aux voyous les plus décriés de la Casbah. Il bondit sur le siège devant lui, attrapa Zawech par le col de sa veste et le secoua. Zawech le repoussa d'une main ferme, inflexible.

– Ne me touche pas.

– C'est une plaisanterie ?

– Ai-je l'air de m'amuser ?

Nafa s'abstint d'intervenir. Depuis le temps qu'Omar se prenait pour une terreur, il n'était pas malheureux de le voir chahuté par le dernier des derniers.

– Arrête tes pitreries, Zawech, menaça Omar.

– Je les arrêterai quand vous apprendrez à m'appeler par mon vrai nom. J'ai passé ma vie à supporter vos imbécillités. Pour une fois que je hausse le ton, vous vous indignez. Sacrilège ! un volatile qui parle. Je ne suis pas un oiseau.

– C'est pas vrai, je divague...

– Moi pas. Je dis : « Assez ! »... « Ça suffit ! » Le spectacle est terminé.

Le visage de Zawech était agité de grimaces inquiétantes. Ses mains déchiquetaient les housses, cognaient dessus, brandissaient leur fureur. Tout son être se soulevait avec sa poitrine. Son souffle inondait la cabine, nauséabond. On aurait dit qu'il attendait depuis toujours le moment de vomir les milliers de peines qui avaient nourri sa vie.

Il descendit de la voiture, claqua la portière, fit quelques pas et revint fusiller d'un doigt accusateur un Omar Ziri littéralement abasourdi :

– Le peuple aussi, on l'a fait tourner en bourrique. Depuis 62, on s'est payé sa tronche. Aujourd'hui, il dit : « Ça suffit. » Comme moi. Il a juré de rendre coup pour coup. Comme moi. Je prends autant de risques que vous, hé ! J'exige qu'on ne l'oublie pas. Je ne suis pas un chat que l'on écrase sur la chaussée. Et je n'ai qu'une vie. Est-ce que tu me comprends, Omar Ziri ?... Je suis un rigolo, pas un demeuré. Je sais ce qui se passe autour de moi. Les méchancetés me font mal, même lorsque je feins de les ignorer. Seulement voilà, les plaisanteries les plus courtes sont les meilleures. À la longue, ça devient chiant. À partir d'aujourd'hui, la rigolade, c'est fini. Je range mon nez de clown, lève mon chapiteau. Je mets une croix sur mon sobriquet et réclame un nom de guerre.

Il s'éloigna vers la ferme, revint encore sur ses pas hurler à la face de Omar.

– Je vous prouverai bientôt de quoi je suis capable, *frère* Ziri.

Et il disparut au milieu des arbres.

– Eh ben ! déglutit Omar en s'épongeant sur son avant-bras.

Zawech fut abattu la veille d'une fête nationale alors qu'il tentait de s'introduire, de sa propre initiative, dans un cantonnement militaire. À la Casbah, l'indignation succéda à la consternation. « Il ne faisait pas de mal à une mouche, dira l'imam Younes la gorge ravagée de trémolos. Un pauvre simple d'esprit, une âme innocente foudroyée sans raison par un *taghout* zélé, stupide et inconscient... » Et Zawech, qui, de son vivant, incarnait la déchéance humaine, fut élevé au rang des martyrs et eut droit à des funérailles grandioses. Ils furent des centaines à l'accompagner à sa dernière demeure, les notables de Bab El-Oued et de la Casbah ouvrant la marche, la nuque ployée pour cacher une larme mutine. Pendant des jours, on ne parla que de ce « meurtre gratuit, lâche, inqualifiable », qui déshonorait une nation pour laquelle le simple d'esprit était plus proche du Seigneur que le plus brave des mortels.

Ce jour-là, Ibrahim El-Khalil se retrouva flanqué de pas moins de trente nouvelles recrues, lui qui en espérait une dizaine pour reconquérir les égards de ses commanditaires.

De son côté, Abou Mariem profita de l'affliction générale pour en finir avec Sid Ali le poète que les imams n'avaient de cesse de diaboliser et dont l'émir en personne exigeait la tête. On l'attaqua chez lui, très tôt le matin. Le poète attendait ses bourreaux. Mis au courant de leurs desseins, il avait refusé de s'enfuir. Il avait juste envoyé sa compagne quelque part pour affronter seul son destin.

Avant de mourir, Sid Ali avait demandé à être immolé par le feu.

– Pourquoi ? s'était enquis Abou Mariem.

– Pour mettre un peu de lumière dans votre nuit.

13.

Le vieux geignait dans le salon. Ni les va-et-vient du médecin ni les médicaments n'arrivaient à atténuer ses souffrances. La maladie s'ancrait en lui inexorablement, le rongeait fibre après fibre, sournoise et méthodique, comme si elle cherchait à l'emporter par morceaux. Lui-même ne luttait plus. Laminé, chevrotant, il ne rassemblait ses ultimes forces que pour supplier Dieu d'écourter son agonie. Enveloppée dans une serviette en éponge, sa tête rétrécissait comme un coing blet. Entre deux gémissements, ses yeux débordants de chassie se révulsaient tandis que son corps avachi et rance se ramollissait sous les couvertures.

La mère chavirait de sommeil à son chevet, plongeait et replongeait dans une casserole le torchon avec lequel elle le rafraîchissait.

Nafa n'en pouvait plus d'assister, impuissant, à leur malheur. Il avait beau s'enfermer dans sa chambre, les bruits du salon profanaient son sommeil toutes les nuits.

Faisant contre mauvaise fortune bon cœur, il prit place au milieu de ses sœurs autour d'une table basse, écarta de la main les quelques tranches de pain beurrées qui constituaient le petit déjeuner et pria Amira de lui verser une tasse de café. Puis, pour détendre l'atmosphère, il taquina, du doigt, la petite Nora en train de promener sa langue sur les bords de son bol de lait.

– Tu me chatouilles.

– Moi ?

– Oui, toi. Je t'ai vu glisser ta main derrière mon dos.

– C'est sûrement un esprit frappeur.

Nora haussa les épaules et se remit à lécher son bol, surveillant son frère du coin de l'œil.

Nafa s'intéressa à Amira. Ce n'est pas juste, pensa-t-il. Malgré sa grande beauté et sa probité, elle ne trouvait pas preneur. Pourtant, à l'époque du lycée, sa silhouette rameutait tous les jeunes de la *houma*. Ses immenses yeux aux reflets de jade ensorcelaient. Ses propres camarades de classe jalousaient sa sveltesse et sa grâce et veillaient à ne pas s'afficher en sa compagnie. Elle était très belle, Amira, avec ses joues de houri ornées de fossettes et sa chevelure interminable dans le dos. Nafa avait de la peine pour elle. C'était à cause de lui si les prétendants la boudaient. Il les avait tous renvoyés. Il l'avait promise à Dahmane. Mais Dahmane avait oublié ses engagements une fois à l'Institut des hôtelleries de Tizi-Ouzou. Là-bas, les filles étaient *émancipées*. Dahmane avait toujours rêvé d'épouser une femme du beau monde, sachant recevoir et « sortir », et s'entretenir avec les gens de la haute.

Maintenant, Amira allait sur ses vingt-quatre printemps, et aucune hirondelle ne s'en apercevait.

Nora reposa son bol, courut dans la chambre chercher son cartable.

– Accompagne-la à l'école, Souad, fit la mère. Dis à la maîtresse que je ne peux pas la voir aujourd'hui, non plus.

Souad opina. À son tour, elle quitta la table et décrocha son hijab dans le vestibule.

Souad avait dix-sept ans. Contrairement à ses sœurs, la nature ne l'avait pas gâtée. Trapue et replète, un nez flasque occupant la moitié de la figure, elle subissait l'ingratitude de ses traits de plus en plus mal. C'était sans doute pour l'oublier qu'elle s'était réfugiée dans une piété aigrie, austère et obtuse. Nafa ne se souvenait pas de l'avoir vue rire aux éclats depuis une décennie.

Après le départ de ses deux sœurs, Nafa appela sa mère pour s'informer s'il n'y avait pas des commissions pour lui. Elle fit la moue, ne trouva rien de spécial à lui communiquer. Elle s'inquiétait pour le vieux, mais savait que ce n'était pas du ressort de son fils.

– J'ai prié ta tante de venir me donner un coup de main. Le manque de sommeil me terrasse. Ni moi ni tes sœurs ne nous en sortons. Il faut quelqu'un pour nous relayer.

Nafa approuva l'initiative.

Avant de prendre congé, il observa Amira et se demanda s'il n'était pas opportun de lui trouver un mari. Il avait entendu dire que l'imam Younes envisageait de prendre femme et qu'il avait pour la famille Walid la plus haute estime.

– Ce serait avec joie, s'entendit-il chuchoter en atteignant la porte.

Hamza Youb l'attendait au bas de l'escalier. Un bonnet crasseux enfoncé jusqu'aux oreilles, il portait une salopette maculée de taches de peinture et des espadrilles pourries. Nafa en déduisit qu'il n'était pas là pour une « mission », mais sa présence l'intriguait.

– Y a pas le feu, l'apaisa derechef le peintre en bâtiment.

Il l'accompagna au parking où Nafa rangeait son taxi, sans mot dire. Nafa vérifia l'huile, l'eau dans le radiateur, donna des coups de pied dans les pneus et mit le moteur en marche.

– Qu'est-ce qu'il y a ?

– Je t'expliquerai.

– Je n'ai pas travaillé depuis deux jours, lui signala Nafa.

Hamza s'écarta pour le laisser sortir la voiture et grimpa à côté de lui. D'une chiquenaude, il ouvrit une boîte de tabac à chiquer, en préleva une pincée qu'il déposa sous sa lèvre, ensuite il s'essuya les doigts sur le genou.

– Voilà, annonça-t-il, hier, Rachid Abbas a été arrêté dans un café lors d'une vérification de papiers de routine. Je te répète qu'il n'y a pas le feu. Abbas n'a jamais pris part à une quelconque opération. C'est le proche de l'imam Younes, et ça le dispense de pas mal de corvées. Seulement, avec des gars de son genre, on sait jamais. Abbas n'est pas coriace. Il risque de paniquer. L'imam a décidé de prendre les mesures qui s'imposent : nous devons nous absenter deux ou trois jours, le temps de voir ce qui va se passer.

– Mon père est souffrant.

– Tu n'es pas médecin. D'un autre côté, il nous est interdit de nous exposer gratuitement. Le groupe en dépend.

– Abbas ne sait pas grand-chose sur moi.

– Peut-être, mais il pourrait donner quelqu'un mieux informé que lui. Donc, tu décroches. Pour quelques jours. Ce n'est pas la mer à boire.

Hamza parlait doucement, d'une voix atone, en contemplant les immeubles délabrés de la cité. Nafa ne se fia pas à son calme. Les paroles de son passager étaient claires et nettes. Elles avaient la rigueur des sommations.

– Je ne sais pas où aller.

– Nafa, mon frère, quand vas-tu te mettre dans la tête, une fois pour toutes, que nous ne sommes pas seuls, que nous avons une organisation parfaitement huilée qui veille sur chacun de nous et sur nos familles ?... Quand tu m'auras déposé, tu retourneras à la Casbah et tu laisseras ton taxi chez Daoud le mécanicien. Au parking, ça éveillerait les soupçons. Tu diras à ta famille que ta voiture est en panne et que tu es obligé d'aller à Sétif acheter des pièces de rechange.

– Je te rappelle que mon père est malade.

– On s'en occupe. Abou Mariem te retrouvera à 11 heures chez Omar pour te conduire en lieu sûr.

Après un long silence, il se casa confortablement dans son siège et assena une tape sèche sur la cuisse de Nafa :

– Détends-toi, *kho*. Il n'y a pas le feu, je t'assure.

Nafa patienta chez Omar jusqu'à 13 heures. Abou Mariem ne se montra pas. Tard dans l'après-midi, un coup de téléphone leur annonça que l'alerte était finie ; Abbas Rachid avait été relâché. Soulagé, Nafa retourna chez le mécanicien récupérer son taxi.

Pendant un mois, personne ne le sollicita, ni pour transporter un « transitaire » ni pour une collecte de fonds. Il reprit son travail, normalement, parcourant les artères de la ville, remarquant au passage que la police se renforçait autour des sites névralgiques, réarticulait ses dispositifs en fonction de la menace, équipait ses barrages de herses et d'engins blindés. Si à la Casbah et à Bab El-Oued elle n'osait pas encore se hasarder, elle reprenait progressivement en main les quartiers résidentiels et les grands boulevards. La rumeur faisait état de l'infiltration des rangs intégristes par des agents de la Sécurité. La méfiance sombra aussitôt dans l'espionnite. La délation traquait la moindre anomalie. On enrôla des gamins pour surveiller aussi bien les *taghout* que les militants islamistes. En réponse au couvre-feu instauré par le pouvoir, un autre fut décrété par l'émir. Des purges sanglantes furent opérées dans les milieux intégristes, notamment au niveau des réseaux de soutien. Parmi les corps dépecés que la Protection civile ramassait sur les terrains vagues, certains appartenaient à des sympathisants du FIS exécutés par leurs pairs.

Par ailleurs, les rafles s'enhardirent et se mirent à

sanctionner systématiquement les attentats. Les *Ninja-DZ* – l'élite de la police – investissaient petit à petit le terrain, méthodiques, efficaces. Ils surgissaient dans la nuit, îlotaient l'immeuble suspect, embarquaient leur gibier et se repliaient avec la rapidité de l'éclair. Des batailles rangées éclataient çà et là. Au cours de l'accrochage, les insultes obscènes et les provocations dominaient les fusillades. Les premières pertes sérieuses affaiblirent bientôt les groupes armés du centre-ville. En une nuit, neuf intégristes furent surpris dans un taudis. À l'aube, leurs cadavres méconnaissables furent jetés sur un camion et promenés dans les rues. Les policiers tiraient en l'air en signe de victoire. Les badauds les regardaient « se donner en spectacle », l'œil chargé de haine. La revanche des émirs ne se fit pas attendre. Une patrouille de *Ninja-DZ* fut anéantie, en quelques minutes, au beau milieu d'un souk. Là encore, les badauds assistèrent à la boucherie en grimaçant de dégoût.

Nafa ne fut pas inquiété. À aucun moment. On l'arrêtait au hasard des contrôles routiers, faisait descendre ses passagers, passait au crible leurs bagages. Quelquefois, un policier s'énervait. Nafa ne mordait pas à l'hameçon. Il prenait son mal en patience, ruminait sa haine sans desserrer les dents. On le laissait poireauter sur le bas-côté, puis on le libérait.

À la maison, le vieux se rétablissait. Il ne tenait pas encore sur ses jambes ; cependant, au gré de ses incorrigibles sautes d'humeur, il se surprenait à râler après son monde, et c'était merveilleux.

Nafa songeait sérieusement à marier Amira. L'imam Younes cachait mal ses intentions. Il n'en parlait que par intermédiaire, à des intimes. Mais toute la Casbah savait qu'il avait l'œil sur la fille des Walid. Par endroits, les gens se levaient au passage de Nafa ; on se donnait la peine de traverser la chaussée pour lui serrer la main, on ne se cachait pas pour l'aduler, et les cafetiers refusaient catégoriquement de lui remettre l'addition. Même Omar Ziri s'écrasait devant lui.

Puis, un soir, les voitures de police devant la porte de son immeuble lui glacèrent le sang. La rue était obstruée par un attroupement. Des familles entières se bousculaient aux balcons.

– Ils sont venus te chercher, l'avertit un garçon.

Nafa rebroussa chemin. Au fur et à mesure qu'il s'éloignait, les murailles de son enfance ondoyaient autour de lui, fuyaient tel un mirage. Sa tête se creusait, ses oreilles stridulaient, sa poitrine s'enflammait comme une botte de foin. Il n'entendait plus que sa respiration débridée, les coups de massue dans ses tempes, ne voyait que les ruelles en train de le lâcher, de l'isoler, de l'exposer. La peur s'empara de ses tripes. Il prit soudain conscience de sa vulnérabilité. Alors, à moitié assommé, totalement désemparé, il se mit à courir, à courir, à courir...

– Ici, tu peux dormir sur tes deux oreilles.

Nafa était choqué. Il n'avait jamais imaginé misère pareille. Le monde à travers lequel le trimbalait Abou Mariem était inconcevable. Des centaines d'horribles gourbis s'amoncelaient sur le terrain vague : toitures défoncées, enclos bricolés avec des plaques de tôle ondulée et de morceaux de voitures, fenêtres découpées dans des caisses, recouvertes de Plexiglas poussiéreux et de cartons pourris, flaques de rinçures grouillantes de bestioles, fourgons désossés couchés en travers des « patios », monticules d'ordures ménagères et, au milieu de cet univers dantesque, des spectres quasi détritivores erraient, le regard tourné vers l'intérieur de leur crâne, la figure tendue comme une crampe. On était dans un bidonville d'El-Harrach, à quelques encablures d'Alger. Jamais Nafa Walid n'avait soupçonné l'existence d'une telle déchéance humaine aux portes d'El-Bahja, lui qui était né et avait grandi dans les ruines insalubres de la Casbah.

– Tu croyais avoir atteint le fond, à Souk El-Djemâa, lui dit Abou Mariem. Eh bien, tu n'as encore rien vu.

Nafa se demandait surtout comment des êtres humains pouvaient *vivre* dans une laideur pareille, entassés n'importe comment au milieu de cette ferraille hideuse et de cette pestilence, comment faisaient les mioches pour ne pas s'éborgner dans les allées hérissées de barres de fer, de grillage éclaté et de fils barbelés, quel mausolée avaient profané ces gens, quelle malédiction avaient-ils déclenchée pour mériter de purger leur peine dans un cloaque aussi infamant ?

– C'est pourquoi nous nous battons, frère Nafa.

– Oui, soupira-t-il.

– Ici, tu n'as rien à craindre. Nos hôtes hébergeraient le Diable s'il consentait à les débarrasser des fumiers qui les ont dépossédés d'*absolument tout*.

Avant de pénétrer dans un taudis, Nafa songea à faire demi-tour et à fuir n'importe où, loin, très loin de ce musée de l'horreur. Il était persuadé qu'il ne pourrait pas y passer une nuit. Un sentiment de désespoir l'habitait. Tout à coup, des images se mirent à tourbillonner dans sa tête, et il se prit à haïr chacune d'elles, les bonnes et les mauvaises, à haïr les proches et les amis, ceux d'hier et ceux d'aujourd'hui, à haïr ses mains, ses pieds, ses yeux, à haïr le monde entier. Comment en était-il arrivé là, que faisait-il sur cette aile oubliée de l'humanité, reniée et par les anges et par les démons, qu'était-il venu y trouver ?

Il hésita longtemps avant de franchir le seuil du gourbi.

Comme cette nuit-là, dans la forêt de Baïnem, une force perfide le poussait vers son destin avec la tranquillité du bourreau poussant le supplicié vers l'échafaud.

Il s'aperçut qu'il n'essayait pas de lui résister, qu'il n'en éprouvait ni la volonté ni la nécessité.

Un vieillard décharné était accroupi dans un coin, à remuer une louche dans un chaudron. Son pantalon lacéré dévoilait une partie de ses fesses et son tricot remontait haut sur son dos nu et cadavérique. En entendant le bruit de pas, il jeta un coup d'œil dans un morceau de miroir accroché sur le mur sans se donner la peine de se retourner.

– Ça sent bon, lui lança Abou Mariem.

Le vieillard huma la vapeur qu'exhalait la marmite, reposa un couvercle tordu dessus et se leva. Avec la pointe de sa savate, il repoussa un grabat sur le côté pour dégager la voie, enjamba une table basse et vint donner l'accolade aux deux visiteurs. Il embrassa copieusement Abou Mariem, effleura Nafa et recula pour le dévisager :

– Il aime les lentilles, ton copain ?

– Il aimerait une bonne paillasse pour la nuit plutôt.

– Ah ! un transitaire.

– La police est à ses trousses.

Le vieillard regarda par-dessus l'épaule de Nafa.

– Je ne vois aucun poulet, dehors. Ça m'aurait fait plaisir d'en déplumer quelques-uns, histoire de changer de menu.

Abou Mariem rit silencieusement.

Il dit à Nafa :

– Tu as sûrement entendu parler de Salah l'Indochine.

– Non.

– Eh bien, c'est lui. Il a fait la guerre d'Indochine, la révolution de 54 et la guerre des frontières contre les Marocains en 63. C'est un increvable. Il gravit encore les montagnes plus vite qu'un chacal. C'est notre guide. Il connaît le maquis mieux que ses poches.

– Normal, fit le vieillard en retournant le fond de ses poches, il n'y a rien d'intéressant là-dedans.

Nafa sentit son ventre se nouer.

– Il va me conduire au maquis ?

– Pas dans l'immédiat.

Le vieillard pria ses hôtes de se mettre à l'aise et sortit dans la cour. Nafa n'eut pas la force de s'asseoir. Il regarda autour de lui, à la manière d'un animal pris dans la nasse. Il dut déglutir convulsivement pour s'éclaircir la voix.

– Je ne suis pas prêt pour le maquis, bredouilla-t-il.

– N'anticipons pas. Tu vas te cacher ici momentanément.

– Combien de temps ?

– Ça dépendra de cheikh Younes.

Le vieillard revint avec un plateau chargé d'œufs durs, d'olives, de galettes et de boîtes de jus d'orange, déposa le tout sur la table basse, s'assit en tailleur sur le sol et attendit que les jeunes gens en fassent autant.

Abou Mariem se servit le premier.

Nafa refusa de manger. Le désarroi inondait ses traits, le défigurait.

– Il a un problème, ton copain ?

– Forcément, c'est son premier.

Le vieillard engloutit un œuf en entier qu'il accompagna de deux gorgées de jus, clappa des lèvres.

– Hé, petit, dit-il, tout s'arrangera. Au début, on est dépaysé. C'est naturel. Dans pas bien longtemps, ça filera tout seul.

Nafa acquiesça, sans conviction.

– Est-ce que tu crois au destin, petit ?

– Mon nom est Nafa.

– Bien, Nafa. Est-ce que tu crois au destin ?

– Je ne sais pas.

– Si tu pars du principe qu'il ne peut t'arriver que ce que Dieu veut, tu es sauvé. C'est ça, le destin. L'important est de ne pas faillir dans sa foi. Pas vrai, Abou Mariem ?

– C'est vrai.

– En Indochine, je n'avais pas vingt ans. Je me rappelle, à peine débarqué, un camion a sauté sur une mine. On n'a pas eu le temps de ramasser les copains à la petite cuillère, un obus a pété au milieu du convoi. J'étais à l'envers, tu saisis. Je chialais comme un môme perdu dans la jungle. Les nuits brûlaient de fusées éclairantes et d'explosions. C'était l'enfer, mon gars. J'allais devenir cinglé. La gadoue, la mousson, les pièges dans le taillis, on avançait. Nos machettes s'émoussaient sur la végétation. Au détour d'un arbre, c'était l'éclaireur qui recevait une rafale dans la gueule. Au sortir d'une rizière, c'était toute la section qui dégustait les glands des embuscades. Les brancardiers ne se retrouvaient plus. Y en a qui piquaient des crises avant de se ruer sur les mitrailleuses ennemies pour en finir... Puis, un beau matin, je me suis dit : « Salah, tu es dans ce merdier depuis des mois, et t'as pas une éraflure. Est-ce que tu peux me l'expliquer ? Je vais te l'expliquer, moi ; il ne t'arrivera que ce que Dieu veut. C'est ça, la vérité. Le reste, tu t'en fiches... » J'ai galéré deux années, là-bas. C'était pas un bled, c'était un immense charnier. On passait plus de temps à enterrer nos morts qu'à riposter aux bridés. J'entends encore résonner la chorale de l'artillerie et le vrombissement des bombardiers... Démobilisé, j'ai dit : Chapeau ! l'orage est passé. Je jette par terre mon casque et reprends mon turban. De retour au pays, la révolution m'attend sur le quai. Pas le temps de faire la bise à la maman... La révolution, c'était pas joli, non plus. Je te raconte pas. Pas moins de vingt-huit embuscades. Et ni les bombes au napalm, ni les ratissages tous azimuts ne m'ont rattrapé. Parce que Dieu ne l'a pas voulu.

– Comment ça se fait qu'avec toutes ces guerres tu n'as pas été blessé ? le taquina Abou Mariem.

Le vieillard se redressa. D'un geste théâtral, il retroussa son tricot pour montrer son nombril :

– Et ça, c'est quoi ? Une balle est entrée par ici et ressortie par là, ajouta-t-il en enfonçant le doigt dans son derrière. C'était sans doute un projectile hors norme, parce que jusqu'à aujourd'hui j'ai le trou du cul qui ne cicatrise pas.

Abou Mariem se renversa sur un coude en s'esclaffant.

Nafa, lui, ne sourit même pas.

Tard dans la soirée, Hamza Youb arriva. Il les trouva en train de dîner. Il les laissa finir de manger, assis sur une caisse, l'air sinistre. Nafa ne put supporter son regard terne. Il interrompit son repas et le rejoignit.

– Alors ?

Hamza fixa Abou Mariem. Ce dernier comprit le message. D'un hochement de la tête, il l'autorisa à parler. Lentement, Hamza posa ses mains sur les épaules du taxieur, perçut les frissons qui les gagnaient, se racla la gorge et dit :

– J'ai de très mauvaises nouvelles à t'annoncer, Nafa mon frère. À propos de ton père...

– Tu ne vas pas me dire qu'ils ont osé l'arrêter. C'est un vieillard, un moribond...

– C'est plus grave, Nafa mon frère.

– Non, non, ce n'est pas possible...

– Les *taghout* l'ont tué chez lui, devant les siens. Je suis désolé.

– Non, pas lui, pas mon père. Il n'a rien fait. C'est insensé...

Nafa se prit la tête entre les mains et glissa doucement quelque part...

III

L'abîme

Si tu veux t'acheminer
Vers la paix définitive
Souris au destin qui te frappe
Et ne frappe personne.

Omar Khayyam

J'ai tué mon premier homme le mercredi 12 janvier 1994, à 7 h 35. C'était un magistrat. Il sortait de chez lui et se dirigeait vers sa voiture. Sa fille de six ans le devançait, les tresses fleuronnées de rubans bleus, le cartable sur le dos. Elle est passée à côté de moi sans me voir. Le magistrat lui souriait, mais son regard avait quelque chose de tragique. On aurait dit une bête traquée. Il a sursauté en me découvrant tapi dans la porte cochère. Je ne sais pas pourquoi il a continué son chemin comme si de rien n'était. Peut-être a-t-il pensé qu'en feignant d'ignorer la menace, il avait une chance de la repousser. J'ai sorti mon revolver et me suis dépêché de le rattraper. Il s'est arrêté, m'a fait face. En une fraction de seconde, son sang a fui son visage et ses traits se sont effacés. Un moment, j'ai craint de me tromper sur la personne. « Khodja ? lui ai-je demandé. – Oui », m'a-t-il répondu d'une voix sans timbre. Sa naïveté – ou son assurance – m'a fait fléchir. J'ai eu toutes les peines du monde à lever le bras. Mon doigt s'est engourdi sur la détente. « Qu'est-ce que tu attends ? *m'a crié Sofiane.* Descends-moi ce fils de pute. » *La fillette ne paraissait pas saisir tout à fait. Ou refusait d'admettre son malheur.* « Ce n'est pas vrai, *me harcelait Sofiane.* Tu ne vas pas te dégonfler maintenant.

Ce n'est qu'un pourri. » *Le sol menaçait de se dérober sous moi. La nausée me submergeait, enchevêtrait mes tripes, me tétanisait. Le magistrat a cru déceler, dans mon hésitation, la chance de sa vie. S'il était resté tranquille, je crois que je n'aurais pas eu la force d'aller plus loin. Chaque coup de feu m'ébranlait de la tête aux pieds. Je ne savais plus comment m'arrêter de tirer, ne percevais ni les détonations ni les cris de la petite fille. Pareil à une météorite, j'ai traversé le mur du son, pulvérisé le point de non-retour : je venais de basculer corps et âme dans un monde parallèle d'où je ne reviendrais jamais plus.*

Sofiane me tendit un verre d'eau :

– Comment tu te sens ?

Je ne sentais *rien.*

Je ne voulais rien : ni boire, ni manger, ni parler.

Effondré dans un fauteuil, je faisais face à la fenêtre et respirais avec avidité l'air frais de l'hiver. Dehors, une pluie fine arrosait le jardin. Secoué par le vent, un arbre jouait à cache-cache. Au loin, on entendait le chuintement des voitures sur la chaussée gorgée d'eau.

J'avais du mal à comprendre ce qui s'était passé.

J'avais le vague sentiment que je venais de *sauter le pas*, que rien ne serait plus comme avant.

Par intermittence, des flashes zébraient l'obscurité dans ma tête. L'espace d'une fraction de seconde, je distinguais un visage, une lèvre, des tresses fleuronnées, le pistolet qui se cabrait dans mon poing, le ciel et la terre tournoyant autour de moi comme si un moulin fou m'avait happé. Puis tout se bloquait, se taisait, s'éteignait. Il ne restait plus que moi, en tête à tête avec ma conscience. Je m'agrippais aux accoudoirs du siège pour réprimer une quelconque réaction... Aucune réaction. *Je ne sentais rien.* Mes mains ne tremblaient même pas.

Je me revoyais sur les lieux de l'attentat. Sur la pointe des pieds. Par à-coups. Revoyais le corps qui dégringolait sous mes balles, se relevait, dégringolait, se relevait, dégringolait comme si le film s'emballait. Je ne percevais ni les détonations ni les cris de la fillette. Je crois que j'étais devenu momentanément sourd pendant que je tirais. Sofiane avait dû me ceinturer pour me traîner vers la voiture. Sans son intervention, je serais resté planté tel un épouvantail devant ma victime. Je n'ai pas dit un traître mot depuis notre repli. Une rage inextinguible me consumait. J'en voulais au revolver qui avait refusé de se calmer, à mon poing qui s'était laissé faire... J'en voulais surtout au magistrat qui *avait accepté son sort*, comme ça, simplement parce qu'un inconnu avait décidé de l'abattre, dans la rue, comme une bête. Je lui en voulais de m'avoir entraîné dans sa chute, impliqué dans le drame... J'en voulais aussi aux hommes de n'être que des apparences fallacieuses, de vulgaires moustiques, des statues aux pieds d'argile qu'une balle deux fois plus petite qu'un dé effaçait en un instant...

J'étais furieux contre la facilité déconcertante avec laquelle l'*Homme* tirait sa révérence, quittait le monde par la petite porte, lui qui incarne l'image de Dieu tout-puissant.

Je venais de découvrir, avec une extrême brutalité, qu'il n'y avait rien de plus vulnérable, de plus misérable, de moins consistant qu'un homme...

C'était effarant. Insoutenable. Révoltant.

– À partir du troisième, tout rentrera dans l'ordre, me prédit Sofiane.

14.

On recommanda à Nafa Walid de ne pas assister à l'enterrement de son père, et de ne pas rendre visite à sa famille. Il était recherché dans la Casbah et à Bab El-Oued où les choses se compliquaient avec les importantes arrestations opérées par la police.

Après quarante-huit heures chez Salah l'Indochine, Nafa se sentit devenir fou. La perte tragique du vieux le culpabilisait. Recroquevillé dans une encoignure, il se martyrisait les tempes, ruminant son chagrin et sa haine, en silence, suppliant ses amis de le laisser tranquille. Il refusait de manger, d'entendre raison et réagissait violemment aux témoignages de sympathie. À bout, il demanda à rejoindre le maquis. Il n'avait qu'une seule idée en tête : se venger.

– Ne laisse pas la vindicte t'aveugler, l'instruisit Abou Mariem. Ton combat sera voué à l'échec. À force de vouloir régler tes comptes, tu risques de t'isoler. Or, nous devons rester groupés. Autour d'un même idéal : la révolution islamique. Ton père est mort, lâchement assassiné. Il n'est ni le premier ni le dernier. Je te somme de te ressaisir. Nous avons besoin de notre lucidité. La haine est une vilaine partenaire. Il faut s'en méfier. En revanche, notre guerre est sainte. Ce n'est pas une affaire personnelle, frère Nafa. Elle exige que nous soyons déterminés, mais justes, éclairés. L'avenir de la nation en dépend. Nous retrouverons les bourreaux de ton père. C'est inéluctable. Nous les débusquerons, un jour ou l'autre, et nous les châtierons. En attendant, rentre dans les rangs. Nous avons déploré pas mal de malentendus de cette nature. Okkacha le coiffeur a perdu son fils au cours d'une rafle. Sans consulter personne, il s'est armé d'un rasoir et a tranché la gorge au premier flic sur son chemin. C'était une malheureuse et stupide initiative. Le policier était des nôtres. C'était lui qui nous renseignait sur les descentes que ses collègues projetaient. Donc...

Nafa insista pour regagner le djebel. Le cheikh Younes s'y opposa avant de l'intégrer dans le groupe de Sofiane.

Sofiane était un bel homme de vingt-trois ans, grand et athlétique. Sa longue chevelure filasse lui donnait une allure chevaline. Avec son visage d'enfant et son sourire désarmant, il charmait aussi bien son entourage que ses victimes. Il dirigeait un groupe de huit éléments triés sur le volet, des jeunes de moins de vingt-deux ans, issus de familles de notables et d'industriels. Leur PC se trouvait au cœur de l'université à partir de laquelle ils peaufinaient leurs traquenards qui avaient la réputation d'être chirurgicaux.

Spécialisée dans la chasse aux fonctionnaires de l'autorité juridictionnelle, aux communistes et aux hommes d'affaires, l'équipe était extrêmement soudée, discrète et minutieuse, qui ne laissait rien au hasard. Habillés avec soin, rasés de frais et d'une convivialité exemplaire, ses éléments étaient tous des étudiants. Certains ramassaient leurs cheveux en chignon, d'autres arboraient une boucle en or à l'oreille. À la faculté, ils passaient pour des fils de bourgeois au-dessus de tout soupçon. Une *fatwa* les autorisait à fréquenter les cabarets et les milieux huppés où ils recueillaient les informations sur les cibles potentielles. Grâce à leur « look » désinvolte, ils arpentaient les grands boulevards en toute quiétude, un cartable sous le bras, le revolver dans le magazine.

Nafa se plut d'emblée parmi eux. Il retrouvait un peu de l'atmosphère douillette des Raja, les lumières éblouissantes des salons et l'odeur de la fortune qui, comparée au gourbi de Salah l'Indochine, était nettement moins oppressante.

Les premières semaines, il fut hébergé chez Farouk, le porteur d'eau du groupe, dans une chambre à l'université. Obligé de se faire oublier, Nafa se consacra à sa formation idéologique. Il lisait des ouvrages religieux, priait beaucoup et ne se lassait pas d'écouter les prêches de cheikhs égyptiens, soudanais et orientaux. Farouk possédait des dizaines de cassettes de ce genre. Lui-même rédigeait des manifestes et recrutait ses néophytes parmi les étudiants.

Puis Sofiane l'invita à habiter chez lui, dans une superbe villa juchée sur un verger, au haut de Benaknoune, qu'il partageait avec Hind, son épouse de quatre ans son aînée, une *théopathe* froide et acariâtre, d'une pâleur marmoréenne, aussi allergique aux bijoux qu'à la familiarité, qui exerçait une influence inouïe sur le groupe. Personne n'osait la regarder dans les yeux. Elle remettait chacun à sa place, sur-le-champ, sans ménagement. Nafa l'apprit à ses dépens, dès leur première rencontre. Quand il lui tendit la main sur le pas de la porte, elle lui conseilla, rebutée par ce geste « hérétique », de retourner à l'école coranique se recycler. Croyant à une plaisanterie, Nafa sourit ; son sourire s'effaça aussitôt lorsqu'il décela, dans les prunelles de son hôtesse, une lueur qui faisait froid dans le dos.

C'était elle qui conduisait la voiture lors des attentats. Ces jours-là, elle s'habillait à l'occidentale, se maquillait et répandait sa longue chevelure noire sur ses épaules. Elle négociait les barrages de police mieux qu'une ambulance.

De retour à la maison, elle courait se démaquiller et se débarrassait de son tailleur comme s'il s'agissait d'une tunique de Nessus.

Tout de suite, elle plongeait dans ses lectures religieuses.

Nafa avait connu des fanatiques, mais leur extrémisme n'était rien comparé à celui de Hind.

Nafa logea au rez-de-chaussée. Ses hôtes mirent à sa disposition un salon équipé d'un téléviseur géant, une bibliothèque et une garde-robe généreuse.

– Fais comme chez toi, lui dit Sofiane.

– Tu me combles.

– Encore une chose : j'aimerais que tu te laisses pousser une queue-de-cheval. Tu as une belle gueule, autant en profiter. Chez nous, la règle fondamentale est simple : joindre l'utile à l'agréable, c'est-à-dire soigner son apparence, frapper juste et s'évanouir dans la nature comme si de rien n'était.

Le lendemain, au sous-sol de la villa, on l'initia au fonctionnement des armes à feu.

Un soir, alors que la brume s'emparait de la ville, Farouk s'amena. Il épingla sur le mur les photos d'un homme d'une quarantaine d'années, un avocat auquel le Mouvement armé reprochait d'avoir mal défendu des *frères* arbitrairement appréhendés par les forces de l'ordre. Farouk dressa le portrait complet du magistrat : ses habitudes, ses fréquentations, ses itinéraires... Nafa écoutait attentivement, loin de se douter qu'il s'agissait là de sa première cible. Il crut que son cœur cessait de battre quand Sofiane lui promit que l'opération serait du gâteau et qu'ils se tiendraient à ses côtés pour parer à l'imprévu.

Après l'exécution du magistrat, Nafa n'attendit pas longtemps pour intercepter un juge au sortir d'une salle de fête, à 1 heure du matin. Un personnage cacochyme, qui traînait la jambe, et qui pestait contre lui-même parce qu'il n'arrivait pas à ouvrir la portière de sa voiture. Encore une fois, sa main trembla en posant le revolver contre la nuque ébouriffée du vieillard. Ce dernier ne semblait pas se rendre compte qu'un canon lui grattait la vertèbre cervicale. Au coup de feu, son dentier jaillit de sa bouche, ricocha sur le capot et s'émietta sur le bitume.

Pour boucler avec panache son premier mois dans le groupe, Sofiane fit exception à la règle et lui offrit, sur un plateau, un policier tellement gros que Nafa dut vider son chargeur sur lui pour l'étaler par terre.

Sofiane avait raison : à partir du « troisième », les choses rentrèrent dans l'ordre. Nafa divorça d'avec ses doutes et ses cas de conscience et entreprit de guetter ses prochaines victimes avec la patience immuable de la fatalité.

– Que nous ramènes-tu de bon ? demanda Sofiane debout dans le hall, les poings sur les hanches.

Farouk essuya ses espadrilles sur le paillasson. D'un geste fantaisiste, il envoya sa casquette américaine pardessus une commode et brandit son cartable :

– Un suppôt de Satan.

Derrière lui, le Rouget se serrait frileusement dans son *K-Way*. Il adressa un clin d'œil à Nafa casé dans un fauteuil, salua imperceptiblement Hind et serra la main à l'émir en se dandinant :

– Il pleut des cordes, dis donc.

– Oui, il fait un temps de chien.

– J'ai vu des flics dans les parages.

– Si ça les amuse.

Le Rouget se frotta les mains en soufflant dedans. Son visage émacié, en lame de couteau, était recouvert de taches de rousseur. Fils d'un ancien ministre du parti unique, il avait vécu sur un nuage, passant ses vacances au bout du monde. À dix-sept ans, il disposait d'une voiture décapotable à bord de laquelle il se rendait au lycée. À l'époque, il aimait les filles, les soirées dansantes et offrir des cadeaux.

À l'université, professeurs et étudiants s'accordaient à lui prédire une carrière exceptionnelle. Il était doué, un vrai génie. Sans donner l'impression de forcer, il dominait l'ensemble de ses camarades de promotion. Excellent aussi bien dans les matières scientifiques qu'en culture générale, il forçait l'admiration du recteur. Le Rouget n'avait pourtant pas la grosse tête. Il poursuivait ses études avec la nonchalance qui le caractérisait. Et rien ne laissait prévoir qu'il allait se transformer en un tueur d'une constance implacable.

Sa vie changea le jour où, à l'université, Farouk lui proposa de le seconder au Comité. Farouk était brillant, lui aussi, d'une famille riche et respectable. Il parlait français, mais pensait FIS. Le Rouget fut subjugué par la rhétorique de son copain de chambre, la netteté de ses visions et la beauté de sa foi. Très vite, il céda à ses charmes. De conciliabule en prêche, de mosquée en librairie spécialisée, le Rouget découvrait l'inanité de l'ostention, l'opprobre des frasques, la futilité d'un monde éphémère dont les façades pavoisées occultaient mal la décomposition intérieure. Il renonça donc au *superficiel* pour se consacrer aux choses *essentielles*. Déterminé à mettre son génie au service de la noble cause, il descendit de son nuage et arbora un collier de barbe rousse qu'il sacrifia volontiers lorsque Farouk lui expliqua la nécessité révolutionnaire de travailler dans la clandestinité absolue, de ne rien changer à leurs habitudes estudiantines ni à leurs fréquentations. Le Rouget reçut le message cinq sur cinq. Il continua d'afficher ses manières affectées de *tchitchi* derrière lesquelles se cachait un néophyte convaincu, un authentique élu du ciel qu'une mission, taillée à sa juste mesure, se préparait à investir comme une Visitation.

Sa première victime fut son professeur, docteur ès mathématiques, un veuf sans enfant qui vivait seul dans une vieille maisonnette, à l'est d'Alger. Ce dernier était fier de le parrainer. Il l'invitait souvent, chez lui, pour partager son modeste souper. Ils passaient des soirées entières à vanter les mérites de tel ou tel savant, le talent des écrivains russes et la magnificence de la pensée marxiste. Le Rouget déplorait la dislocation de l'empire soviétique et ne cachait pas ses inquiétudes quant au devenir des communistes algériens qu'il comptait rallier. Ravi, le veuf le félicita de son état d'esprit, le rassura sur la bonne santé du communisme au pays et lui promit de lui ouvrir, toutes grandes, les portes de son parti. Ce fut ainsi que le Rouget put dresser la liste des professeurs « athées » avec, en tête, le nom souligné au rouge de son parrain qu'il exécuta, le soir de ses cinquante ans, en lui offrant, en guise de cadeau d'anniversaire, deux balles de gros calibre.

Nafa avait opéré à deux reprises avec lui. Le Rouget avait la rigidité et l'efficacité d'un tueur professionnel. Il frappait vite et juste, avec son pistolet muni d'un silencieux. Une fois la victime achevée, il rajustait machinalement les manches de sa chemise, remettait son arme dans le cartable et s'éloignait d'un pas tranquille, pareil à un jeune promeneur léchant les vitrines des boulevards. Jamais les supplications de sa proie ne faisaient frémir sa main, jamais son fantôme ne le rattrapait. À peine rendait-elle l'âme qu'il songeait déjà à la prochaine.

Farouk ouvrit son cartable sur la table, dans le salon, en extirpa des photos qu'il étala les unes à côté des autres.

– Un fumier de communiste, annonça-t-il.

Nafa sourcilla en reconnaissant le cinéaste Rachid Derrag.

– Tu es sûr que c'est un communiste ?

– À moins que tu nous prouves le contraire, ricana le Rouget. Tu le connais ?

Nafa réalisa sa maladresse, tenta de se rattraper. Il prit une photo, feignit de l'examiner et se « ravisa » :

– C'est fou comme il ressemble à un facteur de ma connaissance.

– Ce type n'est pas un postier. C'est un faiseur de films subversifs et il se shoote au kif, tous les jeudis, au *Lebanon*.

Farouk fit claquer une chemise cartonnée sur la table :

– J'ai un dossier bien ficelé sur lui : Rachid Derrag, quarante-sept ans, marié, quatre gosses, demeurant cité Amrane, Bloc C, porte 1. Études cinématographiques à Moscou. Soûlard notoire...

– Un malpropre et un sale impie, ajouta le Rouget. Il paraît qu'il est en train de préparer un documentaire sur l'intégrisme pour le présenter à un festival européen.

– Je hais les artistes. En particulier ceux qui ont la perversité d'être communistes.

Nafa fit la moue pour signifier qu'il se trompait sur la personne. En relevant la tête, il surprit Hind en train de l'observer avec acuité.

– Ça fait combien de temps que tu es parmi nous ? lui demanda-t-elle.

– Une dizaine de semaines, pourquoi ?

– T'a-t-on privé de quoi que ce soit ?

– Non.

– As-tu eu l'impression qu'on te tenait à l'écart ?

– Pas vraiment.

Hind abattit son poing sur le cartable et rugit :

– Alors, pourquoi ne nous fais-tu pas confiance ?

Nafa recula :

– Bien sûr que j'ai confiance en vous.

Les lèvres de Hind se retroussèrent sur un rictus bestial. Ses yeux se plissèrent de façon à concentrer leur énergie sur un Nafa déconcerté.

– Ah oui ? Tu as confiance en nous. C'est pour ça que tu fais semblant de ne pas reconnaître l'ordure sur les photos.

– Je l'ai confondu avec...

– Ne mens pas !

Son doigt vibrait, menaçant.

Farouk et le Rouget se détournèrent, gênés.

Sofiane retira ses mains de ses poches et tenta de s'interposer. Hind le pria de rester où il était, se pencha sur Nafa comme si elle cherchait à le dissoudre dans son ombre. Le souffle saccadé et la figure enlaidie, elle approcha les lèvres de l'oreille de l'ancien chauffeur de taxi et lui murmura, d'une voix inaudible d'abord, puis de plus en plus agressive :

– Nous ne t'avons pas pris dans notre équipe pour le plaisir de ton cheikh Younes. Chez nous, on ne fait pas dans la dentelle. Nous avons épluché ton dossier et nous t'avons accepté sur la base de son contenu. Nous savons d'où tu viens, jusqu'où tu peux aller, chez qui tu as travaillé et dans quelle mesure tu peux te rendre utile... Nous savons que tu t'es cassé les dents un peu partout, notamment dans le cinéma, et le rôle que tu as interprété dans un affreux navet signé, justement, par cette saleté de dépravé, là, sur la photo.

– Ce n'est pas grave, Hind, dit Sofiane embarrassé. Nafa n'en est qu'à son cinquième attentat.

– Sixième !

– Sixième, dixième, ce que je veux dire est qu'il n'a pas encore atteint sa vitesse de croisière, à lui. Nous sommes des combattants, pas des machines à tuer. *Dieu n'exige de Ses sujets que ce qu'ils sont en mesure d'entreprendre*. Si Nafa considère qu'il n'est pas prêt aujourd'hui à affronter un vieil ami, ce n'est pas un manquement à ses engagements, encore moins un parjure.

– C'en est un, cria-t-elle en se redressant. Au djihad, il n'y a pas deux poids deux mesures. Tout individu condamné par le Mouvement doit être liquidé. Sans appel. Qu'il soit parent, proche ou connaissance n'y change rien. C'est seulement en se conformant à ce principe irrévocable que nous viendrons à bout des prévaricateurs qui nous gouvernent.

Elle se rabattit sur Nafa :

– Est-ce que tu reconnais, maintenant, l'immondice sur les photos ?

Nafa fourragea dans ses cheveux, contempla la pointe de ses chaussures, la pomme d'Adam coincée.

– Est-ce que tu le reconnais ?

– Oui !

– Est-ce que tu as assez de foi pour le foutre en l'air ?

– Ça suffit, hurla Sofiane. Tu n'as pas le droit de traiter l'un de mes hommes de cette manière. Je te l'interdis, formellement. C'est moi qui commande, ici. C'est moi, l'émir.

Hind soutint pendant quelques instants le regard courroucé de son mari avant de déporter ses yeux sur la nuque basse de Nafa. Farouk et le Rouget se tenant opiniâtrement penchés sur les photos, elle crispa les poings et remonta dans sa chambre.

Rachid Derrag sera égorgé. Devant ses enfants.

Nafa sera là.

Il aura beau fermer, de toutes ses forces, les yeux pour ne pas voir la boucherie, il n'empêchera pas les cris scandalisés du cinéaste de le traquer durant des jours et des nuits : « Ce n'est pas vrai. Pas toi, Nafa. Ta place n'est pas de *leur* côté. Ce n'est pas possible. Tu es un artiste, bon Dieu ! un artiste... »

15.

Debout devant la fenêtre, Nafa observait le brouillard en train d'envahir la ville comme une horde de fantômes débarquant de la mer. Des milliers de linceuls, chargés d'embruns, déferlaient sur les immeubles, momifiaient les quartiers et remontaient inexorablement vers les bidonvilles sur la colline. Recroquevillée sur elle-même, Alger écoutait l'épouvante lui ronger les tripes et le malheur officier dans son esprit. Les ombres rasant ses palissades avivaient ses insomnies. Le clapotis de son port cadençait son agonie. Alger se laissait aller au gré des perditions. Captive de son chagrin, n'attendant rien des hommes, et rien des nations amies, elle avait cessé de croire au large et au ciel.

Nafa essaya de se souvenir du temps où l'on aimait traîner dans les rues, du chahut des gargotes, de la musique aux accents de *haouzi*, des ribambelles de mioches gambadant dans les squares ; essaya de réinventer cette époque qui manquait de solennité, mais jamais de spontanéité, les soirées gaillardes autour d'une tasse de café, les boutades qui partaient comme des fusées foraines... Qu'ils étaient loin, ces repères d'antan, ils étaient morts et enterrés !

– Je peux débarrasser ? demanda Hind.

– Bien sûr, répondit Sofiane du fond d'un fauteuil. Apporte-nous du thé, s'il te plaît.

Dans le reflet de la vitre, Nafa vit Hind ramasser les assiettes sur la table. À son regard noir, il comprit qu'elle ne lui pardonnait pas d'avoir menti. Il avait essayé de se racheter pourtant, participé à deux autres attentats spectaculaires, après l'assassinat de Rachid Derrag, mais rien ne l'avait réhabilité auprès d'elle. Elle continuait de le bouder, n'ayant, pour lui, que ce regard froid et méprisant que l'on jette, par pitié, aux gens qui ont irrémédiablement déçu.

Nafa se remit à contempler la nuit. Une voiture de police traversa la rue. Son gyrophare bigarra les murs de gouaches sanguinolentes.

Le téléphone retentit.

Sofiane se leva pour décrocher.

– Ta télé est allumée ? haleta une voix au bout du fil.

– Oui.

– Qu'est-ce que tu regardes ?

– Une chaîne française.

– Rabats-toi sur l'ENTV... et reste en ligne.

Sofiane retourna à sa place, prit la télécommande, puis il revint au combiné. L'image verdoyante sur l'écran du téléviseur s'estompa, et une autre émergea, funeste ; une maison fumait au milieu de décombres. Des policiers en faction surveillaient les alentours. La caméra glissa à l'intérieur de la bâtisse assiégée, balaya un vestibule jonché d'éboulis, des murs noircis criblés de balles, des meubles renversés, puis se porta sur une cour où sept corps gisaient à côté de fusils de guerre, de grenades artisanales, de liasses de billets de banque et de documents froufroutants.

– Allô, tu es là ?

– Oui, dit Sofiane. Je ne comprends pas.

– Le commandement national s'est fait doubler. Il doit y avoir des taupes en haut lieu. C'était une réunion capitale, ultra-secrète. Moi-même, je n'étais pas au courant.

– J'ai compté sept corps.

– Ils étaient huit. Il faut faire gaffe. Le rescapé est peut-être entre les mains des *taghout*.

– Je n'ai reconnu personne, s'impatienta Sofiane.

– Le staff de l'état-major au complet, je te dis. C'est un coup terrible. Il aura de graves retombées sur le Mouvement.

– L'émir Jaafar figure parmi les martyrs ?

– Oui, lui, le coordinateur national cheikh Nouh, les coordinateurs régionaux de l'Ouest et du Centre, l'émir de la zone 1, un représentant de l'organisation en Europe, et... Est-ce que Hind est à côté de toi ?

– Elle fait la vaisselle.

– Débrouille-toi avec elle.

Sofiane eut un soubresaut.

Il avala convulsivement sa salive et s'enquit :

– Abou Lhoul ?

Silence au bout du fil, puis :

– Oui... il a été tué, lui aussi.

Comme alertée par une intuition extraordinaire, Hind s'encadra dans l'embrasure et croisa les bras sur sa poitrine. Elle regarda fixement son mari qui, ruisselant de sueur, se hâta de se détourner.

– Allô, reprit la voix au bout du fil.

– Je suis toujours là.

– Dis-lui combien j'ai du chagrin.

– Je lui dirai.

– Faites gaffe, frères. C'est un coup terrible, mais nous le surmonterons.

– Je n'en doute pas une seule seconde. Je te rappellerai. À bientôt.

Sofiane reposa le combiné, passa son poignet sur ses lèvres collantes. Nafa, qui avait vu les images de la télévision, devina qu'une catastrophe venait de frapper de plein fouet le Mouvement. Il n'avait reconnu personne, sur l'écran, sauf peut-être le cadavre du milieu qui lui avait rappelé quelqu'un, entrevu un certain vendredi chez Omar Ziri.

Il guetta les lèvres de l'émir en retenant son souffle.

Sofiane leva les yeux sur sa femme. Il ne savait comment lui annoncer la nouvelle.

Il hasarda :

– Une chose abominable est arrivée, Hind.

Nafa se sentit de trop. Il toussota dans son poing pour se retirer.

– Reste, lui dit Hind.

Elle appuya l'épaule à l'embrasure, contempla le lustre du salon, revint traquer le regard de son mari :

– Qui était à l'appareil ?

– Ishaq.

– Ah...

– On vient de montrer ce qui s'est passé, à la télé. Le staff du commandement a été anéanti. Il y avait Jaafar, cheikh Nouh, Abou Horeira, Abou Abderrahmane Zakaria, Slimane Abou Daoud, un frère venu d'Europe...

– Et Abou Lhoul, ajouta-t-elle d'un ton calme.

Sofiane fronça les sourcils ·

– Comment le sais-tu ?

– Mon frère ne quittait pas d'une semelle Jaafar. Si ce dernier est mort, mon frère doit l'être aussi, forcément.

– Je suis désolé.

Hind se redressa, lentement, d'un coup de reins souple, elle se frotta les bras sans quitter des yeux son mari. Pas une fibre ne bronchait sur son visage. Elle paraissait impassible, presque sereine.

Elle dodelina de la tête et dit :

– Je vais vous chercher du thé.

Durant des semaines, on resta dans l'expectative. Le pays observa une trêve. Plus d'attentats, plus de nouvelles du maquis. Le coup porté au Mouvement était effectivement d'une rare violence. Au fur et à mesure que le temps passait, on réalisait sa gravité. Sofiane ordonna à ses hommes de surseoir aux opérations, de retourner à l'université attendre les éventuelles directives. Jaafar éliminé, la succession s'ouvrait, sans merci. Chaque émir qui disparaissait entraînait dans sa chute le microcosme qui gravitait autour de lui. Sa cour et sa garde prétorienne étaient automatiquement disloquées, ses proches collaborateurs relégués, d'autres, reconduits le temps d'une remise sur rail, se volatilisaient, une nuit, sans laisser de traces.

Sofiane était inquiet. Son beau-frère Abou Lhoul n'étant plus là pour lui garantir l'autonomie relative dont jouissait son groupe, il craignait qu'un émir farfelu ne déstabilise le réseau qu'il avait mis des années à perfectionner. Il redoutait aussi d'être relevé de ses fonctions et muté dans une zone où il ne serait pas content d'agir.

Des divergences – voire des dissidences – corrodaient les amarres de la mouvance. Après le MIA, d'autres branches armées gagnaient du terrain, de plus en plus expansionnistes. L'Armée islamique du salut se voyait rattrapée par les Groupes islamiques armés, surgis d'on ne savait où, redoutables et dévastateurs, mieux équipés, mieux encadrés, galvanisés et terrifiants. En un temps record, ils avaient fait main basse sur les maquis du centre, de l'ouest et du sud-est du pays, s'étaient illustrés par des embuscades de grande envergure et par des attaques de cantonnements militaires rocambolesques. On aurait dit une armée de frontières, depuis longtemps à l'affût, se ruant sur un bled blessé pour l'achever. Les membres fondateurs du FIS se découvraient une vocation de dindons de la farce. Leur autorité ne prenait plus. Leur charisme s'effilochait au gré des attentats qui mettaient en avant d'illustres inconnus. L'heure n'était plus aux grandiloquences. Le couteau supplantait le verbe. Les cheikhs s'écrasaient devant les émirs, le politicien devant le guerrier. Certains imams hissaient pavillon blanc, se livraient au Pouvoir. Sans tergiverser, ils se donnaient en spectacle sur les plateaux de télévision, démythifiant le Mejless, semant la zizanie. Les responsables en exil se contredisaient, se destituaient mutuellement. Aux revendications ripostaient les indignations. À l'intérieur, c'était pire. Les conflits éclataient de part et d'autre, fissuraient l'armature du djihad, soulevaient les tendances dans des ressacs sanglants. Les clans guettaient la moindre opportunité pour relancer la course au leadership : Iraniens, Afghans, Hijra wa Takfir, salafites, Jaz'ara, compagnons de Saïd Mekhloufi, disciples de Chebouti autoproclamé « général », d'autres influences occultes, souterraines et machiavéliques, remuaient les eaux troubles pour irriguer la discorde et la confusion.

Jour après jour, Sofiane tournait en rond, à proximité du téléphone, les doigts noués dans le dos, le menton dans le cou. Chaque nom avancé, chaque candidat potentiel à l'émirat le plongeait dans une sorte d'hystérie, tantôt enthousiaste, tantôt accablé. À son tour, il proposait des noms, s'opposait à d'autres, menaçant de faire bande à part. Son interlocuteur, Ishaq, lui recommandait de garder son sang-froid et l'assurait de son soutien inconditionnel.

En assistant à ces entretiens téléphoniques d'une extrême intensité, Nafa partageait les états d'âme de son émir. Il sombrait dans la détresse lorsqu'il l'entendait rouspéter, recouvrait un soupçon d'espoir quand l'autre se détendait.

De son côté, Hind s'enfermait dans sa chambre. Depuis la mort de son frère, elle se réfugiait dans ses lectures théologiques et ses prières, ne se manifestant que pour préparer les repas auxquels elle touchait à peine.

Et un soir, à 20 heures, le téléphone sonna.

Étrangement, un malaise inhabituel s'empara de Sofiane et de Nafa occupés à suivre les informations télévisées.

– Oui ? fit l'émir la gorge contractée.

Il écouta, écouta, opina du chef et raccrocha.

Il revint d'un pas accablé, se laissa choir dans le fauteuil, malade de dépit.

– Nous avons un tas d'éminences grises dans le Mouvement, et c'est un abruti de péquenot, analphabète et obtus, que l'on désigne aux commandes... Bizarre, vraiment bizarre...

Un livre retourné sur les genoux, Nafa Walid somnolait au pied d'un poirier. Il avait plu la veille, et le verger, bercé par le pépiement des oiseaux, fumait sous le soleil. Un ciel immaculé tendait sa toile bleue sur la ville. Le printemps se pavanait, superbe dans sa tunique de sultan, une fleur à la boutonnière, une hirondelle sur le turban. Un sourire béat sur son visage meurtri par les épreuves du djihad, Nafa s'abandonnait aux attouchements délassants de la chaleur en songeant aux villégiatures qui le grisaient du temps où il était chauffeur auprès de l'Office national du tourisme.

Une ombre voila son rayon de soleil. Il attendit qu'elle se retirât. Elle ne se retira pas. Il ouvrit alors les yeux et découvrit Sofiane debout devant lui, les mains dans les poches, une ride creusant son front.

– Tu vas me manquer, bonhomme, lui annonça-t-il en taquinant une herbe du bout de son soulier.

– Tu t'en vas ?

– C'est toi qui pars, Nafa. J'ai reçu l'ordre de te mettre à la disposition d'un certain Salah l'Indochine.

J'ai essayé de négocier ton maintien dans mon équipe, mais ils n'ont rien voulu entendre.

Nafa s'arracha à sa chaise en osier. Son livre tomba par terre ; il ne le remarqua pas.

– À la disposition de Salah l'Indochine ?

– C'est ce qu'on m'a dit. Tu dois le connaître ?

– C'est juste un membre de soutien.

– Tu es peut-être désigné dans un service auxiliaire.

– Tu penses que je n'ai pas été à la hauteur sous tes ordres ?

– Tu as été formidable. Je t'assure que je n'y suis pour rien.

Nafa leva la tête sur la fenêtre du premier.

Sofiane l'arrêta tout de suite :

– Hind ne sait pas encore que tu t'en vas. Elle est dure, mais les coups fourrés, ce n'est pas son genre.

Nafa crispa les mâchoires, tenta de réfléchir, d'expliquer le malentendu. Il n'arrivait pas à se concentrer.

Il branla la tête, dégoûté :

– Je pars quand ?

– Aujourd'hui.

– Eh ben...

Sofiane le prit par l'épaule, solidaire :

– J'ai beaucoup apprécié ta correction, frère Nafa. Tu as été brave, convivial et discret. J'ai de l'affection pour toi. Tu vas vraiment me manquer. J'aurais aimé te garder ; seulement, avec ces chamboulements qui nous désarçonnent, plus personne ne peut se porter garant de son propre avenir.

– Je comprends...

– Si tu as besoin de moi, tu sais où me joindre.

Nafa le remercia.

Il grimaça un sourire pour montrer qu'il allait tenir le coup et marcha en chancelant jusqu'à la villa.

Nafa attendit la nuit pour rejoindre Salah l'Indochine. Sofiane le déposa à la sortie d'El-Harrach et lui souhaita bonne chance.

– Tu seras toujours le bienvenu, Nafa.

– Oui...

– Attention à toi.

– Je tâcherai.

La voiture rebroussa chemin, fit demi-tour, heurta légèrement une poubelle et accéléra. Nafa la regarda s'éloigner, debout au milieu de la rue déserte. Hormis une boutique encore ouverte, il n'y avait pas âme qui vive. Une lune pleine bâillait dans le ciel. Les exhalaisons de l'oued flottaient dans l'air, délimitant la réserve des laissés-pour-compte.

Nafa se faufila le long d'une haie et gravit un raidillon jusqu'aux baraquements. Des chiens aboyaient à s'arracher le cou ; quelques-uns surgirent de l'ombre, la gueule effervescente, avant de détaler, la queue entre les pattes, pourchassés par des jets de pierres.

Dans le silence retrouvé, on entendait vagir des bébés derrière la ferraille des taudis.

– Je commençais à me demander si tu ne t'étais pas fait coffrer, glapit Salah l'Indochine en l'accueillant sur le pas de son gourbi.

Cinq jeunes hommes se morfondaient dans une pièce. Ils ne semblaient pas ravis d'être là. Nafa reconnut Abou Tourab, le lieutenant d'Abou Mariem. Il se tenait dans un coin, les bras autour des genoux, l'humeur massacrante. À côté de lui, Amar le brocanteur triturait distraitement sa chéchia. Les trois autres, entassés sur un fatras de linge sale, discutaient à voix basse :

Salah procéda aux présentations :

– C'est Nafa, un frère de la Casbah... (On se leva pour se donner l'accolade.) Bon, tu connais Abou Tourab et Amar... Celui-là, c'est Abdoul Bacir, fils de l'imam de Kouba. Un artificier hors pair. La bombe du mois dernier portait sa griffe. Celui-ci, c'est Mouqatel, de Belcourt... Le dernier, c'est Souheil, un soldat déserteur. Il a participé au coup de l'Amirauté.

Nafa prit place en face d'Abou Tourab.

– Un café ? lui proposa son hôte.

– Je broie assez de noir comme ça.

Salah s'accroupit et lui tapa sur le genou.

– Tu en fais une tête. Qu'est-ce qu'il y a ?

– C'est à toi de me le dire. J'étais bien là où j'activais. Pourquoi m'a-t-on mis à ta disposition ? Tu as pris du grade, toi aussi ?

– Tu n'es pas au courant ? s'étonna Abou Tourab.

– Au courant de quoi ?

– Du remaniement. Cheikh Younes a été destitué et expédié au maquis. C'est Ibrahim El-Khalil qui chapeaute les groupes d'Alger-Ouest. Il a désigné Abou Mariem comme adjoint et a fait appel à ses péons de Kouba. Il s'est emparé du fief que nous avons bâti de nos mains.

– Surveille ton langage, lui recommanda Salah.

– C'est la vérité.

– N'empêche, tu es en train de médire d'un émir.

– Qu'est-ce que c'est que cette histoire ? s'écria Nafa excédé. Où sont passés les autres ?

– À la casserole, grogna Abou Tourab. Ibrahim a gardé, pour le moment, les éléments qui l'arrangent. Les « récalcitrants », il les a écartés. Il fallait voir avec quelle insolence il a chassé cheikh Younes. À dégueuler. Ensuite, il s'est attaqué au réseau de soutien. Il en a exécuté les principaux responsables. Pour des futilités.

– Pas pour des futilités, protesta Salah. C'étaient tous des chiens sans scrupules.

– Qu'en sais-tu ?

– Je sais qu'un émir a toujours raison. C'est la règle. Ammi Bachi était un salaud. Il abusait des femmes de nos martyrs. Au su et au vu de tout Bab El-Oued... L'autre-là, le bossu, son jeu n'était pas clair. On le trouvait souvent là où il faut pas. Quant à Omar Ziri, il puisait dans le trésor de la guerre pour élever sa villa, à Cheraga.

Nafa sursauta :

– Omar Ziri est mort ?

– Et comment ! exulta Salah l'Indochine. J'étais là, et je me suis bien rincé l'œil. Nous sommes allés le trouver dans son arrière-boutique. Il était répandu sur une table en train de se goinfrer comme un porc. Un festin royal pour lui tout seul : une énorme dinde rôtie fourrée aux champignons, des corbeilles de fruits au prix inabordable, bananes de Colombie, pommes de France, dessert d'importation, bref, la fête au douar. Lui, il gueuletonnait en gloussant d'aise. Il était tellement occupé à se sucer les doigts et à se pourlécher les babines qu'il ne nous a pas entendus arriver. Soudain, il a senti notre présence, s'est figé. En levant les yeux, il a manqué de s'étrangler. Ibrahim lui a dit : « Continue de te gaver, mon cochon. Et mâche bien surtout. Je ne veux pas d'os en travers de ta gorge. Ça m'ennuierait d'abîmer mon couteau dessus. » Je vous raconte pas, les frères. Une baudruche s'est dégonflée d'un coup. L'Omar Ziri, le *gouman*, le truand des truands, a fait dans son froc. Je vous jure que c'est vrai. En une seconde, sa merde a pollué l'atmosphère. Il a d'abord essayé de nier les faits qui lui étaient reprochés. Comme ça n'attendrissait personne, il s'est mis à genou pour supplier l'émir de l'épargner. Ce fut un spectacle époustouflant. Comme si une futaille pleine de sang frais se fracassait au sol. Je ne vous le cache pas : je me retenais pour ne pas laper dedans. J'étais aux nues. Depuis le temps qu'il se prenait pour le bon Dieu.

Les cinq hommes considérèrent le vieillard, horrifiés et indignés à la fois.

Nafa s'épongea dans un mouchoir.

Il bredouilla, la gorge aride :

– Quelqu'un peut-il m'expliquer ce que je fiche ici ?

– Dis-lui, toi, grommela Abou Tourab à l'adresse de Salah.

– Pourquoi moi ? Tu as oublié ta langue sur les bottes que tu léchais ?

Abou Tourab réprima sa colère :

Il expliqua :

– Ibrahim est en train de se débarrasser de l'ancienne clique de cheikh Younes, particulièrement de ceux qu'il ne blaire pas.

Nafa se souvint du différend qui l'avait opposé à Ibrahim El-Khalil, un certain vendredi, dans l'établissement de Omar Ziri. Une grosse lassitude s'abattit sur lui.

– C'est un rancunier, raconta Amar. Il n'y en a pas deux comme lui. On s'est engueulés, il y a des années, à Peshawar. Pour une banale histoire de drap. Ibrahim en avait besoin pour je ne sais plus quoi. Je lui ai dit qu'il n'avait qu'à se servir du sien. Il m'a insulté. Je l'ai insulté. Il est parti et il ne me l'a jamais pardonné.

– À moi, poursuivit Abou Tourab, il me reproche d'avoir flingué le poète Sid Ali. Pourtant, c'était Abou Mariem qui commandait.

– Là, je t'arrête, l'interrompit Salah. L'émir avait exigé que l'on égorge ce fumier. Et toi, tu as cherché à jouer au petit malin.

– Bon sang, c'était le chantre de la Casbah. Le peuple a très mal accusé le coup en apprenant que son idole avait été tuée par balles. L'égorger aurait...

– Verbiage ! Ce n'était rien d'autre qu'un charmeur de nigauds. Il endormait les gens sur leurs excréments. L'émir réclamait sa tronche. Il fallait la lui offrir, un point, c'est tout.

– D'accord, d'accord, s'emporta Nafa en levant les bras en l'air. Je veux juste savoir pourquoi je suis mis à ta disposition.

– Je suis un guide.

– Et alors ?

– Je vais vous conduire, cette nuit, au maquis.

Nafa s'aperçut que les autres le dévisageaient. Il devina que la panique le trahissait. Il crispa les mâchoires pour se ressaisir.

– Qu'à cela ne tienne ! soupira-t-il stoïque. C'est quand le départ ?

– Une heure avant le couvre-feu.

– Il faut que je rende visite à la vieille. Je ne l'ai pas revue depuis la mort de mon père.

– Ça, c'est ton problème. Moi, à 22 heures tapantes, je mets les voiles. Je n'attendrai pas les traînards.

Nafa consulta sa montre et se leva :

– Je serai de retour à l'heure.

– Je t'accompagne, dit Abou Tourab.

Elle a beaucoup vieilli, la mère Walid. Quelques mois ont suffi pour venir à bout de ce que de longues années de vicissitudes et de tâches domestiques n'avaient pas réussi à entamer. De son visage d'antan, radieux malgré les déconvenues, de son visage de mère, si réconfortant autrefois, il ne reste qu'un masque craquelé, sombre et triste, que deux yeux ternes veillent comme deux cierges au fond d'une chambre mortuaire.

Nafa avait du chagrin. La vieille femme avait du mal à se tenir sur ses jambes. Sa main accrochée à la poignée de la porte en disait long sur son vertige.

De toute évidence, Omar Ziri avait omis de l'inscrire sur la liste des familles nécessiteuses.

Dans le vestibule, Nora se gardait de bouger. Le retour de son frère ne l'emballait pas. Elle fixait le sol en torturant ses tresses. Souad et Amira se cachaient dans la cuisine. Tapies dans un angle mort. Ignorant que leurs silhouettes se devinaient derrière la tenture.

– Que veux-tu ? dit la mère.

– Tu ne me laisses pas entrer ?
– Il ne fallait pas nous quitter.
– J'étais en train de venger mon père.
– Il ne t'a rien demandé.
– Il n'avait pas à le faire. Les *taghout* l'ont tué. Le reste me concernait.
– C'est toi qui l'as tué. Les policiers étaient après toi. Ils sont venus perquisitionner ici. Ton père a protesté. Ils lui ont montré ce que tu cachais dans ton armoire. Il a porté la main à sa poitrine, et il est tombé, raide mort. Son cœur a lâché. Il n'a pas supporté que son rejeton, son garçon unique, en qui il plaçait tous ses espoirs, puisse être un terroriste.

Nafa baissa la tête.

En bas de la cage d'escalier, Abou Tourab surveillait la rue. Quelque chose, dans le noir, se décomposait.

– Je suis venu te dire que je pars pour le maquis.
– Tu n'avais pas besoin de te déranger.
– Je voulais vous faire mes adieux.
– C'est fait.

Nafa se mordit la lèvre.

Son chagrin pesa sur sa nuque.

– Je n'aurai pas ta bénédiction, je présume.
– Celle de tes cheikhs te suffira.

Il hocha la tête, pivota sur ses talons, s'arrêta sur la première marche.

Sans se retourner, après un silence méditatif, il dit :

– Je ne suis pas un terroriste.

Il entendit la porte se refermer.

Se mit à descendre l'escalier.

Comme un damné descend aux enfers.

16.

Un sympathisant les transporta en dehors de la ville, à bord d'une camionnette bringuebalante, avant de les confier à un autre conducteur qui les attendait dans une ferme isolée. Après une pause et une tasse de café, ils montèrent sur un tracteur et s'enfoncèrent dans les vergers jusqu'au pied d'une colline boisée. Le reste du trajet s'effectua à pied. De mamelon en crevasse, ils atteignirent une plaine miroitante que la lune éclairait comme en plein jour.

– À partir de maintenant, vous pouvez chanter à tue-tête, dit Salah l'Indochine. Ici, la nuit nous appartient. Aucun fils de pute de *taghout* n'oserait s'aventurer dans les parages.

Des sept hommes, seul Salah était armé d'un vieux fusil de chasse à canon scié.

Ils marchèrent encore, et encore, traversèrent des hameaux silencieux, plongés dans une obscurité tombale, les fenêtres aveugles et les portes barricadées. On devinait les paysans agrippés à leurs couvertures, ne dormant que d'un œil, le cœur sur un brasero. Le moindre craquement, le plus innocent des crissements attaquait leurs tripes comme une goutte de nitroglycérine.

Salah le savait.

Raison pour laquelle, démangé par on ne sait quel prurit morbide, il se permit de tirer en l'air à la sortie d'une bourgade.

– J'effarouche le harem, plaisanta-t-il malgré la désapprobation du groupe. C'est réconfortant de rappeler au petit peuple que papa veille au grain.

Aux premières lueurs de l'aurore, ils firent une halte dans une forêt, autour d'une source. Salah leur demanda de l'attendre et revint, au bout d'une vingtaine de minutes, avec un sac rempli de provisions.

– Nous allons bouffer jusqu'à dégueuler, leur promit-il.

Il étala, sur une roche, des boîtes de conserve, des bouteilles d'eau minérale et des biscuits.

– Ne me regardez pas comme ça. J'suis magicien. Je peux vous sortir des femmes de mon chapeau, si vous voulez.

Redevenant sérieux, il expliqua que l'endroit était un centre de transit. Les *frères* y stockaient des vivres à l'attention des groupes armés itinérants.

Ils mangèrent et dormirent dans le taillis.

L'après-midi, Salah les guida à travers un interminable labyrinthe de végétation. Le terrain était accidenté et hostile. Les hommes étaient exténués, les pieds en feu et les mollets ankylosés. Le vieillard refusait de les laisser se reposer. Il prenait, semblait-il, un malin plaisir à choisir les chemins les plus éprouvants pour les exaspérer.

– Ça vous change des planques douillettes, hein ? ricanait-il.

La nuit les trouva au fond d'un ravin, à ahaner et à s'accrocher aux racines des arbustes. Au haut du talus, une cabane se délabrait sous la garde rapprochée d'un eucalyptus.

Salah arma son fusil :

– Il y a de la lumière. Je vais voir de quoi il retourne. Si vous entendez tirer, déguerpissez.

Il était évident qu'il en rajoutait mais ses compagnons étaient trop fatigués pour le lui faire remarquer. Salah ferma les yeux, évoqua le nom du Seigneur et pria, en excellent comédien. Sous d'autres cieux, il aurait pu passer pour drôle, mais quelque chose, en lui, était sulfureux. Conscient de son « impunité », il donnait libre cours à ses simagrées en sachant pertinemment qu'il agaçait. Peut-être était-ce justement son but : se rendre détestable.

Il rampa dans le fourré, contourna un enclos pour prendre la cabane de revers. Un chien aboya, puis...

Au bout d'une dizaine de minutes, Nafa s'impatienta :

– Qu'est-ce qu'il fabrique ?

– J'espère qu'il s'est fait bousiller, grogna Abou Tourab. J'en ai plein le dos de ses manières.

Une vieille femme se montra sur un tertre et leur fit signe de la rejoindre.

– C'est un piège, s'inquiéta Abdoul Bacir.

– C'est encore cet abruti qui fait des siennes.

En effet, Salah l'Indochine se prélassait sur un grabat, la veste accrochée à un clou et les savates sur le bord de la fenêtre. Il s'était lavé la figure et sirotait un verre de thé d'un air affecté, le sourire ironique.

– Très amusant, grommela Abou Tourab.

Un vieillard était assis en fakir au centre de la pièce. Son crâne ovoïde scintillait sous la lumière d'une lampe à pétrole. Il avait au moins quatre-vingts ans, le faciès desséché et les mains grandes et osseuses. Il portait des guenilles et sentait la paille humide.

– J'aurais souhaité vous offrir un agneau, chevrota-t-il. Il ne me reste qu'un peu de couscous et quelques tranches de viande séchée. Mon épouse et moi sommes démunis. Nos enfants sont partis en ville gagner leur vie, et la pluie boude mes champs.

– Ce n'est pas grave, *haj*, l'apaisa Salah altier. Y a

pas mieux qu'un bon couscous bédouin pour vous ressourcer... Dis-moi : où sont les *taghout* ?

– Qui ?

– Les soldats, ou les gendarmes.

Le vieillard sourit. Sa bouche édentée fendit son visage comme une horrible plaie.

– J'en ai pas vu un seul depuis l'Indépendance. Même du temps de De Gaulle, j'en voyais pas beaucoup. Ici, c'est l'antichambre de l'Au-delà. Personne ne vient ou revient. Mon épouse et moi n'avons pas de voisins. Nous vivons un peu pour nous-mêmes.

La vieille femme apporta une grande terrine débordante de couscous fumant.

Ils dînèrent, se désaltérèrent, se reposèrent...

– Bon, décida Salah, c'est l'heure de fiche le camp.

Il pria l'hôte de leur montrer le chemin menant au marabout Sid El-Bachir. En file indienne, ils gravirent un sentier de chèvre. Soudain, Salah se frappa le front.

– J'ai oublié ma sacoche dans la cabane.

Il ordonna au vieillard de conduire le groupe jusqu'au marabout et se mit à courir vers la bicoque.

Le marabout de Sid El-Bachir n'était plus qu'un tas de ruines qu'une bombe artisanale avait détruit. Le tombeau du saint était éventré et incendié. Sur le catafalque, des lettres peintes en rouge signalaient que le GIA était passé par là.

Le vieillard porta une pierre à sa bouche, la baisa religieusement et la déposa sur une touffe d'herbe.

Salah l'Indochine arriva, essoufflé. Il demanda à ses compagnons de continuer tout droit, sans lui, sous prétexte qu'il avait des recommandations importantes à communiquer à l'hôte. Lorsque Nafa et les autres disparurent au fond des bois, Salah se retourna vers l'octogénaire et lui dit :

– Merci pour le couscous, *haj*.

– Bah, c'est un devoir.

Salah s'empara de son couteau et lui porta un coup fulgurant dans le rein, puis un deuxième dans le ventre. Surpris, le vieillard écarquilla les yeux et tomba à genoux.

– Pourquoi, mon fils ?

– Hé, c'que tu veux, *haj* ? Les voies du Seigneur sont impénétrables.

Joignant le geste à la parole, il le saisit par la peau du crâne, lui renversa la tête en arrière et lui trancha la gorge si profond que la lame brisa les vertèbres cervicales. Une puissante giclée de sang le gifla. Salah l'Indochine la savoura pleinement en se cabrant comme sous la décharge d'un orgasme.

Au matin, Abou Tourab remarqua le sang coagulé qui maculait la poitrine et le col du guide.

– Tu l'as tué ?

Salah écarta les bras :

– Les instructions sont strictes : ne laisser aucune trace derrière soi.

– Dans ce cas, pourquoi as-tu épargné la vieille ?

Salah roula des yeux malicieux :

– Mais je n'ai pas de sacoche.

Et il éclata de rire.

Nafa avait le sentiment que Salah l'Indochine les faisait tourner en rond. Ils avançaient depuis des heures dans la forêt luxuriante, à travers d'immenses arbres et des buissons inextricables. La lumière du jour mourait dans les feuillages, limitant la visibilité. La région était sauvage. Aucune trace de randonneurs ou de chasseurs. Rien que des troncs assiégés d'herbes sauvages et tentaculaires, des toiles épineuses suspendues dans le vide, des arbustes pleureurs masquant l'horizon. Salah l'Indochine fonçait dans la végétation, aussi leste qu'une belette, le fusil aux aguets. Il continuait d'exagérer les dangers, et il s'appliquait à brouiller les pistes, à désorienter ses compagnons qui haletaient et chaviraient à la traîne, le corps labouré de griffures.

Le lendemain, ils débouchèrent sur un campement intégriste aménagé dans les replis d'un thalweg. Il s'agissait d'un poste médical constitué de casemates camouflées sous d'épais branchages. Le maître de céans était un médecin dégingandé, chauve et myope, que secondaient quatre infirmières en treillis. Une vingtaine de guerriers, en tenue afghane, assurait la protection des lieux.

L'arrivée de Salah l'Indochine ressuscita l'endroit jusque-là enfoncé dans la léthargie. Des quolibets fusèrent, s'ensuivirent les accolades, les embrassades et les grandes tapes dans le dos. Salah connaissait tout le monde, y compris les filles visiblement contentes de le revoir.

Nafa aperçut des blessés allongés sur des lits de camp, à l'intérieur des casemates. D'autres profitaient de leur convalescence çà et là, appuyés sur des béquilles rudimentaires ou rêvassant au pied des arbres. Un gars solide, aux deux jambes amputées, lisait le Coran sur le seuil d'un abri. Nafa le salua. L'estropié ne lui répondit pas. Il leva un peu plus son livre pour se cacher derrière. Nafa chercha une connaissance parmi les hommes rassemblés au creux de la forêt, en vain. On lui offrit une gamelle de riz et on l'ignora. Il mangea en silence, puis s'isola dans un coin de clairière et enleva ses chaussures pour se rafraîchir les pieds. Ses chaussettes étaient en sang. Il retroussa son pantalon au-dessus des genoux, présenta ses jambes au soleil. Sans s'en rendre compte, il s'assoupit.

À son réveil, il trouva un homme assis à côté de lui, une carabine entre les cuisses. L'individu portait une veste de parachutiste et un pantalon en toile décoloré.

Sa barbe hirsute se perdait dans les longs cheveux blancs qui tombaient dans son dos.

– Si je m'attendais à te rencontrer par ici, dit-il.

Nafa se hissa sur les coudes et dévisagea l'homme :

– On se connaît ?

– Décidément. Tu as une passoire à la place de la caboche.

Nafa fouilla dans ses souvenirs, en vain. L'homme avait un regard familier, incompatible avec son sourire, mais impossible de le situer.

– Ça vous change un homme, la guerre, pas vrai ?

Cette voix l'interpella sans lui livrer son mystère.

L'homme pêcha une balle dans sa cartouchière, la soupesa, referma son poing dessus, souffla dedans et rouvrit sa main. La balle avait disparu.

– Yahia, le chauffeur des Bensoltane ! s'exclama-t-il, soulagé de retrouver enfin une vieille connaissance. Le musicien qui ferait surgir des houris de sa mandoline.

– En chair et en os.

Ils se donnèrent l'accolade en riant.

– Tu as fini par choisir, hein, l'acteur ?

– Je ne suis pas le seul, à ce que je vois. Tu opères ici ?

– Je suis de passage seulement. J'ai ramené un blessé. Et toi ?

– Je ne sais pas. J'activais à Alger-centre. Le nouvel émir a décidé de se passer de mes services. Ça se présente comment, par ici ?

Yahia ébaucha une moue :

– Ma mandoline me manque.

– Ça fait longtemps que tu as rejoint le GIA ?

– Environ deux ans. J'ai bossé à Sidi Moussa. Mon groupe s'est cassé la gueule. Je me suis replié sur Chréa.

Il creusa un trou dans le sol avec la crosse de son fusil :

– Ç'a été moche, très moche.

– C'est ce que tu voulais.

– On croit vouloir quelque chose au départ. En vérité, on prend ce qui se présente et on fait avec.

Yahia sombra subitement dans l'amertume. Pour se ressaisir, il porta la main au col de Nafa, en extirpa la balle et la roula tristement dans sa paume.

– Ça marche moins vite avec une balle. En matière de prestidigitation, y a pas mieux qu'une bonne pièce d'argent... Et puis l'ennui, avec un fusil, c'est que sa musique manque d'originalité. Je donnerais n'importe quoi pour récupérer ma mandoline. C'est vrai que j'étais en rogne, autrefois. Mes frustrations faussaient mes appréciations. Si j'avais su que ça allait m'entraîner si loin, je serais volontiers resté le minable que j'étais...

Il se tut un instant, contempla sa balle et reprit :

– Je n'ai pas rejoint le maquis par conviction. Quand on a commencé à canarder les gens qui n'avaient rien à voir avec le système, j'ai mis le clignotant et je me suis rangé sur le bas-côté. C'était pas ce que j'attendais de la révolution islamique. Mais on ne m'a pas laissé le choix. Mon fils aîné militait pour le FIS. Il a été déporté à Reggane. J'ai dit que ça devait arriver, et j'ai accepté. Seulement les gendarmes ne me laissaient pas en paix. Toutes les semaines, ils débarquaient chez moi, foutaient le bordel et m'enlevaient un ou deux garçons qu'ils me retournaient tabassés. Je suis allé voir leur officier. Il m'a traité de sale intégriste et jeté au cachot. J'ai été torturé. Relâché, je n'ai pas eu le temps de panser mes blessures que les flics prenaient le relais. Ma femme est devenue diabétique. C'était infernal. Au bout de plusieurs mois de persécution, je n'en pouvais plus. J'ai pris alors mes deux garçons et j'ai hurlé : « Mort aux vaches. » Il y a des limites, *kho*. Plutôt crever que tolérer certains abus... Le benjamin a été tué à Sidi Moussa. Il est mort dans mes bras. Tu n'as pas d'enfants, toi.

– Non.

– Tu ne peux pas savoir ce que c'est. Si un ange était venu me consoler, je l'aurais bouffé cru. J'étais devenu fou de chagrin. La vue d'un uniforme me rendait enragé. J'en ai flambé une dizaine, à Sidi Moussa. Plus j'en égorgeais, et plus j'en voulais. Pas moyen d'atténuer ma douleur. Je n'attendais même pas la nuit pour sévir. J'attaquais en plein jour, en pleine rue, sous les feux de la rampe, *kho*. Je tenais à ce que tout soit clair. C'était *eux* ou moi. Mon deuxième garçon a été blessé. Je l'ai évacué sur le djebel. On m'a mis à la tête d'une *saria* * d'une quinzaine de chevronnés. J'ai brûlé autant d'écoles que de fermes, bousillé des ponts et des usines, dressé des faux barrages et poussé à l'exode des douars entiers... Puis, je ne sais pas pourquoi, une combattante a accusé mon fils de harcèlement sexuel. C'était faux, bien sûr. Mon fils était profondément pieux. Il ne touchait même pas aux femmes qu'on ramenait à l'issue des razzias. Lui, il avait la foi. Il combattait par conviction. L'émir n'a rien voulu entendre. Mon fiston a été exécuté le matin même où son aîné, libéré des camps d'internement, nous rejoignait. Il est des coïncidences d'une cruauté absolue dont la morale m'échappera toujours. Je ne savais plus où j'en étais. Par mesure préventive, on m'a désarmé. Sans mon fils aîné, qui connaissait un membre influent du Conseil, on m'aurait liquidé, moi aussi. Aujourd'hui, je m'occupe de l'acheminement des blessés. Voilà où j'en suis.

Nafa se taisait.

Il ne savait quoi dire.

Yahia se remit à jouer avec la balle :

– C'est drôle. C'est la première fois que je raconte ça à quelqu'un. Ici, une confidence, et c'est le couperet.

---

* *Saria* : peloton.

Nafa comprit que l'ancien chauffeur des Bensoltane se méfiait soudain de lui. Il lui tapa sur la cuisse :

– Tu n'as rien à craindre de moi.

– Excuse-moi...

– Tu n'as pas à t'excuser, non plus.

Yahia se détendit.

– C'est plus fort que moi. Il fallait que j'extériorise...

– Vas-y, mon vieux. Je suis un puits insondable.

Un oiseau bigarré atterrit devant eux, sautilla au milieu des herbes. Yahia l'observa pensivement. Incapable de se retenir, il libéra un soupir et dit :

– Une fois, dans un pré, Sid Ali le poète avait attrapé une mante religieuse. C'était par une belle journée de printemps. Il y avait des fleurs partout. Sid Ali m'a montré l'insecte et m'a demandé si j'étais au courant qu'à l'origine la mante était une feuille. J'ai dit que je l'ignorais. Alors Sid Ali m'a raconté l'histoire d'une feuille rebelle et arrogante qui digérait mal le fait de se faire larguer par sa branche simplement parce que l'automne arrivait. Elle s'estimait trop importante pour moisir parmi les feuilles mortes que le vent humiliait en les traînant dans la boue. Elle jeta sa gourme et se promit de ne compter que sur elle-même, comme une grande. Elle voulait survivre aux saisons. Et la nature, séduite par son zèle et sa combativité, la transforma en insecte rien que pour voir où elle voulait en venir. Ainsi naquit la mante religieuse, farouche et taciturne, plus ambitieuse que jamais. Le miracle lui monta à la tête. Elle se mit à narguer sa branche, à la fouler aux pieds. Elle devint cruelle, prédatrice et souveraine, et son impunité ne tarda pas à l'aveugler au point que, pour prouver on ne sait quoi, elle s'est mise à dévorer tout sur son passage, y compris ceux qui l'aiment.

L'oiseau s'envola.

– Belle fable, reconnut Nafa.

– Oui... Nous aurions dû écouter le poète.

– Hé, beau gosse, brailla Salah l'Indochine du haut d'un rocher. Viens, on s'en va.

Nafa enfila ses chaussures, déroula son pantalon et se leva.

– Il faut que je parte, Yahia. Content de t'avoir vu.

– À bientôt, l'acteur. Si tu repasses par là, demande après Issam Abou Chahid. C'est mon nom de guerre. Je suis dans *Katiba El-Forkane*. Je serais ravi de te revoir.

– Je ne peux pas te donner mes coordonnées. J'ignore où je vais.

– Ce n'est pas un problème. Je saurai.

Ils se serrèrent les mains en évitant de se regarder tant l'émotion était forte, puis ils s'enlacèrent en silence pendant une minute.

– Fais attention à toi, Nafa.

– Adieu.

Nafa enjamba un buisson et se hâta de rejoindre son groupe. En se retournant sur le rocher, il vit Yahia debout dans la clairière, la main oscillant à hauteur de l'épaule.

Ils ne devaient plus se revoir.

Yahia sera tué vers la fin de l'été. Agacé par ses tours de passe-passe, son émir le fera exécuter pour sorcellerie.

17.

Le hameau de Sidi Ayach ne résista pas longtemps aux exactions intégristes. La proximité du ciel ne favorisa pas ses prières. Il toléra le racket, les brimades, les abus ; accepta de s'appauvrir pour nourrir ses persécuteurs, mais au lendemain d'un massacre des familles d'un garde champêtre et d'un retraité de l'armée, les villageois entassèrent enfants et balluchons sur des charrettes de fortune et s'évanouirent dans la nature.

La *katiba* * prit possession de leurs taudis, y installa son poste de commandement et réquisitionna les biens abandonnés.

Entouré de forêts et de ravins, le hameau se nichait en haut d'un pic vertigineux qui surplombait la zone et contrôlait l'unique route qui ceinturait la montagne. Les risques d'une opération militaire étaient minimes. Le moindre mouvement hostile était détecté au loin ; une seule bombe, sous un pont, y couperait court.

La *katiba* comptait une centaine d'individus que commandait un certain Chourahbil, un émir natif de la région dont le village se trouvait à quelques encablures en contrebas. C'était un énorme gaillard à la toison moutonnante, nanti d'une force herculéenne capable

---

* *Katiba* : escadron.

d'assommer un âne d'un coup de poing. Vétéran de l'Afghanistan, il disposait d'une troupe composée en majorité de parents et de voisins et régnait sans partage sur *sa* circonscription, cumulant les fonctions de maire, de juge, de notaire et d'imam. La population le vénérait. Grâce à lui, elle mangeait à sa faim. Lorsque Chourahbil pillait les centres d'approvisionnement étatiques, il distribuait les trois quarts de son butin aux pauvres et à ses proches. En hiver, quand il détournait des cargaisons entières de bouteilles de gaz, il en prélevait des spécimens pour son usage personnel ou pour la confection de bombes et offrait le reste aux tribus alliées. C'était un « seigneur ». Il se préoccupait de l'état de santé des vieillards et des enfants, ne brûlait jamais un établissement scolaire sans ouvrir simultanément une école coranique, débarrassait les douars de la vermine du régime et enchantait les jeunes grâces à ses prêches saisissants. Les gens lui soumettaient leurs litiges, leurs soucis, leurs querelles, qu'il étudiait avec beaucoup d'attention. Ses décisions étaient sans appel. Il bénissait les mariages et les circoncisions, rendait les jugements de divorce, réglait de vieux différends conformément à la *charia*, familiarisant ainsi ses sujets avec la gestion administrative de l'État islamique imminent.

Chourahbil était juste. Son charisme n'avait d'égal que son intransigeance. Il exerçait la même terreur sur ses ennemis que sur ses hommes. Il avait désigné son frère aux fonctions d'adjoint, un cousin comme officier exégète, un beau-frère au secrétariat de l'unité et un neveu comme trésorier. Sa garde prétorienne était constituée de parents et d'enfants du pays. Ceux-là bénéficiaient de privilèges illimités. Ils avaient le droit de prendre femme et de vivre avec leurs familles au niveau du hameau. Ils en occupaient les meilleurs patios, étaient libres dans leurs déplacements et se servaient comme ils l'entendaient. Le reste de la *katiba* rassemblait un ramassis de soldats déserteurs, d'évadés de prison, de délinquants en rupture de ban, d'enseignants et d'ingénieurs chassés des villes et de jeunes paysans enlevés au hasard des expéditions et enrôlés de force. Cette catégorie de combattants était soumise à des règles draconiennes, suscitait la méfiance, payait de sa vie la plus insignifiante des incartades et devait se débrouiller pour se nourrir.

Nafa et ses compagnons ne furent pas reçus par l'émir. Ce dernier avait horreur des citadins et considérait leur mutation auprès de lui comme une mesure disciplinaire. Il expédia Amar et Mouqatel vers une autre *katiba*, garda à son côté Abdoul Bacir dont Salah vanta les qualités d'artificier, et livra Abou Tourab, Souheil et Nafa Walid à une sorte de caporal acerbe et vétilleux qui leur refusa les armes et les affecta à diverses corvées de secteur. Il leur déclara qu'ils n'avaient pas le droit de se joindre à la garde prétorienne, ni de se mêler aux combattants, que leurs tâches s'articulaient autour de l'approvisionnement de l'unité en eau potable qu'ils devaient ramener d'une source à des kilomètres en aval, la construction de casemates secondaires en vue d'éventuels replis, la prise en charge des mules et des canassons de la *katiba* et, accessoirement, la mise en terre des dépouilles. Parallèlement, ils devaient s'entraîner au close-combat au même titre que les nouvelles recrues et suivre les cours d'endoctrinement que dispensait, matin et soir, un muphti.

Souheil s'attendait à un accueil moins expéditif. Il avait été sous-officier dans la marine nationale et jouissait de certains égards de la part de l'Amirauté. En trahissant son unité, tuant au passage un camarade de chambrée et deux soldats, et en mettant les voiles, avec armes et bagages, il s'était persuadé qu'il décrocherait haut la main des galons d'émir. N'avait-il pas, en sa possession, trois fusils mitrailleurs, deux armes de poing, un caisson de grenades et la liste complète des officiers ? Les *frères* ne lui avaient-ils pas promis de l'envoyer dans la base arrière, en Europe, dès que possible, et de n'agir, en attendant, qu'en zone urbaine ? Sa formation de marin ne l'avait pas préparé aux inclémences des bivouacs ni aux épreuves des terrains accidentés. Il avait été opérateur-radio, bien au chaud dans sa cabine, le col de sa vareuse impeccable et les mains aussi délicates que celles d'un pianiste. Son atterrissage à Sidi Ayach lui resta en travers de la gorge. Il s'estimait floué. Par-delà le sentiment de dépaysement total qui le perturbait, il éprouvait une peur sans cesse grandissante des hommes de la *katiba*. Ils étaient sales, rebutants, les sourcils bas et le regard vénéneux. Ils mangeaient comme des bêtes, dormaient comme des bêtes, ne riaient jamais, priaient tout le temps, sans ablutions et sans se déchausser, et ne parlaient que des lames de leurs couteaux.

Souheil fit part à Nafa de ses intentions de retourner à Alger. Nafa lui conseilla de se tenir tranquille et de prendre son mal en patience. Souheil patienta une semaine. Un matin, on le signala absent au rassemblement. Ce fut la curée. La fête au village. La chasse à courre.

Le lendemain, sur la place du hameau, en se levant pour la prière de l'Aube, on découvrit Souheil accroché à un mât par les pieds, complètement nu, le corps écorché et la gorge tranchée d'une oreille à l'autre.

Nafa jura qu'il ne finirait pas comme lui.

– C'est d'une clarté désarmante, simple comme bonjour, dit le muphti de la *katiba* aux nouvelles recrues rassemblées autour de lui dans la clairière. Il n'y a pas trente-six voies, il n'y en a que deux : la voie du Seigneur et la voie du Diable. Et elles sont diamétralement opposées. On part d'un point donné. Plus on progresse, plus on s'approche d'une extrémité et plus on s'éloigne de l'autre. On ne peut pas avoir un pied sur le levant, et l'autre sur le couchant. Ce n'est pas possible. Lorsqu'on a choisi sa destination, on la suit. Il est des parcours ainsi faits, tellement étroits, qu'on dispose juste d'assez d'espace pour mettre un pied devant l'autre. On ne peut pas tourner en rond sans bousculer l'ordre des choses, sans renverser un repère et, par conséquent, s'égarer.

Les nouvelles recrues acquiescèrent en silence.

Le muphti lissa sa barbe rougie au henné d'une main translucide, tapa du doigt sur un volumineux recueil de *hadiths* et ajouta, la voix grave et chantante :

– Il ne faut pas croire que nous sommes des privilégiés. Dieu éclaire tous les êtres, sans exclusion. Il se trouve des hommes qui perçoivent Sa générosité, et d'autres qui la rejettent, lui préférant les ténèbres de la cécité. Nous avons le bonheur de figurer parmi les premiers. Parce que nous avons renoncé au clinquant illusoire, choisi le chemin de la nudité, où tout est net, sans fard ni camouflage. Au jour dernier, le fallacieux rendra son masque, l'ostentatoire se dévêtira : il ne sera exposé, au regard du Tout-Puissant, que la vérité brute de nos faits. Ce jour-là, nous n'aurons pas à rougir de notre nudité. Aujourd'hui, elle est la preuve de notre sincérité, elle certifie que nous n'avons rien à cacher... Ici, nous sommes les soldats de Dieu. Ceux qui ne nous ont pas rejoints croupissent à l'ombre des démons. Ceux-là ne doivent plus compter pour nous. Comme les herbes mauvaises, il faudra les sarcler. Notre chemin n'en sera que plus aisé, et aucune racine malveillante n'entravera nos pas. Le GIA est notre unique famille. L'émir est notre père à tous, notre guide et notre âme. Il porte en lui la prophétie. Suivons-le les yeux fermés. Il saura nous conduire aux jardins des Justes, et à nous les splendeurs de l'Éternité...

« Si votre géniteur naturel n'est pas de votre côté, il cesse aussitôt d'être votre père. Si votre mère n'est pas de votre côté, elle n'est plus votre mère. Si vos sœurs et vos frères, vos cousins et vos oncles ne sont pas de votre côté, vous n'êtes plus des leurs. Oubliez-les, conjurez-les, ce ne sont que des branches malades qu'il vous faudra élaguer pour préserver votre arbre généalogique.

« Entre Dieu et vos parents, le choix ne se pose même pas. On ne compare pas le ciel avec une bulle d'air. On ne choisit pas entre l'univers et un vulgaire grain de poussière.

Un adolescent leva la main, rompant le charme de l'instant. Quelques voisins lui donnèrent du coude pour le prier de baisser le bras. Il refusa de céder et agita le doigt jusqu'à ce que le muphti accepte de l'écouter.

– Oui, mon garçon ?

L'adolescent s'embrouilla.

– Tu as une question à poser, mon garçon ?

– Voilà, cheikh, baltutia le néophyte. Quelle doit être notre attitude vis-à-vis de parents qui... qui... militent dans l'AIS ?

Un chuchotement scandalisé se propagea dans la clairière, vite apaisé par la main auguste du muphti.

– L'AIS est un nid de vipères, mon garçon. Ce sont des *boughat*, c'est-à-dire des consentants. Ils s'arrangent de toutes les connivences et flirteraient avec Satan s'il daignait les laisser effleurer un coin de son trône. Ses gens-là sont versatiles, démagogues et calculateurs. Ce ne sont que des opportunistes déguisés en bons samaritains, des loups sous des toisons de brebis, des diseurs de bonne aventure dont la vocation consiste à endormir les misérables sur des orties en leur faisant croire que le miracle éclôt dans les rêves. Ils sont pires que les *taghout*, leurs alliés. Ils instrumentalisent la foi à des fins mercantiles, négocient leur part du gâteau avec les truands officiels et se moquent éperdument du reste...

« Le GIA ne marchande pas. Il ne s'assoira jamais autour d'une table avec les ennemis de la Parole. Aucune concession ne l'appâtera, aucun partage, aucun avantage... Nous ne savons pas être diplomates lorsque Dieu est offensé. Nous combattrons les nations entières, s'il le faut, pour Lui. Et ce pays gangrené qui est le nôtre, que la sécheresse terrasse à cause de nos péchés, eh bien, il souffre et nous conjure de le délivrer du joug des renégats et des serres des vautours. Tel est le serment du GIA : la guerre, rien que la guerre, jusqu'à l'extermination radicale des *taghout*, des *boughat*, des laïcs, des francs-maçons, et des laquais – surtout des laquais, car il n'y a qu'une seule façon de redresser le monde : le débarrasser de tous ceux qui courbent l'échine.

– Donc, nous devons traiter en ennemis les parents qui militent dans l'AIS, déduisit l'adolescent flamboyant d'aise.

– Absolument.

– Tu vois ? fit-il à un voisin qui se dépêcha d'enfoncer le cou dans ses épaules. Qu'est-ce que je te disais ? (Puis, s'adressant au muphti :) Peut-on essayer de les convaincre de nous suivre ?

– Ils n'en valent pas la peine. Combien sont-ils, dans l'AIS ? Quelques centaines de brigands de grand chemin, quelques poignées de croque-mitaines tout juste bons à effaroucher des gosses insomniaques ? Nous n'avons que faire d'eux. Pour nous, ce sont des morts que les fossoyeurs répugnent à enterrer. Le destin de la nation est entre nos mains, *à nous*. Nous sommes des milliers dans les maquis, des millions dans les villes, nous sommes déjà le peuple de demain. La preuve est autour de vous : ces montagnes où pas un *taghout* ne s'aventure, ces foules qui paniquent au bruit de nos pas, ces artères qui tremblent sous l'éructation de nos bombes, ces cimetières qui accueillent, tous les jours, la charogne de prévaricateurs en voie d'extinction... En doutez-vous ?

– Non, cheikh.

– Je n'ai pas entendu.

– NON, cheikh !

– Celui qui doute de notre parole doute de celle du Seigneur. Celui-là verra les laves incandescentes de l'enfer transformer ses cris en torches inextinguibles. Méfiez-vous du Malin, mes frères. Il guette le moindre de vos fléchissements intérieurs pour s'ancrer en vous. Un *moudjahid* doit rester vigilant. Ne doutez jamais, jamais, jamais de votre émir. C'est Dieu qui parle par sa bouche. Ne réfléchissez pas, ne vous attardez pas sur vos faits et gestes, chassez vos pensées de vos têtes, vos hésitations de vos cœur, et contentez-vous d'être le bras qui porte les coups, et l'étendard vert, et le flambeau. Et rappelez-vous ceci, rappelez-vous-en jour et nuit : si quelque chose vous choque tandis que vous semez la mort et le feu, dites-vous que c'est le Malin qui, conscient de votre victoire prochaine, tente de vous en détourner.

Le muphti referma sèchement son livre. Le cours était terminé. L'instructeur militaire, qui bayait aux corneilles à l'abri d'un buisson, se leva et tapa dans ses mains. Les nouvelles recrues se mirent debout, formèrent un carré et, les poings sur la poitrine et les genoux au menton, ils s'enfoncèrent dans les bois en hurlant à la manière des commandos. L'instructeur, un ancien caporal parachutiste, le gourdin tournoyant, brailla après les traînards, exigea des rangs bien serrés. Les chants tonitruants de ses louveteaux cadencèrent les vibrations du sol.

Abou Tourab s'approcha du muphti assis sur un tapis, occupé à contempler ses grimaces dans un bout de glace.

– Je n'ai jamais entendu un orateur aussi fascinant que toi, maître.

Le muphti cligna de l'œil, rusé comme un djinn :

– C'est parce que tu ne te donnais pas la peine de te débourrer les oreilles, avant.

– Vraiment, maître, insista Abou Tourab hypocrite. Tes paroles sont une potion magique. Elles réconfortent l'âme.

– Hélas ! elles n'empêchent pas les tiennes de sonner faux, frère Abou Tourab.

– Je suis sincère.

Le muphti rangea son morceau de miroir dans une poche secrète de son kamis et se leva. Il dépassait de deux têtes Abou Tourab et Nafa, ce qui lui donnait un supplément de hauteur.

– Mon cher frère, si j'avais un faible pour le chant de sirènes, je serais en train de divaguer sur quelque récif, à l'heure qu'il est. Grâce à Dieu, mon ouïe est alerte et infaillible. Elle m'avertit toujours à temps. Si le destin m'avait fait roi, avec des oreilles pareilles, mon palais n'aurait rien à envier aux charniers. Mes courtisans seraient pendus par la langue et les conspirateurs neutralisés plus vite qu'ils le pensent. Sais-tu pourquoi ?

– Non, maître.

– Parce que je n'entends jamais une parole sans décortiquer la pensée qui la motive. Les flagorneries rebondissent sur ma personne comme la grêle sur une armure. Aussi, épargne-toi ce genre de détour et entre dans le vif du sujet.

– Très bien, maître. Tout à l'heure, tu disais qu'un *moudjahid* ne doit pas douter de son émir.

– Exact.

– Doit-on douter d'un *moudjahid* ?

Le muphti balança un pan de son turban par-dessus l'épaule et gravit un raidillon.

– Où veux-tu en venir, frère Abou Tourab ?

– Nous sommes arrivés dans la *katiba* au printemps, frère Nafa et moi. L'été tire à sa fin, et on ne nous a toujours pas remis une arme. De nouvelles recrues ont été formées et envoyées au baptême du feu. Nafa et moi, nous continuons de soigner les mules et de nous tourner les pouces. Pourtant, nous avons fait nos preuves à Alger en tuant un tas d'impies.

– D'après vous, pourquoi vos anciens émirs ne vous ont pas gardés ?

– Notre devoir est de ne pas chercher à le savoir. Nous avons dû faillir quelque part, par inadvertance. Si c'est le cas, nous voulons nous racheter. J'ai été le lieutenant d'Abou Mariem. Je l'ai sûrement déçu, à mon insu, mais jamais trahi. Nous souhaitons que l'on nous mette à l'épreuve. Si nous trébuchons encore, qu'on nous laisse à terre pour de bon. Les corvées, maître, nous humilient. La guerre fait rage, et nous tenons à être de la partie. Nous avons pris les armes pour vaincre ou mourir.

– Adressez-vous donc à l'émir.

– Tu plaideras notre cause mieux que nous-mêmes. Tu as l'ouïe infaillible. Je suis certain que tu perçois ma sincérité.

Le muphti se racla la gorge, dévisagea les deux hommes. Il sortit un chapelet d'ambre d'on ne sait où, l'égrena en réfléchissant.

– Bon, fit-il, je vais voir ce que je peux faire. Retournez auprès des mules en attendant. Parfois, leur compagnie est plus instructive que celle des chevaux.

– Ainsi, vous voulez nous faire croire que vous n'êtes pas des tire-au-flanc ?

Abou Tourab et Nafa Walid étaient dans leur gourbi, à préparer leur déjeuner, quand tonna derrière eux la voix puissante de Abdel Jalil. Ils suspendirent leurs gestes et se redressèrent, surpris par la visite du guerrier le plus intrépide de la *katiba*.

Abdel Jalil était un authentique géant, si colossal

qu'on ne trouvait pas chaussures à sa pointure. Haut et large, des cartouchières en sautoir sur la poitrine et la machette au ceinturon, il aurait fait mourir ses proies rien qu'en plissant les yeux. Il sortait droit d'un cauchemar, avec sa chevelure tressée qui rappelait celle de Méduse et sa voix qui portait plus loin qu'un mousqueton. Lorsqu'il passait ses hommes en revue, son odeur de fauve les faisait frémir de la tête aux pieds.

Abdel Jalil n'était pas seulement de chair et de sang ; il était la mort en marche.

Cousin de Chourahbil, il commandait la section itinérante de l'unité, celle qui surgissait n'importe où, n'importe quand, aussi ravageuse qu'une épidémie, aussi foudroyante qu'un éclair.

– L'émir m'a chargé de voir ce que je peux tirer de deux larrons comme vous.

– C'est un honneur de servir sous tes ordres, cria Abou Tourab.

– Je ne suis pas sourd.

Il dut se courber pour pénétrer dans le taudis.

Il inspecta les recoins de la pièce, retourna un grabat du bout du pied, s'accroupit devant la marmite, en souleva le couvercle :

– Qu'est-ce que vous mijotez ?

– Un ragoût.

– Je ne parle pas de cette merde, mais de ce qui vous trotte derrière la tête.

Il se releva, dégaina sa machette, s'en frappa la paume.

Nafa se raidit.

Abou Tourab batailla pour ne pas fléchir. Il était évident que leur destin dépendait des secondes qui allaient suivre. Se concentrant fortement, il respira un bon coup et répondit d'une voix claire et ferme :

– Nous n'avons qu'une tête, et c'est celle de l'émir.

Abdel Jalil brandit sa lame, la fit luire dans la lumière

qui filtrait par un trou dans le mur. Avec adresse, il l'agita devant Abou Tourab avant de la glisser sous le menton de Nafa.

– Les faux jetons n'ont pas le temps de pourrir, chez moi. Ce que je leur fais subir est inimaginable.

– Ils n'en méritent pas moins, approuva Abou Tourab, le cœur battant la chamade.

Abdel Jalil allongea les lèvres. Ses yeux de forcené furetèrent çà et là, à l'affût d'une convulsion suspecte ou d'un regard vacillant. Satisfait, il se racla la gorge et passa devant les deux hommes au garde-à-vous, pareils à deux kamikazes posant pour la postérité.

Il replongea la machette dans son étui et s'en alla, sans un mot de plus.

Abou Tourab libéra un soupir qui le plia en deux.

Nafa mit plus de temps à réaliser que c'était fini.

Quelques jours plus tard, on leur distribua un fusil de chasse, des cartouches et des gilets pare-balles improvisés à partir de morceaux de chambre à air remplis de sable, et on les intégra dans la section d'Abdel Jalil.

La première sortie les mena à une cinquantaine de kilomètres, dans une vallée où des militaires venaient d'installer un camp. Chourahbil tenait à souhaiter aux *taghout* la bienvenue dans *sa* circonscription. Deux bombes artisanales dissimulées au milieu de la piste, une trentaine de guerriers embusqués dans les taillis, et l'embuscade élimina, en moins de dix minutes, dix-sept soldats et permit la récupération d'une dizaine de fusils mitrailleurs, autant de gilets pare-balles conventionnels, des caisses de munitions, un poste radio, ainsi que la destruction d'un camion et d'une jeep.

De retour à Sidi Ayach, les héros eurent droit à une fête mémorable. Le succès de l'opération enchanta jusqu'à l'émir zonal – c'est-à-dire le commandeur de l'ensemble des *katiba* de la région – qui rappliqua, à la tête de son escorte, pour féliciter en personne Abdel Jalil.

– Le pays est à nous, déclara-t-il solennellement.

Il disait vrai. Le pays appartenait aux intégristes armés. La *katiba* se déplaçait où bon lui semblait, en toute quiétude. Elle réquisitionnait les camions des routiers interceptés au cours des faux barrages, volait ceux des parcs-autos communaux, narguait les forces de l'ordre, paradait dans les villages, en plein jour, la tête plus haute que la bannière. On l'accueillait avec les honneurs, on l'ovationnait, on l'acclamait. Dès qu'elle se manifestait à l'horizon, les gosses couraient à sa rencontre, les paysans abandonnaient leurs charrues pour la saluer tandis que les femmes lançaient leurs youyous à travers la campagne. Les notables ne lésinaient pas sur les moyens. Ils alignaient une dizaine de méchouis sur la place, garnis de plateaux de couscous, de miel et de thé vert. Des chants religieux s'élevaient dans le ciel, et les petites gens, frissonnant d'émotion, versaient des larmes de joie à l'approche des *sauveurs*. Parfois, Chourahbil montait une jument blanche. Ces jours-là, avec son turban étincelant, son burnous de soie et ses babouches brodées d'or, il incarnait quelque imam messianique dont la silhouette provoquait l'hystérie collective. Après les festins auxquels tout le monde était convié, on rassemblait la population autour de la mosquée, et le muphti donnait libre cours à ses théories. Il parlait d'un pays mirobolant, aux lumières éclatantes, où les hommes seraient libres et égaux, où le bonheur serait à portée de main... un pays où, la nuit, on entendrait bruire les jardins du Seigneur comme on entend, chaque matin, retentir l'appel du muezzin.

L'automne s'enfuyait devant la progression de la *katiba*. Chourahbil se taillait une légende. Il avait une épouse dans chaque bourgade et un trésor dans chaque maquis. On ramassait les collectes de fonds par sacs entiers et on rackettait les hameaux réticents. Quelquefois, pour assujettir davantage les alliés et faire rentrer dans les rangs les « insoumis », on massacrait une famille par-ci, on brûlait des fermes par-là, au hasard des tournées. Lorsqu'un douar n'avait rien à se reprocher, on lui sortait immanquablement un notable indésirable ou une attitude répréhensible pour le châtier. Les téléviseurs et la radio étaient interdits, leurs propriétaires fouettés. On traquait les conjurateurs, les imams indociles, les figures emblématiques de naguère, les femmes indélicates et les parents de *taghout*. Ceux-là étaient égorgés, décapités, brûlés vifs ou écartelés, et leurs corps exposés sur la place.

Parallèlement, on débusquait les fractions de l'AIS pour les repousser loin des agglomérations et des régions névralgiques. De cette façon, on les isolait de leurs bases logistiques pour les affamer afin de les obliger à se prosterner devant le GIA. Quelques escarmouches fusaient par endroits, dérisoires. Sous-équipés, moins galvanisés, les *boughat* déguerpissaient au plus vite, renonçant à leurs repaires et à leurs documents. Parfois, un groupe acculé rendait les armes. Il serait réduit à l'esclavage pur et simple avant de finir dans le fossé.

Par ailleurs, lors des ratissages, l'armée, encore tâtonnante, revenait bredouille. Trop lourde, elle se trahissait dès le départ et arrivait toujours trop tard sur les lieux. Chourahbil n'avait qu'à se déporter sur le côté pour laisser passer l'orage avant de s'attaquer aux unités isolées à leur retour des opérations. Grâce aux prouesses d'Abdoul Bacir, on minait les pistes, piégeait les véhicules intentionnellement abandonnés sur place, infligeant ainsi des pertes à l'ennemi sans avoir à croiser le fer avec lui.

La population coopérait avec l'émir. Elle lui signalait, à temps, les mouvements des militaires, leurs itinéraires, leurs compositions et leurs desseins. Dès qu'un cantonnement était déployé quelque part, il était identifié et évalué. Les postes de gendarmerie, que l'on construisait dans le « secret absolu », étaient dynamités la veille de leur occupation ; parfois une bombe transformait le jour de l'inauguration en boucherie. Plus les *taghout* s'obstinaient à gagner du terrain, et plus le GIA élargissait son espace vital. La recrudescence des attentats, en plein cœur des villes et villages, l'exode rural massif qui engrossait les banlieues, la psychose qui y régnait, les enlèvements au nez des vigiles, les attaques contre les barrages et les patrouilles, les engins explosifs semés dans les enceintes et cités militaires, toute cette avalanche de frappes et de harcèlement déstabilisait les « autorités » et livrait le reste du pays, la campagne et les réseaux routiers aux bons soins des *katiba*. On assistait alors à l'îlotage de l'ennemi dont l'influence rétrécissait comme peau de chagrin et aux appétits extensifs des émirs qui, enivrés par leur impunité, se mirent à nourrir des ambitions démesurées et à rêver d'empires fabuleux.

Les démons de la discorde se réveillèrent.

La cupidité rallia la boulimie.

Le trône chavirait sous les ébats des alliances et sous les convulsions des luttes intestines.

Un matin, une fébrilité inhabituelle s'empara de Sidi Ayach. On procéda aux corvées de secteur, on distribua des baskets neuves aux nouvelles recrues, on habilla tout le monde en tenue afghane : un éminent commandeur honorait la *katiba* de sa visite. Chourahbil mit son costume cérémoniel, celui qu'il portait lors de ses tournées dans les villages exaltés. Une vingtaine de moutons fut immolée. Pour la première fois, la garde prétorienne se mêla aux combattants ordinaires pour cacher son teint écarlate et son embonpoint embarrassant. À midi, les précurseurs de la délégation arrivèrent, inspectèrent le camp et placèrent des gardes partout. Tard dans la soirée, l'émir Zitouni débarqua avec ses troupes impressionnantes. La mine grisâtre, il refusa de goûter au festin et s'enferma des heures durant avec les principaux chefs de la *katiba* dans la maison de Chourahbil. À l'issue de la réunion, il quitta le hameau au milieu de la nuit.

Abdel Jalil expliqua à ses hommes qu'une fraction dissidente, composée de quatre cents traîtres, menaçait l'unité du GIA.

– Des salafites, pesta-t-il en feignant de vomir, des merdeux qui ne se torchent même pas le cul. Eh bien, nous allons voir si ce qu'ils ont dans les tripes est aussi consistant que ce qu'ils ont derrière la tête.

Il s'agissait des troupes de Kada Benchiha, un barbier de Sidi Bel-Abbes, pied-bot et mégalomane, qui commandait les *katiba* de l'Ouest avant d'être destitué et condamné à mort par le Conseil national. Personnage mythique, il s'était distingué par les agressions les plus meurtrières contre d'importantes garnisons, dans l'Oranie. Ses hommes étaient des Afghans extrêmement dangereux. Ils détenaient les meilleurs équipements de guerre et étaient les seuls à disposer d'artillerie et de bazookas. L'émir avait réclamé une partie de leur armada pour en doter les troupes algéroises. Non seulement Kada Benchiha avait refusé, mais il avait exigé d'être nommé à la tête du GIA, raison pour laquelle il marchait sur le PC national afin de l'investir par la force.

Chourahbil rassembla ses unités et mit cap, sans tarder, sur l'ouest. En chemin, il fut rejoint par d'autres *katiba*. Des centaines d'hommes, qui à dos de mulets, qui à bord de camions volés ou prêtés par la population, sillonnèrent les maquis et convergèrent vers le massif de l'Ouarsenis où les salafites les attendaient de pied ferme.

Les combats furent titanesques. Des dizaines de morts. Une aubaine pour l'armée qui profita de l'inestimable présence des belligérants pour les tailler en pièces sur les lieux des affrontements.

Le repli s'opéra dans la débandade totale. Les hélicoptères pourchassaient les hordes intégristes, l'artillerie les déroutait, les parachutistes les interceptaient dans des traquenards voraces. Abou Tourab fut touché au dos. Sans Nafa, il aurait péri. Abdel Jalil chargea ses morts dans des remorques et ses blessés sur des mulets et se fraya miraculeusement un passage dans la toile de feu. Il mit plusieurs jours pour rattraper la *katiba* qui fuyait par le sud, sévèrement touchée.

Les pertes furent vite oubliées. On jugea la bataille de l'Ouarsenis positive. Les salafites avaient été défaits, c'était ce qui comptait. L'émir Zitouni ne cacha pas son soulagement, mais jugea l'atmosphère encore empoisonnée. Il déclencha une vaste opération d'épuration. L'émir zonal fut jugé par une cour martiale et condamné à mort pour intelligence avec les salafites, usurpation de fonction et hérésie. Sa tête fut accrochée à un lampadaire, dans son village natal. D'autres chefs connurent le même sort. Des unités furent dissoutes ou transférées dans le sang. Le remaniement remit les pendules à l'heure.

Chourahbil devint l'émir zonal. Pour célébrer sa promotion, il se rendit dans son douar familial épouser une cousine. Une fois les noces consommées, il chargea deux vieillards d'aller trouver les soldats pour leur annoncer que l'émir était agonisant et que huit « terroristes » attendaient, au village, de l'enterrer. L'appât était appétissant. Un convoi militaire ne tarda pas à rappliquer. Au détour d'un virage donnant sur un précipice, il tomba dans la nasse. Le premier et le dernier camion sautèrent sur des bombes. Pris en étau, le reste de la compagnie s'embrasa sous le déluge de mitraille. Trente soldats tués. Les blessés furent entassés sur un engin, arrosés d'essence et flambés vifs. Leurs hurlements résonnèrent dans la montagne telle une chorale damnée ; ni les vents glacés, ni les fortes chutes de neige de l'hiver ne parvinrent à les rafraîchir.

– Entre donc, rugit Abdel Jalil en désignant une toison de bélier étalée par terre.

Nafa Walid obéit. Il s'assit en fakir à l'endroit indiqué et joignit les mains dans le creux de ses jambes.

La salle était chichement éclairée. Une cassolette fumante l'embaumait de senteurs douceâtres. Il n'y avait pas de meubles, hormis une minuscule table basse au centre de la pièce. Sur les murs nus, quelques trophées de guerre : deux sabres croisés, un casque de soldat cabossé, et un *sahd* – un bazooka artisanal pris à une unité de l'AIS, inopérant et ridicule.

Abdel Jalil trônait sur une estrade matelassée, un chapelet autour du doigt, un burnous seigneurial sur les épaules. Désigné à la tête de la *katiba*, il n'avait plus besoin de s'encombrer de cartouchières et de machette. Sa parole était la loi, ses cris des sentences, et, si l'on avait la Foi, on percevrait à coup sûr, dans l'aura qui le nimbait, comme le battement subreptice d'une aile angélique.

– Comment va ton ami ?

– Il s'en tirera, émir.

Abdel Jalil hocha la barbe. Une oriflamme flottante, que cette barbe bénie.

Après un recueillement, il déclara :

– Tu m'as convaincu, frère Nafa.

Un jeune combattant apporta une théière, servit l'émir ensuite Nafa et sortit sur la pointe des pieds.

– Détends-toi et bois.

Nafa avala une gorgée qui lui brûla le palais, puis une autre, et une troisième jusqu'à s'enflammer le gosier. Il ne se rendit même pas compte que le breuvage n'était pas sucré.

– Je t'observe depuis ton arrivée chez nous. Je t'ai observé dans l'Ouarsenis, et durant la retraite. Tu as été brave. Et tu ne sembles pas nourrir de desseins personnels. En somme, tu es quelqu'un de désintéressé. Humble et efficace. Le type d'homme qu'il me botterait d'avoir sous mes ordres.

– Je suis très...

– Ne dis rien, l'interrompit-il en se levant.

Il arpenta la pièce, les mains dans le dos.

– Cependant, il y a une chose déplorable en toi.

Nafa reposa son verre, soudain aux abois.

Abdel Jalil se campa devant lui.

– Une fêlure dans ta cuirasse, frère Nafa... Une fâcheuse lézarde : Tes yeux. Tu les baisses trop vite.

Confus, Nafa ploya la nuque.

– Tu vois ? Tu regardes trop tes pieds, et c'est mauvais. De cette façon, tu ne sais pas où tu vas... Relève la tête, frère Nafa. Qui a ton courage se doit de garder la tête haute, très haute... Sais-tu pourquoi je t'ai convoqué ?

– Non, émir.

– Pour te mettre des cales sous le menton. Afin que tu puisses garder la nuque droite...

– Les cales ne seraient pas nécessaires, émir.

– Alors redresse l'échine car, à partir d'aujourd'hui, tu vas commander la *saria* itinérante.

– Moi ?

– Tu vois une tierce personne, ici ?... C'est une section coriace, dure à cuire. Elle exige une poigne d'acier, je te préviens. Ta nomination fera certainement des jaloux. Il existe des combattants plus qualifiés que toi, plus anciens, qui piaffent d'impatience de commander. Leur problème est que je déteste les hommes pressés, les ambitieux. Ils sont capables de marcher sur le corps de leurs proches pour assouvir leurs aspirations. Et ça, je le refuse. Suis-je assez clair ?

– Oui, émir.

– Très bien. Lève-toi, maintenant.

Nafa se mit debout.

Abdel Jalil lui posa les mains sur les épaules, l'écrasa de son poids. C'était le signe d'un grand respect.

– Félicitations, *émir* Nafa. Que Dieu guide tes pas et tes coups. Désormais, tu es un chef. Tu bénéficieras des privilèges qui te reviennent de droit et tu auras à assumer tes responsabilités seul. Tes ordres seront exécutés à la lettre. Tu n'admettras ni geste hésitant ni réflexion déplacée. Tes hommes seront les doigts de ta main, et rien de plus. Tu comprends ?

– Oui, émir.

– Je compte sur toi pour que tu le fasses entrer dans le crâne de tes subordonnés. J'exige une prise en main fulminante et définitive, que tu gardes la tête haute et les yeux grands ouverts.

– Bien, émir.

– Les jaloux, tu les brises. En cas de force majeure, tu as le droit d'en éliminer un ou deux pour l'exemple.

– J'espère que je n'aurai pas à le faire.

– Ils le feront, *eux*.

Nafa opina.

Abdel Jalil lui tourna le dos.

L'entretien était clos.

La prise en main ne fut pas indispensable. Le passage d'Abdel Jalil, dans la *saria*, avait marqué les esprits. Nafa n'eut aucune peine à s'imposer. Hormis Khebbab – un ancien capitaine de l'aviation converti en artificier –, les autres affichaient profil bas. La section n'était, d'ailleurs, que l'ombre d'elle-même. Sa déroute dans l'Ouarsenis l'avait ramenée sur terre. Avec ses dix morts et huit blessés, elle n'avait pas le droit de rechigner.

La rudesse de l'hiver limita les missions, dans l'espace et dans le temps. Nafa inaugura son règne par de modestes incursions çà et là, quelques faux barrages symboliques, et rentra à Sidi Ayach savourer le repos du guerrier.

Sa fonction d'émir le dispensait d'un certain nombre de préoccupations roturières. Il n'avait plus de souci à se faire au sujet du lit et du couvert. Un serviteur obséquieux trottait derrière lui, prêt à combler ses vœux avec la spontanéité d'un bon génie.

Il résidait dans un patio décent. Du feu brûlait jour et nuit dans sa cheminée. Le matin, à côté d'un petit déjeuner gargantuesque, il trouvait de l'eau chaude pour ses ablutions.

Il était émir.

Il découvrait l'ivresse du pouvoir et des égards. Il n'y avait rien de plus merveilleux, constatait-il. Pareil aux élus du ciel flânant dans les jardins d'Éden, il n'avait qu'à claquer des doigts pour lever le songe. Souvent, il n'avait même pas à se donner cette peine. Ses hommes pensaient pour lui. Tous s'appliquaient à mériter sa bonne grâce, à façonner son plaisir.

Nafa était étonné par la simplicité des choses et des êtres. Son passage de combattant à émir s'opérait avec une formidable facilité.

C'était magique.

La fonte des neiges s'amorça dans le roucoulement des forêts. Le clapotis des cascades noyait le silence de symphonies cristallines. Les vergers émergeaient au milieu des peaux de chagrin laiteuses. La terre verdoyait sous un ciel chaleureux. Lorsque Nafa levait les yeux sur *son* territoire, c'était son coin de paradis qui lui ouvrait les bras. Il aimait se dresser au sommet d'un rocher et passer des heures à écouter les basques de son manteau l'applaudir dans la brise. Debout par-dessus les montagnes et les hommes, il n'avait qu'à déployer les bras pour s'envoler.

18.

Un sifflement déchira l'air, suivi d'une déflagration. À quelques encablures du hameau, un nuage de poussière jaillit au milieu de la forêt. Nafa Walid bondit hors de son sac de couchage et se précipita dehors. Un groupe de combattants, immobiles dans la venelle, regardait l'endroit d'où venait l'explosion.

– Qu'est-ce que c'est ?

– Ça doit être un apprenti de Khebbab, émir.

Nafa fronça les sourcils. Il retourna dans sa chambre chercher des jumelles avec lesquelles il scruta la campagne. Apparemment, rien de suspect. Le jour se levait, et le ciel commençait à peine à s'éclaircir. La route en lacet qui se lovait autour du piémont luisait de rosée, déserte. Au loin les lumières des hameaux s'estompaient dans la réverbération de l'aurore.

– Allez voir de quoi il retourne.

Abdel Jalil et sa femme sortirent, à leur tour, devant leur maison. De la main, l'émir s'enquit de la situation. Nafa lui cria qu'il avait chargé ses hommes de se rendre sur les lieux.

– C'est sûrement une maladresse d'artificier.

Abdel Jalil opina du chef. En s'apprêtant à rentrer chez lui, il entendit une kyrielle de sifflements, semblables aux crissements d'une tenture que l'on lacère, traverser le ciel. Aussitôt, des explosions firent voler en éclats les taudis reculés de la bourgade. Les pierres et les tôles en zinc tourbillonnèrent dans des tornades de poussière et de flammes.

– Ce sont des tirs d'artillerie, hurla Abdel Jalil. Tout le monde aux abris dans les bois.

Une deuxième salve s'abattit sur la place, broyant quelques bêtes de somme. Les chaumières foudroyées dégringolèrent, obstruant les venelles d'éboulis. Des cris, des hurlements de femmes, puis le chaos. Les combattants se jetèrent hors des taudis, sautèrent par les fenêtres et détalèrent dans tous les sens, leurs épouses à leurs trousses. Une troisième salve ébranla le pic, souffla au passage un enclos et un hangar. Des blessés râlaient sous les décombres, d'autres se traînaient en s'accrochant aux murs. Une épaisse fumée brunâtre noya le hameau tandis qu'un incendie se déclara dans les bois et entreprit de se propager à travers la forêt.

Au pied de la montagne, les premiers camions d'un interminable convoi militaire envahirent la route.

Abdel Jalil ordonna à Khebbab de prendre son équipe d'artificiers et d'aller faire sauter le pont. L'ancien capitaine chargea des bombes artisanales sur des mules et fonça dans les fourrés.

Dans le hameau en flammes, les obus continuaient de s'acharner sur les retardataires qui, désorientés par les explosions, n'arrêtaient pas de tourner en rond.

Soudain, des coups de feu retentirent en bas, suivis de rafales nourries.

Nafa appela Khebbab par radio :

– C'est quoi encore ce raffût ?

– Impossible de s'approcher du pont, répondit le capitaine. Il y a des paras partout.

– Tu hallucines ou quoi ?

– Je te dis qu'il y a des paras autour du pont. Qu'est-ce que je fais ?

– Mine les pistes.
– Je suis en accrochage avec eux.
– Place tes bombes sur les voies d'accès. C'est un ordre.

Une nuée d'hélicoptères surgit de derrière la montagne.

– Bordel de merde ! s'écria Abdel Jalil. C'était pas prévu, ça.

La *katiba* se replia vers les fourrés, abandonnant sur le terrain ses morts et ses blessés.

Les hélicoptères rasèrent le hameau. Leurs roquettes miaulèrent dans l'air avant d'éventrer un pâté de maisonnettes. Ils revinrent bombarder les contours de la bourgade, profitèrent de la fumée qui enveloppait la montagne pour atterrir. Des sections de parachutistes en débarquèrent et coururent prendre position sur les hauteurs en attendant de se regrouper pour passer à l'assaut.

Clouée au sol, la *katiba* se terra dans ses abris, incapable de riposter ou de manœuvrer sans s'exposer aux raids aériens. Du côté du pont, la furie des mitrailles se tut. Khebbab informa l'émir qu'il n'avait plus de munitions et qu'il allait décrocher. Plus bas, le convoi militaire progressait inexorablement.

– Nous allons battre en retraite sur-le-champ, décida Abdel Jalil, sinon, nous serons faits comme des rats.

Un groupe demeura sur place pour fixer les paras et tenter des escarmouches de diversion. Le reste de la *katiba* s'enfonça dans la forêt pour échapper à la chasse des hélicoptères. Vers midi, elle atteignit un cratère opaque, à une dizaine de kilomètres en aval. Le groupe de couverture signala que les hélicoptères ramenaient du renfort, et que le convoi débarquait ses troupes sur le flanc nord de la montagne pour procéder au ratissage. De son point d'observation, en haut d'un rocher, Nafa vit d'autres convois arriver de l'est et de l'ouest pour prendre en tenaille la montagne.

– Il nous faudra un miracle, maugréa-t-il.

En quelques heures, l'étau militaire se resserra. Des centaines de soldats rongeaient le taillis, dynamitaient les caches, brûlaient les vivres qui s'y trouvaient et occupaient les points d'eau. La *katiba* essaya de percer le dispositif ennemi. Elle fut repoussée. Elle recommença un peu plus loin et rencontra la même résistance. Ses pertes s'élevaient, avant la tombée du soir, à vingt-cinq morts et autant de blessés. Impossible de continuer. Abdel Jalil ordonna à ses *saria* de décrocher et de se rabattre vers le cratère. La *katiba* réussit à se faufiler au milieu des thalwegs, déboucha sur un lit de rivière dévoré par la végétation, cacha ses blessés et ses femmes au fond de grottes et remonta provoquer l'ennemi pour le détourner et l'éloigner du cratère. Les accrochages redoublèrent de férocité. Lentement, l'axe des opérations dévia, au grand soulagement des guerriers. Les *taghout* avançaient sur plusieurs lignes, îlotaient les endroits suspects, les saturaient à coups de mortier avant de les passer au peigne fin. On les entendait à la radio rendre compte des résultats de leurs assauts et du nombre de cadavres intégristes récupérés. Grâce à ces indiscrétions, la *katiba* se découvrait une inestimable marge de manœuvre pour gagner du temps :

– Nous devons tenir coûte que coûte jusqu'à la tombée de la nuit, expliqua Abdel Jalil. Ensuite, nous nous approcherons des lignes ennemies pour y chercher une faille.

– Comment ? s'enquit Nafa découragé.

– Très simple. On avance, on tire ; s'il y a une riposte, on recule et on recommence un peu plus loin sur le côté jusqu'à ce que nous ne rencontrions pas de résistance, signe que la voie est libre.

Le subterfuge de l'émir paya. Avant le lever du jour, la *katiba* localisa une brèche et s'y engouffra sans tarder. Elle se précipita vers une vallée boisée et s'y réfugia jusqu'à la fin des ratissages qui durèrent cinq jours. Elle tint bon, malgré la soif et la faim. Ne pouvant se déplacer sous un ciel frémissant d'hélicoptères, elle se ramassa au pied des arbres et ne bougea plus, se nourrissant de plantes comestibles et de fruits sauvages. Lorsque les militaires levèrent le siège, Abdel Jalil s'aperçut qu'il ne pouvait plus revenir à Sidi Ayach. L'armée y avait installé deux détachements de commandos, et la route était truffée de barrages.

Nafa fut chargé de retourner dans le cratère récupérer les femmes et les blessés dont le tiers avaient succombé, faute de soins et de vivres. Commencèrent alors le nomadisme et la clochardisation. La région était infestée d'embuscades. Des patrouilles sillonnaient les collines. De temps à autre, des hélicoptères survolaient les forêts, pilonnaient les endroits suspects et se retiraient en larguant des paniers de tracts appelant les intégristes à déposer les armes et à se rendre. Ces jours-là, le ciel miroitait de bouts de papier qui virevoltaient comme des milliers de papillons géants avant de joncher les clairières. Mais malheur à qui oserait en ramasser un feuillet. Assoiffée, exténuée, traquée de toutes parts, jeûnant depuis des jours et des jours, la *katiba* demanda l'autorisation de réintégrer le PC zonal. Chourahbil refusa catégoriquement. Il somma Abdel Jalil de ne pas livrer la montagne aux *taghout* et de se débrouiller pour ne pas rompre le contact avec les tribus alliées que les bourgades insoumises massacreraient à la première occasion.

Abdel Jalil opta pour un ancien camp abandonné par l'AIS, à mi-chemin entre Sidi Ayach et le village natal de Chourahbil. L'endroit s'articulait autour de deux sources, était boisé et surélevé, mais sa capacité d'accueil laissait à désirer. On creusa des casemates supplémentaires et on sema les alentours d'engins explosifs afin de parer à une éventuelle agression, les hameaux voisins étant hostiles au GIA et acquis à la cause des *boughat*. La *katiba* traversa une phase infernale. Ses conditions de vie étaient alarmantes. Le couchage, les effets vestimentaires, les ustensiles de cuisine, les médicaments, les vivres, tout avait été laissé à Sidi Ayach. Il fallait recommencer depuis le début et ne compter que sur les moyens de bord. Finis la vie de château, les maisons en dur, les feux de cheminée et les stocks de ravitaillement. Les casemates et les grottes du nouveau campement inspiraient un sentiment de lassitude amère et de renoncement. Ouvertes aux quatre vents, inconfortables et lugubres, y passer la nuit glaçait le sang. On dormait recroquevillés à même le sol, dans un coin, sans couverture, les mains entre les cuisses et les genoux contre le menton. Au matin, les membres ankylosés par le gel arrachaient des cris aux plus coriaces. Devant la dégradation du moral de ses hommes, Abdel Jalil décida de reprendre les choses en main. Il n'était pas encore sans risques de solliciter l'aide des villages voisins. Une indiscrétion, et les forces de l'ordre rappliqueraient. Amoindrie et livrée à elle-même, la *katiba* ne survivrait pas à un deuxième ratissage. Nafa et sa *saria* étaient contraints d'opérer à des lieues à la ronde pour ne pas trahir l'hypothétique zone vie de l'unité. À la tête de ses meilleurs sbires, il parcourait les collines et les bosquets, durant des jours et des nuits, détournait un camion sur une route perdue, volait du cheptel dans les bergeries isolées, délestait les marchands ambulants de leurs provisions et rentrait au camp en prenant soin de brouiller les pistes. Il s'attaqua aussi à un centre de handicapés et à une mosquée pour réquisitionner du matériel d'intendance, des livres religieux et des tapisseries.

Entre-temps, les choses se compliquaient considérablement. Les harcèlements militaires se poursuivaient, et les groupes armés n'arrêtaient pas de reculer, livrant le terrain aux *taghout*. Des casernes s'implantaient jusque dans les forêts, d'autres dans les villages. Parallèlement, la population commençait à se rétracter. Les premiers groupes de patriotes se constituaient par endroits...

Un soir, Nafa Walid fut convoqué par l'émir de la *katiba*. À l'intérieur de la grotte tapissée de tentures volées, Abdel Jalil affichait une mine sinistre. À côté de lui se tenait Zoubeida, son épouse, une femme de fer sanglée dans une tenue bariolée, les pieds dans des espadrilles et le pistolet à la ceinture. Elle était belle et grande. Son regard magnétique désarçonnait toujours Nafa qui n'osait jamais le soutenir plus de deux secondes. Derrière elle, assis en fakir sur une natte, Othmane, un ancien imam de Blida, paraissait inquiet. En face de lui, debout sur ses courtes jambes, un certain Ramoul se triturait les doigts.

Ramoul était un riche marchand de bétail de la région. Sa ferme se trouvait au sortir de la bourgade d'Ouled Mokhtar, de l'autre côté de la forêt. Âgé d'une cinquantaine d'années, il resplendissait de santé derrière son accoutrement usé et malodorant. Visiblement mal à l'aise, ses yeux s'agitaient très vite sous son turban crasseux. Il serra la main de Nafa en s'inclinant comme un valet.

– Vous vous connaissez ? fit l'émir.

– On se croise, de temps en temps.

– Eh bien, Sy Ramoul nous confirme les rumeurs qui font état de la mobilisation d'une frange sociale contre nous. Ce que nous croyons être une propagande orchestrée par les *taghout* s'avère être une réalité. Et elle a tendance à se généraliser. Des villages préparent l'accueil de détachements militaires dans le but de mettre sur pied leurs propres groupes de résistance. Ainsi, les douars de Matmar, Chaïb, Boujara, et les tribus de Ouled Mokhtar, des Riah et des Messabih sont en train de monter leurs avortons contre nous. Il paraît, d'après Sy Ramoul, que des dossiers de demande d'armes sont déposés tous les jours auprès de la gendarmerie.

– C'est vrai, dit Ramoul en branlant la tête.

Abdel Jalil tambourina sur une table basse pour le rappeler à l'ordre. Ses yeux se plissèrent quand il reprit :

– Dieu merci, la gangrène n'a pas encore pourri notre territoire. Cependant, des infections se manifestent çà et là. L'émir zonal ne tient pas à ce que ces plaies s'élargissent dans sa circonscription. Il a ordonné un traitement de choc définitif.

– C'est vrai, renchérit Ramoul incorrigible en reniflant une pincée de tabac à priser. Faut pas que ça se généralise. Je suis marchand de bétail et je voyage beaucoup. Ce que j'ai vu est incroyable. Savez-vous qu'en Kabylie il y a tellement de miliciens que la population se passe de l'armée ? Je vous assure que c'est vrai. Je l'ai constaté de visu. J'ai été dans le Dahra aussi, pour écouler une centaine de têtes, et là encore j'ai vu, comme je vous vois, des patriotes en train de dresser des barrages sur les routes. J'ai pensé que c'étaient des nôtres, et il y avait des gendarmes qui leur donnaient un coup de main. C'est vrai, je vous assure. Si je ne l'avais pas vu de mes yeux, comme je vous vois, je ne l'aurais pas cru. Et du côté du Tiaret, là, c'est grave. Les patriotes font des patrouilles, et dressent même des embuscades. Nos groupes ne se déplacent plus comme avant. Des fois, ils ne trouvent rien à manger...

Abdel Jalil cogna sur la table.

– À ta place, Sy Ramoul, je pèserais mes mots.

– Pourquoi ?

– Tu es en train de faire dans la subversion, là.

– Moi ?

– Boucle-la !

Ramoul recula de deux pas sous le cri de l'émir.

– Retourne sept fois ta saloperie de langue dans ta bouche d'égout avant de débiter ta saleté d'âneries.

Le marchand de bétail sentit ses mollets faiblir. Son teint vira au gris. Il ne put rester debout et s'assit en tremblant. Sa pomme d'Adam montait et descendait dans sa gorge tel un piston défaillant.

– À t'entendre, on serait tenté de croire que la balle a changé de camp. Nous sommes toujours les maîtres de la situation. Toute cette mascarade n'est que gesticulation stérile. Il existe, certes, une poignée de fumiers qui s'est laissée conter fleurette par les *taghout*, mais ce n'est pas la fin du monde. Ils sont combien, à Ouled Mokhtar, à se prêter au jeu des impies ?

– Six, bredouilla Ramoul en retirant de sa poche une feuille de papier froissée.

– Et tu appelles ça une milice ?

– Non, *sidi*. J'ai seulement essayé de dramatiser pour que nous prenions les choses très au sérieux.

– Ce n'est pas ton problème.

– Tout à fait, *sidi*.

– Est-ce que tu as été inquiété, dans ta ferme ?

– Non, *sidi*.

– Alors, écrase.

Livide et fiévreux, Ramoul essuya les coins de sa bouche avec son pouce et se fit tout petit.

Abdel Jalil tendit la liste à Nafa :

– Sy Ramoul t'indiquera où habitent ces chiens. Je veux que leur tête soit accrochée à l'entrée de la mairie.

Nafa arrêta quatre des six renégats qu'il surprit chez eux, à 3 heures du matin. Un vieillard, ancien *moudjahid*, son fils, son petit-fils de dix-neuf ans et un fellah. Il les ligota avec du fil de fer et les traîna sur la place où était rassemblée la population, sous la garde d'une trentaine d'intégristes. Il annonça que tout individu qui s'amuserait à réclamer des armes pour s'opposer à la révolution islamique et à Dieu subirait le même châtiment. L'imam Othmane récita une sourate où il était question de la manière de traiter les impies, expliqua à la foule qu'il était de son devoir de se méfier des gouvernants qui cherchaient à l'impliquer dans des manigances diaboliques, lui promit que le jour de la Victoire était proche et se retira pour permettre aux bourreaux de décapiter les quatre apostats.

Loin de se laisser intimider, les Ouled Mokhtar enterrèrent leurs « martyrs » en jurant, sur leur tombe, que jamais plus un assassin intégriste ne sortirait vivant de leur village. En attendant d'obtenir l'armement qu'ils réclamaient aux autorités, ils confectionnèrent des sabres et des frondes, préparèrent des cocktails Molotov et organisèrent la défense de leur intégrité. Nafa revint les mater, sûr de les faire déguerpir rien qu'en se gargarisant. Il fut repoussé à coups de pierres et de jets de bouteilles incendiaires.

Dans les semaines qui suivirent, trois détachements de garde communale s'installèrent autour du camp, forçant la *katiba* à déménager vers une autre forêt, à l'intérieur du pays.

La rumeur d'une échéance électorale se répandit à travers les maquis, y semant le doute et la stupéfaction : on projetait d'élire un président de la République. Les troupes intégristes étant coupées du reste du monde – la radio et la presse étaient interdites, seuls les communiqués du Conseil national étaient distribués –, de pareilles nouvelles s'abattaient comme des massues sur le moral. Par endroits, des cas d'insubordination furent relevés, systématiquement réprimés dans le sang. La tyrannie aveugle des émirs, de toute évidence déstabilisés par la tournure des événements, conjugée à la clochardisation accablante de leurs hommes délogés de leur « citadelle » et condamnés à errer sans répit pour échapper aux raids aériens et aux ratissages, aggravée par le recul sensible des villages alliés dont les réseaux de soutien se disloquaient, plongea la guérilla dans une nuit abyssale. Le spectre de la zizanie et de la suspicion revint hanter les intégristes et appauvrir leurs rangs. Tous les jours, des combattants manquaient à l'appel, certains exécutés sur de simples supputations, d'autres préférant se livrer, avec armes et bagages, plutôt que de vivre avec une épée de Damoclès suspendue au-dessus de la nuque. Chaque défection jetait les *katiba* sur les routes. Les « repentis » collaboraient avec les *taghout*, les conduisaient aux camps et participaient, comme guides, aux opérations militaires. Pour contenir la reddition, Chourahbil ordonna la suppression des permissions et considéra tout combattant surpris en dehors de son cantonnement comme réfractaire « exécutable » sur-le-champ.

– Tu devrais surveiller Omr et Haroun, murmura Abou Tourab à l'oreille de Nafa. Ils sont bizarres, ces derniers temps. Ils s'isolent trop, ne se quittent plus d'une semelle.

– Et alors ?

– Ils sont ainsi depuis que l'hélicoptère a lâché des tracts sur nous. À mon humble avis, tu ferais mieux de jeter un coup d'œil dans leurs affaires.

Nafa ne se le fit pas répéter. Il alla trouver les deux suspects, les fouilla et tomba sur un tract *taghout* dissimulé dans leur sac.

– C'est quoi, ça ?

Sans attendre d'explication, il sortit son pistolet et les abattit d'une balle dans la tête, au milieu de la *saria* en train de déjeuner. Cette mise en garde paya. La terreur annihila les mauvaises intentions. On creva sur les chemins escarpés, on se fit tailler en pièces par les mortiers et les avions de chasse, mais, à aucun moment, on ne songea à fausser compagnie à la horde. Pour nourrir de telles pensées suicidaires, il fallait être deux, au moins. Pour se donner du courage et peaufiner un plan d'évasion. Mais le combattant n'avait jamais été si isolé. Le moindre regard, le moindre signe de la main risquait d'attirer la foudre sur lui ; il s'enferma dans son silence et ne dit plus rien. Sa docilité devenait son unique salut. Il ne devait ni se montrer trop laborieux, ni trop distrait. Juste obéissant. Tel un automate. Répondre quand on le siffle. Parler quand on le lui demande.

Au cours d'une réunion au PC zonal, Chourahbil se voulut optimiste. Il promit que les élections présidentielles seraient un fiasco, que la population bouderait le scrutin car, d'après les experts du Conseil national, le peuple exigeait la rupture avec le système voyoucratique qui gérait le pays. Néanmoins, les instructions n'excluaient pas l'application de mesures dissuasives, à toutes fins utiles. Il se trompait, Chourahbil. La bombe de Khebbab, placée dans un bureau de vote, fit douze morts et une soixantaine de blessés, mais le vote eut lieu. Pis, la population adhéra massivement au carnaval des *taghout*. Ce fut le jour le plus catastrophique depuis la Rédemption. Les expéditions punitives contre les villages, les massacres perpétrés sur les routes, les attentats à la bombe dans les souks, toutes les rivières de sang et de larmes n'étanchèrent pas la soif de vengeance de Chourahbil.

19.

– Je ne peux plus attendre, dit Abdel Jalil. Il faut que j'aille sur place m'expliquer avec Chourahbil. Le recomplètement qu'il m'avait promis traîne en longueur. Impossible de travailler dans des conditions pareilles. Le mois de Ramadan approche, et ce n'est pas avec cinquante combattants que j'empêcherai ces fumiers de renégats d'observer le carême en paix.

Il rajusta sa tunique afghane, décrocha son fusil mitrailleur et posa ses serres de rapace sur l'épaule de Nafa :

– Je te confie la *katiba*. N'entreprends rien en mon absence. Nos hommes sont claqués. Je serai de retour sous huitaine.

– Tu as besoin d'une escorte ?

– Pas la peine. Je prendrai Handala et Doujana avec moi. Ils valent bien une *saria*. Mon épouse m'accompagnera.

– Que Dieu vous protège.

Abdel Jalil vérifia ses chargeurs, machinalement, sortit de la casemate. Handala et Doujana attendaient sur le sentier, une mule chargée de présents à l'attention de Chourahbil. Zoubeida était en treillis, rayonnante comme une reine amazone. Son regard traqua celui de Nafa sans le rattraper.

– Bon, dit Abdel Jalil, au revoir. Inutile de fatiguer les hommes. Pas d'extravagance avant mon retour. J'espère rentrer avec une section supplémentaire. Sinon, je ne vois pas comment nous allons honorer nos engagements durant le mois sacré.

– Entendu, émir.

– Encore une chose : tâche de veiller au grain. Une désertion est vite arrivée.

– Ça n'arrivera pas.

Il rejoignit sa femme et invita ses deux compagnons à les devancer.

Le soleil déclinait ; l'ombre tentaculaire des arbres se préparait à accueillir la nuit. Dans les bois, un coucou se moquait d'un merle. Nafa regarda s'éloigner son chef. Zoubeida se retourna. Ses yeux ensorceleurs lui dirent adieu. Il sourit. C'était la première fois qu'il souriait à la femme d'un émir et se demanda s'il n'y avait pas là un signe de mauvais augure.

Deux jours après, l'opérateur-radio lui signala qu'Abdel Jalil était blessé. Nafa prit une escorte, un infirmier et se porta au secours de son supérieur. Il le trouva étalé sur une couverture, à l'intérieur d'une bicoque abandonnée, une vilaine plaie au ventre.

– Nous avons vu une maison isolée et nous avons décidé d'y passer la nuit, raconta Zoubeida. Au moment où nous avons poussé la porte, une femme nous a tiré dessus. Abdel Jalil a reçu la décharge de chevrotines à bout portant.

L'infirmier ausculta le blessé, pessimiste. Il nettoya la plaie, la pansa et conseilla à Nafa d'évacuer d'urgence l'émir vers le camp. Abdel Jalil lutta contre la mort avec l'énergie du désespoir. Couché en travers de la mule, il tremblait de fièvre et délirait. L'hémorragie le saignait à blanc.

On le transporta dans sa casemate et on le confia à l'infirmier.

L'opérateur-radio informa Nafa que Chourahbil était encerclé et qu'il ne lui était pas possible de dépêcher un médecin.

– Ça ne fait rien, dit Abdel Jalil.

Juste avant de rendre l'âme, il ajouta :

– Purée ! Abdel Jalil tué par une femme. Même au paradis, j'en serai affecté.

On l'enterra au pied d'un olivier solitaire, en haut d'un tertre. L'imam Othmane le pleura à chaudes larmes et fit le serment d'ériger, à l'endroit où reposait le martyr, un monument où viendraient se recueillir les écoliers du futur État islamique.

Chourahbil déplora la perte de son cousin et exhorta la *katiba* à être digne de son sacrifice. En attendant la nomination d'un nouvel émir, il chargea Nafa d'assurer l'intérim.

– Pourquoi l'intérim ? protesta Zoubeida. La *katiba* te revient de droit.

L'opérateur-radio, qui venait d'apporter les instructions zonales, baissa la tête.

Zoubeida le pria de se retirer et de la laisser seule avec Nafa.

– Tu aimerais que quelqu'un d'autre vienne te damer le pion, et peut-être te reléguer au rang de simple *mouqatel* * ?

– Que veux-tu que je fasse ? C'est Chourahbil qui décide.

– Rappelons-le et disons-lui qu'il est inutile de chercher un chef puisqu'il est sur place.

– Il nous accusera de mutinerie.

– Ne te laisse pas marcher sur les pieds. Ils finiront par t'étaler à ras le sol.

– N'insiste pas. Je ne tiens pas à être dans leur collimateur.

---

* *Mouqatel* : combattant, soldat.

Zoubeida s'approcha de lui, plus troublante que jamais. Elle lui posa la main sur l'épaule, glissa, l'un après l'autre, ses doigts vers son cou, caressa sa barbe.

Nafa se détourna.

– Ne me cache pas le bleu de tes yeux, lui murmura-t-elle. Tu es en train de me confisquer la couleur du ciel que je préfère.

– Je t'en prie, s'embrouilla Nafa. Abdel Jalil n'est mort que depuis une semaine.

– Les morts n'ont pas la notion du temps.

Nafa sentit un souffle naître dans son ventre. Quelque chose, en lui, vacilla. Un instant, il eut envie de saisir la main sur sa barbe et de la porter à ses lèvres. Il se ressaisit, repoussa la veuve et s'enfuit.

Allongé sur sa paillasse, les yeux rivés sur le lumignon de la lampe à pétrole, Nafa n'arrivait pas à se défaire des brûlures qu'avait laissées la main de Zoubeida sur son cou. La *sabaya* * avait beau lui masser les jambes avec application, c'était la main de la veuve qui l'habitait. Ses chairs en frémissaient, et le souffle ardent né dans son ventre quelques heures auparavant se transformait en feu. Dans l'espoir de l'atténuer, il porta son attention sur la *sabaya*, une adolescente enlevée au cours d'une expédition punitive et qu'il avait déflorée lui-même. Elle était belle, avait les seins fermes, les hanches pleines et, bien qu'il la possédât toutes les nuits, ni elle ni les autres *sabaya* n'avaient déclenché, chez lui, un désir aussi impérieux que celui provoqué par ces doigts fureteurs sur son épaule, son cou et sa barbe. Zoubeida l'avait

---

* *Sabaya* : Femmes ou filles enlevées au cours de massacres collectifs et de faux barrages. Considérées comme butin de guerre, elles constituent le bordel de campagne des intégristes. Sont systématiquement décapitées ou écartelées dès les premiers symptômes de grossesse.

toujours fasciné. Il rêvait d'elle depuis qu'il l'avait entrevue, un matin, à Sidi Ayach.

La tenture de la casemate s'écarta, et, comme par enchantement, elle entra. Nafa se redressa avec une promptitude telle que sa tête heurta une poutrelle.

Zoubeida toisa la *sabaya*. Les mains sur les hanches, elle la chassa. L'adolescente attendit que son maître la congédiât.

– Casse-toi, lui dit-il.

Elle se leva et sortit dans la nuit.

Zoubeida croisa les bras sur sa poitrine. Ses yeux insoutenables balayèrent le taudis, s'attardèrent sur la lampe à pétrole, ensuite, immenses, ils couvèrent ceux de l'émir.

– Depuis le temps que tu guettes ma silhouette en secret, voilà que tu me fuis maintenant que je suis libre.

– Je ne te fuis pas.

– Alors, récite la *fatiha*.

– Pourquoi ?

– Je veux être ta femme légitime.

– Tu ne crois pas que c'est un peu tôt ?

– Nous sommes en guerre. Nul ne peut prévoir ce qui va se passer demain... À moins que tu ne veuilles plus de moi.

– Moi ?

– Dans ce cas, qu'attends-tu pour lire la *fatiha* ? dit-elle en déroulant sa ceinture d'un geste langoureux.

Nafa joignit les mains, la paume tournée vers le haut, et récita la *fatiha*. Il grelottait comme un enfant.

Zoubeida secoua sa longue chevelure qui dégringola derrière son dos et se mit à dégrafer sa veste. Ses seins imposants asséchèrent la gorge de l'homme.

– Dis-moi que je te plais, *mon époux*.

– Tu me plais.

– Dis-moi que tu me veux.

– Je te veux.

– Éteins la lampe.

– Je préfère te contempler avant.

Elle s'agenouilla, retroussa sa soutane, effleura du bout des lèvres les jambes duveteuses et remonta, cran par cran, les cuisses musclées et frissonnantes.

– Tu m'as plu dès le jour où tu es arrivé à Sidi Ayach, lui susurra-t-elle. Tes yeux bleus m'ont émerveillée. Je n'ai survécu que pour m'y baigner, une nuit, avec, pour clair de lune, l'éclat de ton sourire.

Nafa éteignit la lampe.

Ce fut la plus belle nuit de sa vie.

– J'ai beaucoup réfléchi, lui dit-elle en lui picorant les lèvres. S'il doit y avoir un émir, pour la *katiba*, ce sera toi. Il n'est pas question d'y renoncer. Nous allons leur clouer le bec. Il suffit de le vouloir, chéri. Veux-tu être émir ?

– Je le veux.

– Très bien. Il ne nous reste qu'à accomplir quelque chose qu'ils ne seront pas en mesure de contester, ou de déprécier. Quelque chose de retentissant, qui les soufflera comme un ouragan. Ne m'interromps pas. Si tu veux aller de l'avant, écoute-moi.

– Je t'écoute.

– On dit qu'Abou Talha * adore les massacres collectifs, que son bonheur se mesure au nombre de victimes. Eh bien, il va être servi... Chut ! J'ai une idée là-dessus. Je comptais en discuter avec Abdel Jalil. Aujourd'hui je te la soumets. Tu connais le village de Kassem ?

– Celui de l'AIS ?

– Tout à fait. Il a refusé les armes que lui ont propo-

---

* Abou Talha : Surnom d'Antar Zouabri, émir national du GIA, succéda à Jamal Zitouni, assassiné par ses pairs. Il est à l'origine des massacres à grande échelle et des fetwa contre l'ensemble du peuple algérien.

sées les *taghout*. Il croit les *boughat* en mesure de le protéger. Ce qu'il ignore, c'est que nous allons le gober d'un coup.

– Il y a une caserne à moins de quinze kilomètres.

– Les militaires n'interviendront pas. Ils savent le village intégriste et s'en méfient depuis les deux embuscades qu'ils y ont essuyées. Même alertés à temps, ils soupçonneront le piège et ne pourront rien faire avant le lever du jour.

– Continue, tu m'intéresses.

– J'ai un plan imparable. Nous allons massacrer cette vermine. Et lorsque Abou Talha apprendra que le village de Kassem a été rayé de la carte, il voudra savoir qui est le magicien à l'origine du tour de passe-passe. Et là, mon chéri, je ne serais pas étonnée de te voir chapeauter la zone entière.

– Tu le penses vraiment ?

– J'en suis certaine.

Elle l'embrassa tendrement sur la bouche :

– Je ferai de toi un *zaïm* *, une figure charismatique du djihad. Et au jour de la victoire, je serai à ton côté pour conquérir d'autres espaces. Dans la vie, mon émir, il faut oser. Le monde appartient à ceux qui vont le chercher.

Nafa se hissa sur un coude, reposa sa joue dans le creux de sa main de manière à surplomber le visage splendide de sa femme :

– Parle-moi maintenant de ton plan, chère merveille. Je ne sais pas pourquoi, mais quelque chose me dit que le village de Kassem va beaucoup nous manquer.

Après la prière de l'aube, Nafa somma Abou Tourab de rassembler les hommes pour une mission capitale.

---

* *Zaïm* : leader.

– On en laissera combien pour la protection du camp ?
– Aucun.
– Dans ce cas, que fait-on des *sabaya* ?
– Égorge-les.

Kassem n'aurait pas dû jeter son dévolu sur cette colline teigneuse perdue au fin fond des forêts. Oublié des dieux et des hommes, il allait payer très cher son ascèse. C'était un hameau misérable, aux masures rabougries jetées pêle-mêle au milieu des champs, sans allées, sans même une mosquée ; juste un imbroglio de patios se tournant le dos les uns aux autres et qui n'avaient pas grand-chose à envier aux enclos à bestiaux. Des gamins haillonneux jouaient dans les vergers, malgré la pluie et les rafales du vent. Leurs cris se confondaient aux jappements des chiots. Sur l'unique piste fangeuse desservant le douar, un groupe d'hommes tentait de réparer un tracteur. Par endroits, des femmes s'affairaient dans leur cour, la tête dans un torchon. Quelques cheminées fumaient, quelques fenêtres battaient, mais nulle part Nafa ne vit une raison de renoncer à ses projets.

Dans le ciel boursouflé de nuages cuivrés, le soleil du soir refusait de se montrer. Comme si ce qui se préparait ne le concernait pas. Un éclair sanctionna le roulement du tonnerre. La pluie s'acharna sur le lieu-dit, sans l'éveiller à lui-même...

– N'épargnez ni leurs avortons ni leurs bêtes, cria Zoubeida.

Scindée en quatre groupes, la *katiba* encercla le village. Les paysans, autour du tracteur, n'eurent pas le temps de réaliser leur méprise. Les premiers coups de hache leur fracassèrent le crâne. Les enfants suspendirent leur chahut. Soudain, ils comprirent leur malheur et s'enfuirent vers les gourbis. C'était parti. Plus rien ne devait arrêter la roue du destin. Pareils aux ogres de la nuit, les prédateurs se ruèrent sur leurs proies. Le sabre cognait, la hache pulvérisait, le couteau tranchait. Le hurlement des femmes et des gosses couvrit celui du vent. Les larmes giclaient plus haut que le sang. Les portes frêles des chaumières s'écroulaient sous les ruades. Les bourreaux massacraient sans peine et sans merci. Leurs épées coupaient nette la course éperdue des mioches, brassaient l'âme des suppliciés. Bientôt les cadavres s'entassèrent dans les patios, bientôt le sang rougit les flaques de pluie. Et Nafa frappait, frappait, frappait ; il n'entendait que sa rage battre à ses tempes, ne voyait que l'épouvante des visages torturés. Pris dans un tourbillon de cris et de fureur, il avait totalement perdu la raison.

Lorsque je suis revenu à moi, c'était trop tard. Le miracle n'avait pas eu lieu. Aucun archange n'avait retenu ma main, aucun éclair ne m'avait interpellé. J'étais là, soudain dégrisé, un bébé ensanglanté entre les mains. J'avais du sang jusque dans les yeux. Au milieu de ce capharnaüm cauchemardesque jonché de cadavres d'enfants, la mère ne suppliait plus. Elle se tenait la tête à deux mains, incrédule, pétrifiée dans sa douleur.

Dehors, des corps gisaient parmi les carcasses de bêtes éventrées, partout, à perte de vue. Les flammes dévoraient les chaumières, éclairaient l'arène pour nous en mettre plein la vue. L'odeur de crémation ajoutait au drame une touche d'apocalypse. C'était dantesque certes, mais c'était écrit.

Assis sur une roche, l'imam Othmane pleurait.

– Si rien ne mérite d'égards à tes yeux, dis-toi que c'est parce que tu ne vaux pas grand-chose, psalmodiait-il.

– Qu'est-ce que tu radotes ?

Il montra le hameau en feu d'une main horrifiée.

– Notre chef-d'œuvre se passe de commentaire.

– Nous sommes en guerre.

– Nous venons de la perdre, émir. Une guerre est perdue dès lors que des gamins sont assassinés.
– Debout.
– Je ne peux pas.
– Lève-toi, c'est un ordre.
– Je ne peux pas, je te dis.
Je braquai mon pistolet sur lui et je l'abattis.

Nous nous engouffrâmes dans les forêts, marchâmes une partie de la nuit et observâmes une halte dans le lit d'une rivière. Et là, en écoutant le taillis frémir au cliquetis de nos lames, je m'étais demandé à quoi rêvaient les loups, au fond de leur tanière, lorsque, entre deux grondements repus, leur langue frétille dans le sang frais de leur proie accrochée à leur gueule nauséabonde comme s'accrochait, à nos basques, le fantôme de nos victimes.

Le lendemain, probablement abasourdis par leur propre barbarie, six de mes hommes nous faussèrent compagnie.
Nous ne revîmes jamais plus notre camp.
Une escouade de l'AIS nous tomba dessus dans une clairière. L'affrontement dura des heures. Nous dûmes décrocher.
Plus loin, deux hélicoptères nous rattrapèrent sur une crête, nous y fixèrent jusqu'à l'arrivée des *taghout*. Je sacrifiai une *saria* pour sauver le reste.
Quand nous atteignîmes les hauteurs de notre zone vie, nous vîmes d'épaisses fumées s'échapper du camp où d'autres soldats avaient débarqué.
Nous nous rabattîmes sur une bourgade pour nous ravitailler en vivres et en eau potable. Des gardes communaux nous accueillirent avec une furie absolue.
Pareils à des chacals traqués, nous errâmes dans les

bois, jour et nuit, incapables de trouver une brèche par laquelle nous soustraire à la toile ennemie.

Chourahbil m'appela par radio :

– Ça fait des jours que j'essaye de te joindre. Où es-tu ?

– Je ne sais pas.

– Qu'est-ce que c'est que cette armada dans ton secteur ?

– Elle est après moi.

– Que s'est-il passé ?

– J'ai attaqué le hameau de Kassem.

– Quoi ? C'était donc toi ? Quelle mouche t'a piqué, qui t'en a donné l'ordre, espèce d'âne ? Tu as osé transgresser mon autorité. Tu te crois où ? Je t'avais dit d'attendre l'arrivée du nouvel émir. Par ta faute, il s'est fait tuer en route. Qu'est-ce que tu cherchais à prouver, imbécile ? Tu voulais brûler les étapes, c'est ça ?

– J'ai cru saisir une opportunité.

– Imbécile. Quelles sont tes pertes ?

– Importantes.

– Je veux des chiffres.

– Vingt et un morts, sept blessés et six disparus.

– Ah non, ce n'est pas possible. Tu ne peux pas me faire ça. Pas à moi. Pas maintenant. C'est un coup fourré. Une trahison. Je ne te la pardonnerai jamais. Je veux te voir au PC tout de suite, tout de suite, tout de suite...

L'opérateur-radio blêmit.

C'était déjà mon fantôme qu'il voyait.

– Ne te laisse pas abattre, me dit Zoubeida impavide.

– C'est de ta faute.

– Nous avons pris nos responsabilités. Assumons-les. C'était un bon plan. Sans ces salopards de *boughat*, nous aurions quitté la région à temps. Et puis, nous n'avions pas prévu la défection de nos hommes. Ce sont eux qui nous ont trahis. Nous avons perdu une manche, pas la partie.

Sa froideur me terrifia.

Elle me prit à part et me confia :

– Abdel Jalil a amassé une fortune au temps où il conduisait la *saria* itinérante. Je sais où il l'a cachée. Il y a assez d'argent et de bijoux pour former notre propre *katiba*.

– J'irai voir Chourahbil. Je lui expliquerai.

– Il te liquidera, de toutes les façons. Je t'en prie, ne perds pas le nord. Le butin de Abdel Jalil est inestimable. Nous aurons de quoi mettre sur pied deux ou trois *saria*.

– Chourahbil nous anéantira.

– Alors, retournons à Blida ou à Alger. Avec notre argent, nous achèterons des planques et nous lancerons nos groupes à l'assaut des ministères.

– Tais-toi. Pour l'amour du ciel, laisse-moi remettre de l'ordre dans mes idées.

Je m'étais isolé dans une grotte toute la nuit.

Au matin, mes hommes s'étaient volatilisés. Certainement informés, par l'opérateur-radio, des menaces de Chourahbil, ils avaient choisi de rejoindre le PC zonal sans moi. Eux n'avaient rien à se reprocher.

Il ne restait que Handala, son jeune frère était asthmatique et il tenait à le ramener à la maison ; Ali et Rafik, des cousins qui nous avaient rejoints depuis peu et qui n'arrivaient pas à s'acclimater ; Doujana, chef de *saria* dont la tête risquait de tomber avec la mienne ; et Zoubeida.

– Ainsi, Abou Tourab, mon meilleur ami, m'a abandonné.

– Il n'est pas parti, me dit Zoubeida. Il est quelque part, derrière le tertre, là-bas.

Abou Tourab était adossé contre un arbre et lançait des cailloux dans une touffe d'herbes naines. Ces gestes étaient ceux d'un homme qui se laissait aller.

Je m'accroupis en face de lui.

Il refusa de me regarder et continua de jeter ses cailloux dans une autre direction.

– J'ai cru que tu étais parti.

– Où veux-tu que j'aille ?

– Rien n'est encore perdu.

– Ce n'est pas ce que je crois.

– Nous allons retourner à Alger. Zoubeida m'a parlé d'un trésor caché. Dès que nous l'aurons récupéré, nous rentrerons chez nous. Nous achèterons des planques et nous formerons une équipe bien à nous.

Il me considéra d'un œil méprisant.

– C'est tout ce que tu as dans le crâne : continuer le combat.

– Il n'est pas fini.

– Pour moi, il l'est.

– Tu comptes te livrer ?

– Aux *taghout*, aux chiens qui ont fait de moi un monstre ? Jamais. Je me débrouillerai pour avoir des papiers et foutrai le camp de ce pays. Ce n'est plus le mien.

– Tu n'es pas sérieux.

– Je ne l'ai jamais été. Mais cette fois, si.

– Tu as une idée sur ta destination ?

– Je verrai. Pour le moment, je ne suis pas encore sorti de l'auberge.

– Nous allons continuer le combat, Abou Tourab. L'État islamique est pour demain.

– *Wahm !* Chimère ! Regarde autour de toi. Le Temple est en ruine et le peuple ne veut plus entendre parler de nous. Nous sommes allés trop loin. Nous avons été injustes. Des bêtes immondes lâchées dans la nature, voilà ce que nous sommes devenus. Nous traînons des milliers de spectres en guise de boulet, nous gangrenons tout ce que nous touchons. Nous ne valons plus rien. Personne ne veut de nous. Même en enfer, les damnés et les démons vont manifester pour exiger du bon Dieu de nous transférer dans un enfer aux antipodes du leur.

– Ne blasphème pas.

– C'est fou comme tu as changé, Nafa. L'ambition t'aveugle. Tout ce qui brille est or pour toi. Tu veux être choyé, vénéré, redouté comme *eux*.

Je me redressai :

– Je t'interdis de me parler sur ce ton. Je devrais te décapiter.

– Qu'est-ce qui t'en empêche ?

Je me ressaisis :

– Tu es le seul allié qui me reste.

– Tu vois ? Tu ne penses qu'à toi.

Nous avons ramassé le peu de choses que les autres nous avaient laissé et nous avons marché à perdre haleine. Cernés, livrés à nous-mêmes, nous avancions sur des tessons tranchants. Il nous fallait quitter le territoire de Chourahbil au plus vite. Zoubeida nous guidait, leste comme une Indienne. Nous nous reposions le jour et nous reprenions la route le soir, par bonds précis, en contournant les endroits susceptibles de cacher une embuscade. Parfois, un craquement anodin nous immobilisait des heures durant. Nous reniflions l'air à la manière des fauves, à l'affût d'une odeur suspecte. Après une semaine de marche forcée, titubant de faim et de soif, nous attaquâmes une ferme à la recherche de nourriture.

Au soir du huitième jour, Chréa nous ouvrit les bras. Quel fut notre bonheur en contemplant les lumières de Blida, de la civilisation. Enfin, nous sortions de la nuit des temps. Les immeubles, minuscules au pied des montagnes, nous semblèrent plus hauts que la tour de Babel. C'était une vision féerique, tellement incroyable que nous avions l'impression, malgré la distance d'entendre vrombir les voitures.

Nous dormîmes à la belle étoile.

Cette nuit-là, j'ai rêvé de mon père...

– Nafa, me secoua Abou Tourab.

Le jour s'était levé. Le ciel était bleu, et la montagne souveraine. Abou Tourab, lui, grimaçait de dépit :

– Zoubeida a disparu.

Nous l'avons cherchée toute la matinée. Nous n'avons trouvé que son sac, abandonné dans un repli de rivière, avec son treillis et ses espadrilles.

– Il y avait, sans doute, une tenue civile là-dedans. Elle s'est changée et s'est taillée, grogna Handala.

– Elle nous a appâtés avec son histoire de butin pour que nous l'escortions jusqu'ici à promixité de la ville. Elle doit être loin, maintenant.

– Qu'elle aille au diable ! criai-je.

Mais personne ne me crut.

Pas question de retourner à Alger dans l'état où nous étions. Les forces de sécurité nous repéreraient sans coup férir. Nous avions besoin de nous raser et de nous débarrasser de nos tuniques afghanes. Nous localisâmes une maison isolée. Il y avait une glace, sur une armoire. Je faillis m'enfuir en m'y voyant. J'étais choqué. Je ne me reconnus pas. Mon reflet n'avait rien d'humain. C'était celui d'une bête échappée d'une imagination tourmentée.

Nous rasâmes nos barbes, coupâmes nos cheveux et prîmes un bain dans un abreuvoir. Nos joues trop blanches tranchaient sur nos visages brûlés. Alger patienterait. En attendant de retrouver figure humaine, nous dressions de faux barrages éclairs sur les routes secondaires pour délester les voyageurs de leur argent, de leurs bijoux et de leurs vêtements. Nous avions volé un téléphone portable, aussi. Au cours d'une descente de cette nature, une grosse voiture nous attira. Un homme finissait de changer une roue. Au moment où il retira le cric, il nous découvrit autour de lui. Éberlué, il leva les mains en l'air en reculant.

C'était un Noir gigantesque, carré comme un ring, avec un nez défoncé et un front de lutteur.

– Le monde est petit, lui dis-je.

Il écarquilla les yeux :

– Nafa ?

– En chair et en os, Hamid. Qu'est-ce qui te prend de rôder dans ces parages à une heure pareille.

Il s'est demandé s'il pouvait baisser les bras ou pas. Je ne l'ai pas aidé.

– Nous revenons des funérailles de Mme Raja. La pauvre femme est morte, hier. Elle avait émis le vœu d'être enterrée dans son village natal.

– C'était une dame bien.

Il y avait un homme assoupi à l'intérieur de la voiture.

Avec la crosse de mon pistolet, je cognai sur la vitre pour le réveiller.

– Ce sacré Junior, ricanai-je. Toujours à se faisander.

– Il a très mal accusé le coup, tenta de m'attendrir Hamid.

J'ouvris la portière et arrachai Junior de son siège. Il s'affola, battit des mains et des paupières, mal réveillé, et pâlit sous le canon de nos armes. Son haleine avinée m'assomma.

– Où sommes-nous ? baltutia-t-il. Où tu m'as foutu, Hamid ?

Puis, prenant conscience de la gravité de la situation, il leva les mains en l'air.

– Ne me tuez pas, je vous en supplie.

– C'est moi, Nafa. Tu ne te souviens pas de moi ?

Ses sourcils s'effacèrent presque. Il se souvint enfin de moi et ne sut pas s'il devait s'en réjouir ou trembler.

Lui, non plus, je ne l'aidai pas.

– Tu vas nous tuer ? s'enquit Hamid.

– Je vais me gêner.

Junior chavira, s'accrocha à la portière.

– À genoux, lui dis-je. Ce soir, le patron, c'est moi.

– Je t'en conjure, Nafa. Nous avons été amis, autrefois. Rappelle-toi le bon temps qu'on s'est payé.

– Lequel ? Celui où ce fumier m'en faisait baver, où je n'étais qu'une serpillière pour lui, un paillasson sous ses bottes ?... À genoux.

Junior se redressa brusquement.

– Pas question.

– Fais ce qu'il te demande, le supplia Hamid.

– Que non. Un Raja ne s'est jamais prosterné devant qui que ce soit.

– Il ne sait pas ce qu'il dit, m'implora Hamid. C'est le chagrin...

– À genoux, fils de chien.

Junior s'obstina :

– Tu m'en demandes trop, là.

– Ne fais pas le con, s'affola Hamid.

– J'ai peut-être un verre de trop dans le nez, mais je tiens sur mes jambes. De toute façon, ils vont nous charcuter. Ce ne sont que des terroristes assoiffés de sang. Ils ne savent rien faire d'autre que tuer. Si mon destin s'arrête ici, autant mourir debout.

Je le giflai.

Il chancela. Sans tomber.

– Sûr que tu vas crever, Bébé Rose. Mais avant, je te jure que tu vas ramper, lécher mes bottes et me supplier de t'achever.

– N'y compte pas.

– Il ne sait pas ce qu'il dit, sanglota de rage Hamid. Son chagrin l'étourdit.

– Je suis lucide, *kho*. Tu aimerais vivre dans un bled où des gueux de cette espèce se prennent pour des conquérants ?

– Ta gueule, hurla Hamid.

Junior pivota vers son garde du corps, bourré comme une pipe, le doigt vague et la voix pâteuse :

– C'est à un Raja que tu causes. (Se retournant vers moi.) Je ne t'ai jamais pris pour une serpillière. Tu étais chauffeur, j'étais patron. C'est la vie. La misère et la fortune ne sont que façades. Chacun porte son malheur en lui. Qu'il soit vêtu de soie ou de rosée, ça ne change pas grand-chose à son souci. La preuve, ajouta-t-il en écartant les bras. Les pauvres accusent les riches d'être à l'origine de leurs souffrances. Les riches pensent que les pauvres ne doivent s'en prendre qu'à eux-mêmes. Ce n'est pas vrai. Le monde est ainsi fait, et ce n'est la faute à personne. Il faut savoir prendre son mal en patience. La Fatalité serait la reine des salopes si elle ne cachait pas son jeu. Le monde ne vaudrait pas le coup s'il ne le rendait pas. On croit savoir, et on ne sait rien du tout. En refusant de l'admettre, on devient fou à lier.

Abou Tourab dégaina son couteau.

Hamid lui envoya son poing dans la figure, le ceintura et, le désarmant, lui mit la lame sous la gorge.

– Faites un geste, et votre copain est cuit. Arrière, arrière...

Je fis signe à mes hommes d'obéir.

– Monte dans la bagnole et file, Junior.

– Je ne te laisserai pas seul avec ces monstres.

– Dégage, bordel. Je me débrouillerai.

Junior grimpa dans la voiture et démarra en trombe.

Abou Tourab suffoquait. Un filament de sang gouttait de son cou.

– Je te l'avais dit, Nafa, me lança Hamid. Junior, c'est ma manne céleste à moi. Je ne laisserai personne le toucher. Arrière...

Il regarda à droite et à gauche.

– Quand je pense que tu as flanqué par terre tes chances pour une regrettable overdose.

Il traîna Abou Tourab jusqu'au bord d'un fossé, le balança dedans et sauta à sa suite. Nous ne pouvions tirer sans atteindre notre compagnon. Hamid en profita pour foncer dans les bois en zigzaguant.

Handala téléphona à son oncle.

– C'est un homme absolument sûr. Il a perdu un fils au maquis. Il nous hébergera le temps d'envisager l'avenir à tête reposée.

Abou Tourab n'était pas d'accord. Mais il n'avait rien d'autre à proposer.

L'oncle de Handala vint nous chercher sur une route, à la tombée de la nuit. À bord d'une camionnette bâchée, il nous emmena dans une cité de banlieue. L'appartement était exigu, au troisième étage.

– Il faut que je fasse un saut chez la vieille, dis-je.

– Attends quelques jours, me conseilla Abou Tourab. On n'est pas encore arrivés.

– Je ne serai pas long.

Puis, à l'oncle de Handala :

– Peux-tu me déposer ?

– Je suis à votre entière disposition.

C'est Amira qui m'a ouvert.

Du moins, ce qu'il en restait.

Ses yeux absents m'ont à peine effleuré.

– Tu as grossi.

C'est tout ce qu'elle a trouvé à dire, après plus de deux années de séparation.

Elle est retournée dans le salon. Décoiffée. Blafarde. Flottant dans sa robe noire. Elle avait beaucoup maigri, elle. Elle n'était que l'ombre d'une sœur lointaine. Elle a croisé les pieds sur un pouf crevé et s'est remise à tricoter. Ce n'était pas dans ses habitudes de tourner le dos. Elle n'était pas *normale*, Amira.

Le salon était en désordre. Des coussins traînaient sur le sol. Les bancs matelassés n'avaient plus de mémoire. Sur les trois ampoules du lustre, deux ne fonctionnaient pas. Il faisait sombre dans la maison.

– Tu es seule ?

– Je suis seule.
– Où est la mère ?
– Elle n'est pas là.
– Quand va-t-elle rentrer ?
– Elle ne rentrera pas.
Elle continuait de tricoter. En m'ignorant.
Ensuite, d'une voix monocorde, elle récita :
– Elle est partie acheter des sandales à Nora. Une bombe a explosé sur le marché. On n'a retrouvé de Nora que le serre-tête.
Elle tricotait, tricotait.
En reposant les aiguilles, elle sembla étonnée de me trouver encore là.
– J'ai cru que tu étais parti.

Dans la camionnette, je me rendis compte que je n'avais pas demandé des nouvelles de Souad.

– Hé ! Réveillez-vous.
Rafik me tirait du lit.
Handala et son jeune frère étaient déjà debout, médusés, dans le couloir.
Il faisait encore nuit.
– Qu'est-ce qu'il y a ?
– Il se passe des choses dans la cage d'escalier, me dit Abou Tourab en tirant son fusil à pompe de son sac.
– Où est ton oncle, Handala ?
– Je l'ignore.
Ali écoutait à la porte :
– On dirait qu'on est en train d'évacuer l'immeuble, chuchota-t-il.
Il essaya de regarder par le trou de la serrure, ensuite par l'œilleton. Un coup de feu, et sa tête explosa.
– Nom de Dieu ! jura Doujana. Nous sommes faits comme des rats.

Table

La plume et le fusil

L'écrivain

Yasmina Khadra

En 1964, l'Algérie est une jeune nation. Mohammed, neuf ans, confié par son père à l'école Nationale des Cadets de la Révolution, y reçoit une éducation spartiate faite de brimades, de discipline et de solitude. Vers onze ans, il découvre sa passion pour l'écriture, une vocation née au contact des contes. Toute sa vie va être une lutte pour reprendre en main son destin. Cette autobiographie de Mohammed Moulessehoul, alias Yasmina Khadra, est un témoignage sur les malheurs d'une nation à peine remise de la guerre et qui dérive vers l'autoritarisme militaire.

(Pocket n° 11485)

La plume et le fusil

Les ravages du silence

Cousine K
Yasmina Khadra

Hanté à jamais par la mort de son père, ignoré par sa mère et cruellement privé de la présence d'un frère adoré, un jeune algérien développe un amour obsessionnel pour sa cousine, à la fois proche et tellement inaccessible… La belle capricieuse devient à la fois objet de culte et de répulsion de la part de son jeune cousin. D'amères solitudes en humiliations répétées, le garçon grandit, abandonnant l'innocence pour une douce folie sur fond de haine et de blessures indélébiles…

(Pocket n° 12271)

La guerre aux diffamateurs

L'imposture des mots

Yasmina Khadra

Après la parution de *L' écrivain*, où Yasmina Khadra dénonçait l'Algérie de l'intégrisme islamique et des massacres, l'ancien officier s'est retrouvé, par un incroyable retournement de situation, sur le banc des accusés. Le témoin révulsé de la barbarie en devenait un complice honteux, sinon un acteur. Yasmina Khadra s'exile alors en France avec sa famille. Sans aigreur ni amertume, l'écrivain s'explique avec humour, face à ses doutes de créateur et à la montée au créneau de ses détracteurs.

(Pocket n° 11743)

Il y a toujours un Pocket à découvrir

Imprimé en France par

à Saint-Amand-Montrond (Cher)
en avril 2010

POCKET - 12, avenue d'Italie - 75627 Paris Cedex 13

N° d'impression : 100662
Dépôt légal : septembre 2009
Suite du premier tirage : avril 2010
S 20086/02